KB074378

TSUIOKU NO NOCTURNE

© Shichiri Nakayama, 2013

All rights reserved.

Original Japanese edition published by KODANSHA LTD.

Korean publishing rights arranged with KODANSHA LTD.

through EntersKorea Co., Ltd.

추억의 야상곡

追憶の夜想曲
추억의 야상곡

나가야마 시치리 장편소설 — 권영주 옮김

블루홀6

차례

1

변호인의 책략

1

처음에 칼로 목덜미를 찔렀을 때 마치 버터를 자르는 듯한 감촉에 놀랐지만, 그것도 2센티미터까지였다. 칼끝이 뼈에 닿자 힘주어 찔러도 비틀어도 그 이상 들어가지 않았다.

하지만 이건 사전에 예상했던 일이었다. 미코시바 레이지는 별달리 허둥대는 기색도 없이 톱니가 작은 톱으로 도구를 바꾸었다. 일주일 전 홈센터에서 구입했는데, 학교에서 기술 시간에 쓰는 것과 비슷한 것으로 크기는 작아도 제법 잘 들었다.

톱을 움직일 때마다 피가 흘러나왔지만 그것도 튜브를 짜는 것처럼 찔끔찔끔 나올 뿐 뿜어져 나온다는 표현과는 거리가 멀었다. 미코시바는 사후 해체라 그럴 것이라고 해석했다. 문제는 피보다 지방이었다. 톱날에 지방이 엉기면 금세 톱이 들지 않게 됐다. 그때마다 빼서 걸레로 닦고 다시 살과 뼈를 잘랐다. 이럴 줄 알았으면 톱도 여러 개를 준비하는 건데. 미코시바는 조금 반성했다.

계절은 가을을 향해 가고 있었다.

흐릿한 석양빛과 방울벌레 울음소리. 3년 전 도산해 황폐해진 이 도금 공장 옛터에도 늦여름의 기운이 숨어들었다. 그러나 그 외에 침입자는 미코시바 한 명뿐이었다. 공장을 폐쇄한 지금도 특유의 유기용매와 쇳녹 냄새가 콧구멍에 스며들어, 손 언저리에서 올라오는 피와 살, 내장 냄새조차 지워 버렸다.

그 가운데 미코시바는 묵묵히 계속 톱을 켰다.

사하라 미도리의 시체를 해체하려고 한 가장 큰 이유는 운반하기 쉽게 하기 위해서였다. 아까 어깨에 멨을 때 알았는데, 이렇게 어린 여자애도 시체가 되면 의외로 무겁다. 버리더라도 이 상태로 운반하기는 쉽지 않으리라는 것을 실감했다. 굳이 시체를 토막 내고 싶었던 것은 아니다. 물론 처음에 칼로 찔렀을 때는 쾌감 비슷한 전율이 등골을 훑었지만 이윽고 그것도 사라졌다. 혼신의 힘을 다해 가느다란

목을 졸라 생명의 숨을 쥐어짜는 더없이 행복한 순간에 비하면, 결국 해체는 작업의 일부에 불과했다.

세 시간 걸려 머리와 사지를 잘라 냈을 때는 톱과 손이 피로 끈적끈적했다. 양동이에 길어다 놓은 물로 잘 씻었지만 손 표면에 들러붙은 끈끈한 느낌은 좀처럼 지워지지 않았다.

해체한 시체를 일단 폐공장 구석에 감추고 집으로 돌아왔다. 저녁 시간이었다. 집에 가지 않으면 가족이 이상하게 생각할 것이다.

집에 오자 어머니와 여동생이 버라이어티 프로그램을 보며 신나게 웃고 있었다.

"어머, 왔니? 이거 끝날 때까지 기다리렴. 바로 전자레인지에 데워 줄 테니까."

"아하하, 얘 개그 진짜 죽여준다."

아아, 그러셔. 남을 웃겨 주는 건지 비웃음을 사는 건지 알 수 없는 저런 개그맨의 행동이 죽여주냐. 남매라도 웃긴다고 생각하는 게 전혀 딴판이군. 나도 지금 기분이 죽여주는데, 너희는 그 이유를 평생 가도 이해 못 할 테지.

저녁은 냉동식품 볶음밥이었다. 모래 씹는 기분으로 얼른 먹어 치우고 나서 욕실로 달려가 손에 남은 끈끈한 느낌을 꼼꼼하게 씻어 냈다.

2층 자기 방에 틀어박혀 귀를 기울이고 있으려니, 열 시 넘어 아버지가 돌아왔다. 이 남자의 생활 습관은 학교 시간표처럼 정확하고 늘 일정하다. 여느 때처럼 식사와 목욕을 마치고 심야 스포츠 뉴스를 보고 나서 바로 잠자리에 든 것 같았다.

새벽 두 시가 지났다. 미코시바는 식구들이 잠든 것을 확인하고 나서 옷을 갈아입었다. 창문을 열면 손 닿는 위치에 전봇대가 있다. 그것을 타고 내려가면 밖으로 쉽게 나갈 수 있었다. 소리가 나지 않게 조심하며 자전거를 타고 다시 폐공장으로 갔다. 그래, 자전거다. 자전거 뒤에 달린 바구니에 들어갈 크기로 자르지 않으면 시체를 운반할 수 없다.

폐공장에서는 미도리가 미코시바가 오기를 얌전히 기다리고 있었다.

그날 밤 안으로 머리를 처리할 생각이었다. 처음에는 싫증 날 때까지 곁에 두거나 더 작게 잘라서 버릴 계획이었는데 금세 그만뒀다. 처음에는 신기하고 사랑스러웠던 머리통도 이제는 매력을 잃고, 유리알 같던 눈알도 부옇게 탁해지기 시작했다. 게다가 뭣보다도…… 섬뜩했다. 살아 있을 때는 생명력 자체였던 미도리가 죽은 사람이 된 순간 정체를 알 수 없는 괴물이 된 느낌이 들었다. 탁한 눈동자가 자신을 물끄러미 쳐다보는 것 같아서 몇 번씩 눈꺼풀을 억지로 닫아 보려 했지만, 이게 사후 경직이라는 건지 눈꺼풀은 아무리 내려도 바로 원위치로 돌아갔다.

머리통은 옆 동네 주민 회관 앞 우체통 위에 놓았다.

미도리의 머리를 보여 주면 경찰을 비롯해 세상 사람들이 시끄러워질 것은 뻔했다. 하지만 그런 불안을 느끼는 한편으로 자신의 행동을 한시라도 빨리 사람들에게 알리고 싶은 마음을 주체할 수 없었다. 미코시바는 시한폭탄을 설치한 기분으로 우체통을 뒤로했다.

시한폭탄이 터졌다.

기폭제가 된 것은 배달 중에 머리를 발견한 우유 가게 여자 종업원이었다. 마네킹 같은 것이겠거니 생각했던 그녀는 정체를 깨닫자마자 구획 전체가 떠나가게 비명을 질러, 이윽고 경찰과 구경꾼이 현장에 밀려들었다.

미코시바가 소식을 들은 것은 하교 직후였다.

"아이오이 정에서 여자애가 끔찍하게 죽었대."

흥분한 투로 보고하는 어머니의 표정에는 공포 그리고 명백히 호기심이 어려 있었다. 미코시바는 어머니에게 "미도리를 죽인 거 나야"라고 떠들고 싶은 것을 애써 참았다.

날이 저문 다음 미코시바는 다시 폐공장으로 갔다. 이곳에는 아직 수사의 손길이 미치지 않았다. 부엌에서 슬쩍해 온 바게트 크기의 나일론 바구니에 오른쪽 다리를 넣었다. 머리가 발견되면서 밤에 나다니기는 위험해졌지만, 이 시간대는 아직 그 정도는 아니다. 오른쪽 다리가 든 바구니도 심부름으로 바게트를 사 가는 것으로만 보였다.

땅거미가 진 유치원은 이미 다들 가고 아무도 없었다. 미도리가 다니던 곳과는 다른 유치원이라 보도진도 보이지 않았다. 미코시바는 주위를 둘러본 다음 바구니에 든 것을 현관 앞에 놓고 바로 달음박질쳐서 그 자리를 벗어났다.

두 번째 폭탄도 보기 좋게 폭발했다. 신문과 텔레비전은 사하라 미도리 살인 사건을 어떤 정치 문제보다도 더 크게 다루었다. 경찰은 수사 인원을 배로 늘렸고, 각 지역의 유치원과 초등학교는 긴급 집회를 열어 등하교 시 보호자가 동반할 것을 결정했다.

미코시바는 기분이 더없이 유쾌했다. 온 세상 어른들이 자신이 설치한 폭탄 때문에 허둥대는 것이다.

미도리, 기뻐해. 나와 너의 공동 작업이 세상 사람들한테 박수갈채를 받고 있어.

아직 아침 안개가 걷히지 않은 사흘째 이른 아침, 미코시바는 학교 가는 길에 이번에도 바게트 크기의 바구니에 넣은 왼쪽 다리를 신사 새전함 위에 올려놓았다.

세 번째 폭탄은 범인에게 빛나는 칭호를 수여했다. '시체 배달부'. 미코시바는 이 칭호가 아주 마음에 들었다. 고지식하고 성실한 느낌의 이름이 자신에게 딱 맞았다.

다만 배달을 세 번이나 했더니 경관과 소방단원이 24시간 주위를 경계하게 되어 폐공장으로 가는 것도 쉽지 않아졌다. 등하굣길에도 오지랖 넓은 사람들의 눈 때문에 도중에 들를 수 없었다.

다행히 두 팔은 미리 회수해서 천장 위에 숨겨놓았다. 부피가 별로 크지 않으니 머리나 다리처럼 귀찮은 점도 없다. 집 밖으로 들고만 나오면 경계가 느슨한 슈퍼마켓 주차장이나 일반 가정 현관 앞에 방치하기는 그리 어렵지 않았다.

그리고 마침내 가장 까다로운 몸통을 어디에 어떻게 배달할까 궁리하는데, 그들이 찾아왔다.

"미코시바 레이지, 너를 사하라 미도리 살해 용의로 체포한다."

그 순간 미코시바는 벌떡 일어나 앉았다.

아파트 자기 방이었다. 창밖은 아직 어두웠다. 난방 타이머는 이미 오래전에 꺼져 실온이 내려갔을 텐데 이마가 불쾌한 땀으로 끈적했다. 손바닥으로 훔쳐 봐도 불쾌감은 전혀 줄지 않았다. 머리맡에 둔 휴대전화로 시간을 확인하자 '04:24'라고 표시돼 있었다.

미코시바는 흥 하고 콧방귀를 뀌었다. 이 시간에 깼다고 컨디션에 영향이 있는 것은 아니지만, 악몽 때문에 수면이 방해를 받았다는 게 마음에 들지 않았다. 사하라 미도리를 죽였을 때의 기억은 아직 선명했다. 목덜미를 칼로 찌른 감촉도 손 안에 남아 있다. 그것을 굳이 꿈속에서 추체험할 필요는 없었는데.

침대에서 나와 일어서자 왼쪽 옆구리가 순간 따끔했다. 반사적으로 환부를 눌렀지만 상처가 벌어진 것은 아니었다. 실을 뽑고 나서 벌써 두 달이 지났다. 수술 직후에는 까무러치게 아팠지만 지금은 모기에 물린 정도로만 느껴졌다.

기왕 일찍 깼으니 시간을 유효하게 쓰자. 미코시바는 아파트 우편함에서 아침 신문을 가져왔다. 미코시바는 경제면과 사회면 위주로 신문을 읽는다. 경제계에서 벌어지는 대립, 사회에서 일어나는 비극은 언제나 변호사의 밥거리다.

현재 미코시바 법률사무소는 기업 세 곳과 고문 계약을 맺고 있다. 여기서 들어오는 자문료만으로 사무소 월세를 낼 수 있지만, 물론 그것으로 충분한 것은 아니다. 현재의 경제 상황을 생각하면 세 기업과의 계약이 영원히 지속되리라는 보장은 어디에도 없으니 신규 개척이 당연히 필요하다. 그 경우 미코시바는 의뢰인의 재정 상황과 처한 입장을 보고 선택한다. 가장 이상적인 의뢰인은 뒤가 구린 자산가다. 뒤가 구린 사람일수록 명성을 중시하고 지위에 집착한다. 이건 개인이든 조직이든 다르지 않다. 출신이 수상한 조직 단체가 그것을 감추고 싶어서 행사를 크게 벌이는 것과 같은 원리다. 그리고 그런 인간이나 조직은 자기를 지키기 위해서라면 얼마든지 돈을 내놓는다.

사회면 머리기사를 장식한 것은 얼마 전 있었던 남편 살해 사건의 판결 공판이었다.

'16일, 쓰다 신고 씨 살해 사건에 대해 배심원 재판의 판결 공판이 도쿄 지방법원에서 열렸다. 지법은 피해자의 아내인 쓰다 아키코 피고(35세)에게 징역 16년을 선고했다. 아키코 피고는 처음부터 살해 사실을 인정한지라 재판에서는 양형에 관심이 모였다. 오쓰카 도시히코 재판장은 남편의 생활 능력 부족과 다른 남성과의 재혼을 이유로 한 지극히 자기 본위적인 범행이라 판단하고 검찰 측의 주장을 대체로 받아들였다. 피고의 대리인 호라이 가네토 변호사는 양형 부당을 이유로 당일 항소 수속을 밟았다. 아키코 피고는 금년 5월 5일 치정과 관련해 남편 신고 씨를 살해한 용의로 체포되어 도쿄

구치소에 수감 중이었다.'

그 밖에 관심을 끌 만한 기사는 보이지 않았다. 미코시바
는 신문을 접고 조사 중인 사안을 훑어보기 시작했다.

이번 사안은 전부 직접 조사한 게 아니다. 이달 중순에 퇴
원하기 전까지는 사무원인 구사카베 요코에게 조사를 지시
한 터라 세세한 부분에서 끝마무리가 미흡한 곳도 있었다.
하지만 치명적이라 할 정도는 아니어서 추가 조사까지 할
필요는 없을 듯했다.

입수한 자료에 오류는 없나. 타인에 대해서는 가혹하고
자기편에게는 관대한 변호사회 인간들을 침묵시키기에 충
분한가. 미코시바는 자료를 음미하고 괜찮겠다고 판단했다.

뜨거운 물로 샤워를 하고 나서 7시에 집을 나섰다. 평소보
다 두 시간쯤 이르지만 상관없다. 중간에 단골 커피숍에 들
러 빵 두 조각과 설탕을 넣은 블렌드 커피 한 잔으로 아침을
먹었다. 병상에서 일어난 지 얼마 안 됐어도 이 정도는 허용
범위 내일 것이다.

도라노몬에 있는 사무실에 도착한 것은 8시 조금 전이었
다. 요코는 아직 출근하지 않았다. 미코시바는 자기 책상에
서 자료를 정리하기 시작했다.

이윽고 사무실 문을 열고 들어온 요코가 미코시바를 보더니 비난하듯 큰 소리로 말했다.

"선생님! 왜 이런 시간에 계시는 거예요."

"겨우 두 시간 이른 것뿐이야."

"하지만 바로 그저께 퇴원하셨으면서……. 의사 선생님도 아직 완전히 회복된 게 아니니까 일주일은 쉬라고 하셨잖아요."

"쉬는 동안 수입을 의사가 보상해 주진 않지."

미코시바는 성가시다는 듯 손을 흔들어 요코의 말을 가로막았다. 법률사무소 시무원으로서 유능한 것은 좋지만, 미코시바의 건강이나 생활에까지 간섭하는 것은 마음은 고마워도 귀찮을 뿐이었다.

"부탁했던 안건에 대한 조사, 수고 많았어."

일 이야기로 돌아오자 요코의 표정이 눈에 띄게 긴장했다.

"다만 면담할 때 해약 건수도 확인했으면 더 완벽했을 텐데 말이지. 이런 안건은 의외로 해약된 사안 속에 본질이 숨어 있게 마련이야."

"저……. 그 조사 결과를 어디 쓰시게요?"

"뭐?"

"변호사회에 징계를 청구하시려고요? 아니면 형사 고발

을 생각하시는 건가요?"

전에 없이 힐문조라 요코의 얼굴을 살피자 어렴풋이 비난이 어린 눈빛이었다. 평소 징계를 받던 처지에서 앙갚음을 하려는 것이냐, 아니면 일시적인 기분으로 정의감을 발휘하는 것이냐. 그렇게 따지는 듯했다.

"징계 청구도 형사 고발도 지금은 생각하지 않아. 어느 쪽이든 돈이 안 되니까. 일단 협상 카드 중 하나지."

"협상 카드라고요?"

"타인이 전혀 신경 쓰지 않아도 본인이 남한테 알려지거나 말이 나오는 걸 원하지 않는 일은 협상 재료가 돼. 쓰기 나름으로 바늘 한 개가 살상 가능한 흉기가 될 수 있는 거야."

"……흉기로 쓸 가능성도 있는 건가요?"

협박에 쓸 생각이냐고 묻지 않은 것은 요코의 타고난 조신함이라는 생각이 들었다.

"말이 그렇다는 거니까 신경 쓰지 말고."

하지만 신경 쓰지 말라고 해도 이 사무원에게는 무리일 것이다. 그 증거로 비난의 빛이 한층 짙어졌다.

"또 뭔가 위험한 일을 하실 생각이신가요? 그럼 그만두세요. 여기는 선생님 개인 사무실이라 파트너도 없고 고용변……어소시에이트도 없는걸요. 만약 또 선생님께 그런 일이 생겼다간 사무실을 유지할 수 없게 돼요."

"그래도 석 달은 버텼잖나."

"기간 이야기가 아니에요."

"분쟁 당사자 중 한쪽을 도우면 반대쪽 사람한테 원한을 사는 건 당연한 일이야."

요코는 그래도 납득하지 못한 표정이었다. 예전 같았으면 사무원이 뭐라고 생각하든 신경 쓰지 않았겠지만, 이번에는 석 달 동안 사무실을 비웠다는 약점이 있다.

"변호사는 어차피 미움받아야 제맛인 직업이야. 애초에 돈 버는 직업은 대개 미움받는 법이라고. 그리고 돈을 벌어 야 사무원 월급도 주지."

미코시바 나름대로 진심을 담아 설명한다고 했건만 요코 는 여전히 노려보고 있었다. 칼에 찔릴 만큼 미움을 받으면 무슨 소용이냐는 뜻일까.

병원에서 일어나 앉을 수 있게 되고 나서 신문 보도를 확 인했는데, 변호사가 상대편 유족의 습격을 받았다는 사실부 터 다룬 기사는 하나도 없었다. 사건을 담당했던 노회한 형 사가 배려해서 덮어 주었는지, 미코시바가 과거에 일으킨 사건에 관해서는 공표되지 않은 듯했다. 따라서 요코의 귀 에도 들어가지 않았을 텐데, 만약 그 사실을 밝히면 이 사무원은 대체 어떤 표정을 지을까.

얼마 동안 입을 열지 않자 이윽고 요코는 체념했는지 가볍게 한숨을 쉬었다.

"어제 퇴근하신 다음에 다니자키 선생님께서 전화를 주셨어요."

"다니자키 선생님?"

"퇴원했으면 한번 만나자고 전갈을 남기셨어요."

다른 사람을 도와주는 것도 도움을 받는 것도 성미에 맞지 않았지만 다니자키가 상대라면 이야기는 별개였다. 지난번 사건의 변호를 인계해 준 것도 있거니와, 뭣보다도 미코시바에 대한 징계 청구를 매번 무마시켜 준 경위가 있다. 대체 자신의 어디가 그렇게 마음에 들었는지는 알 수 없지만 역시 퇴원했으면 인사쯤은 해 둬야 할 것이다. 적어도 도쿄 변호사회 전임 회장을 군이 적으로 만들 이유는 없다.

"오늘 무슨 일정이 있었던가?"

"없어요."

그렇다면 더욱 잘됐다. 이번 사안과 관련해서 가는 길에 다니자키의 사무실이 있다.

"마침 잘됐군. 선생님께 연락드려서 지금 찾아뵙는다고 약속 잡아 줘."

다니자키의 사무실은 같은 미나토 구 아카사카에 있었다. 세련된 고층 건물이 늘어선 가운데 위치한, 요새는 보기 힘든 저층 건물 2층이 그의 아성이었다.

외벽의 칙칙한 색만으로도 지은 지 오래됐음을 알 수 있지만, 건물의 외관은 낡았다기보다 고색창연하다는 표현이 더 맞는다. 안으로 들어가면 그런 인상이 한층 강해진다. 흡사 유서 깊은 메이지 시대 건축물 속에 발을 들인 듯한 착각마저 든다.

최근 잘 나간다는 변호사들 사이에서는 사무실 이전이 유행이다. 외진 장소에서 번화한 장소로, 중고 건물에서 신축 건물로, 주상복합 건물의 사무실 한 칸에서 고층 건물 한 층 전체로, 예외 없이 성장을 과시한다. 사무실이라는 그릇으로 일을 하는 것도 아니건만 외관이 어지간히 소중한가 보다. 하기야 미코시바 자신도 보기에 그럴싸하다는 이유로 벤츠를 몰고 다니니 남 말을 할 처지는 아니다.

반면에 다니자키는 계속 이곳에 사무실을 두고 있다. 본인도 건물과 마찬가지로 나이를 먹었는데, 나이가 불안보다 안심감을 주는 것은 인덕이라 해야 할 것이다.

이름을 밝히자 바로 응접실로 안내됐다. 건물은 고색창연해도 응접세트는 앤티크 가구가 아니라 차분한 색상의 새

소파였다.

"미코시바 선생, 오랜만이군."

다니자키는 여느 때처럼 은발을 단정하게 빗어 넘기고 온화한 표정으로 미코시바를 맞이했다. 빨려 들 것처럼 깊은 눈에는 언제나 지혜가 느껴지는 빛이 어려 있다.

하지만 이런 겉모습에 속으면 안 된다. 행동거지만 보면 신사 같지만, 과거 도쿄 변호사회에서 혁신파의 급선봉으로 이름을 날렸던 사람이다. 남들을 통해 당시 무용담을 듣기로 결코 온화하지도 않고 신사도 아니다. 대립하는 사람은 연상이건 학교 선배건 가차 없이 짓밟은 모양이다. 그래서 붙은 별명이 '오니자키'('오니'는 일본어로 '귀신', '악귀'를 뜻한다-역주)다.

다니자키 간고, 80세. 전 도쿄 변호사회 회장, 변호사 번호 1만 번대. 도쿄 변호사회 최대 파벌인 자유회의 영수로, 그 때문에 회장을 그만둔 지금도 그의 발언이 여전히 힘을 갖는다.

현재 어느 변호사회나 상황은 마찬가지인데, 등록 순으로 부여되는 변호사 번호가 1만 번대인 사람은 고령화로 수가 부쩍 줄었다. 바꿔 말하면 상석의 과점 상태로, 각 현縣 변호사회의 정점에 그들이 군림하고 있다. 본래 변호사는 한 사

람 한 사람이 독립적인 신분이니 대외적으로는 상하 관계
가 없지만, 권위가 존재하는 곳에는 예외 없이 위계질서가
있게 마련이다. 다니자키는 그 살아 있는 견본이나 다름없
었다.

"다친 데는 이제 괜찮나?"

"네, 덕분에……. 지난번 사건으로 선생님께 누를 끼쳤습
니다."

"별거 아니네. 그 정도로 틀이 잡혔으면 누가 변호인이 돼
도 어차피 결과는 다르지 않아. 피고인은 끝까지 불평만 늘
어놨네만 징역 15년은 양형으로 타당하다 봐야 할 테지. 아,
그렇지. 마나베 재판장은 내 대학 후배라 말이야. 그 뒤 오
랜만에 맛있는 술을 마셨다네. 이거 오히려 자네한테 고마
워해야 하려나."

처음 듣는 이야기다.

"마나베 군이 자네를 칭찬하더군. 요즘 변호사치고 드물
게 화려한 논리 전개를 한다고. 아니, 비아냥거리는 게 아니
야. 재판원 재판이 일상이 된 지금, 연출 효과는 이제 무시
할 수 없는 요소가 됐네. 가능하면 파생된 다른 사안에서도
자네 변론을 듣고 싶었던 모양이던데."

미코시바의 의뢰인이 징역형을 선고받았다는 소식은 병

원 침상에서 들었다. 그에 부수된 또 한 사안은 현재도 재판이 진행 중인데, 그쪽 사안은 피고인과의 의사소통이 원활하지 않은 탓에 변호인의 고생이 막심하다고 했다.

"선생님께 또 하나 감사드릴 일이 있습니다. 이번에도 변호사회에서 징계 청구를 무마시켜 주셨다죠."

"아아, 그거 말인가. 그것도 별거 아니네. 그 파렴치한 사내가 때는 이때다 하고 종잇장처럼 얄팍한 윤리관을 내세우길래 말이지. 평소엔 자기가 윤리 규정의 경계선상을 오가는 주제에 타인을 밟고 넘을 기회다 싶으니까 어찌나 기고만장해서 설치던지. 옆에서 보기만 해도 불쾌하길래 바로 밟아 줬지."

다니자키는 그렇게 말하고 껄껄 웃었다. 자신의 뜻에 거슬리는 사람, 자신의 신조와 어긋나는 사람을 가차 없이 깨부수는 모습은 왕년의 '오니자키'를 방불케 한다.

"윤리 위원회 석상에서 그 사내는 자네를 범죄자라고 욕하더군. 변호사 자격을 박탈하기에 충분한 중대한 범죄 요건이라고 말이지. 확실히 일반 상식으로 따지면 칭찬할 만한 행위는 아니네만, 변호인이란 입장에선 완전히 부정할 수 있는 사례는 아니야. 그걸 일종의 허위라고 생각하면 동정적으로 볼 동업자도 있을 테지."

'그것'이란 자신이 저지른 사체 유기 행위를 가리키는 것이다. 미코시바는 침묵하는 수밖에 없었다.

"아무리 세상이 넓다지만 허위를 용인하는 상식은 없네. 하지만 이 세상엔 거짓말을 해도 된다고 간주되는 직업이 세 개 있거든. 일본은행 총재와 글쟁이, 그리고 변호사야. 변호사는 의뢰인의 이익을 지키기 위해서라면 알고 있는 것도 모른다고 할 수 있네. 아니, 모른다고 해야 해. 그건 왜냐, 변호인은 온 세상 사람을 적으로 돌리는 한이 있어도 의뢰인을 지켜 내야 한다는 사명이 있으니까. 그 파렴치한 사내는 그 점을 전혀 이해를 못 해."

"위원회에서 그렇게 말씀하신 겁니까?"

"음. 그 사내가 청구를 제출했을 땐 동조하는 분위기도 다소 있었네만 인품이 천박한 사내가 지껄이는 헛소리니 말이지. 내 말을 반박하면서까지 손을 들려는 사람은 없더군."

"선생님께서 경찰 쪽으로도 저를 변호해 주셨다고 들었습니다."

미코시바는 말을 꺼냈다. 지난번 사건의 전말 중 신문에 보도되지 않은 것은 요코를 통해 알았는데, 미코시바의 범죄에 관해 관할서에서 신이 나 술렁였을 때도 다니자키가 선수를 쳐서 막았다고 했다.

"아아, 검찰청으로 쳐들어간 일 말인가? 그것도 별일 아니네. 애쓴 축에도 들지 않지. 오랜 지기인 검사를 찾아가서 입건하기에 충분한 물적 증거가 있느냐고 물은 것뿐이야."

그랬다. 이 노회한 변호사는 담당 검사장 앞에서 미코시바를 사체 유기죄로 기소하려도 물적 증거가 뭐 하나 존재하지 않는다는 점을 못 박은 것이다.

"그 검사도 도리를 아는 사내라 말이지. 자네를 사체 유기죄로 기소하는 일의 위험성은 내가 굳이 설명할 것까지도 없었네. 3분 만에 이야기가 끝났어. 그 뒤로는 공통으로 아는 이들 험담을 늘어놓는 유쾌한 시간을 보냈지."

다시 말해 이렇게 된 일이다.

지난번 사건에서 미코시바는 피고인이 살해한 피해자의 시신을 현장에서 다른 곳으로 옮겼다. 물론 그 시점에서는 피고인이 범인인 줄 몰랐고, 시체를 옮긴 것도 싸움에 휘말리고 싶지 않아서였다.

그런데 이 인물이 용의자가 되기 무섭게 미코시바가 사체를 유기한 게 아닌가 관할서 형사가 의심하기 시작했다. 당시 용의자의 상황에서는 미코시바 외에 시체를 옮길 수 있는 사람이 없었기 때문이다. 미코시바는 원래부터 경찰 관계자 사이에서 평판이 좋지 못했던 터라, 수사본부에서는 사체 유기 사건으로도 입건할 의향이었다고 한다.

그러나 앞서 언급했듯이 미코시바의 주변에서 아무런 물적 증거도 찾아내지 못했다. 뭣보다도 현장을 처음부터 끝까지 목격했을 피고인이 자신의 죄상을 전면적으로 부인하고 맞서 싸우겠다는 의사를 표명하면서 결과적으로 미코시바의 가담도 부정했다.

또 설사 피고인이 죄상을 시인하더라도 그로써 미코시바의 사체 유기가 입증되는 것은 아니다. 미코시바 자신도 그렇게 예측하고 있었지만, 그 생각이 난 것은 의식을 되찾은 다음이고 앞선 공판이 끝난 시점에서는 생각도 하지 못했다.

"뭐, 검찰 입장에선 사실 피고인의 주장을 뒤엎느라 바빠서 자네한테까지 신경 쓸 여력이 없었겠지."

이렇게 해서 미코시바는 기소를 면했다.

"소문을 막을 순 없으니 변호사회에도 금세 이야기가 퍼졌네만, 이번 일로 변호사 자격을 박탈한다면 자네보다 먼저 변호사회에서 추방돼야 할 작자가 산더미야. 징계 청구에 대해 거수를 주저한 회원들의 본심은 십중팔구 그쪽이겠지."

"아뇨, 그건 아닐 겁니다."

"음? 뭐가 아니라는 거지?"

"다니자키 선생님의 적이 될 만큼 기골이 있는 사람은 그 중에 없죠."

다니자키는 또다시 큰 소리로 웃었다.

"그건 과대평가네. 얼굴 절반이 검버섯으로 뒤덮인 늙은 이를 누가 겁내겠나."

"실례되는 말씀입니다만 지나친 겸손은 비아냥거리는 걸로 들립니다."

그렇게 충고하자 다니자키는 유쾌한 표정으로 미코시바를 바라봤다.

"그럼 솔직하게, 그리고 정확하게 말해 주지. 도쿄 변호사회에서 내 적이 돼도 상관없다고 생각할 만큼 기골이 있는 사람은 미코시바 선생, 자네뿐이네."

"그거야말로 과대평가이십니다. 전 특별히 반골 정신을 갖고 있는 게 아닙니다. 평소 소행 때문에 변호사회란 조직에 어울리지 못하는 것뿐이죠. 불량 학생이 학급 조회에 출석하길 꺼리는 것하고 마찬가지입니다."

"학급 조회라. 그거 말 되는군. 그래, 맞아. 도쿄만의 문제는 아니네만, 변호사회는 나잇살 먹은 어른들의 학급 조회가 됐네. 아무도 본심을 말하지 않아. 명분과 이상론만 늘어놓으면 면죄부를 얻는다고 생각하지. 잘난 척하면서 자유와 정의를 지껄이네만, 결국 권력과 이익이 좋아 죽고 자기 처신을 위해서라면 의뢰인의 이익 따위 안중에도 없어."

다니자키는 그렇게 내뱉듯 말하더니 어조를 바꾸어 말을 이었다.

"자네 방금 불량 학생이라고 했지. 불량이라, 그거 좋군. 실은 말이네, 미코시바 선생. 기왕 불량일 거면 나와 손잡을 생각 없나?"

"……무슨 말씀이신지 잘 모르겠습니다만."

"나도 소싯적엔 불량 변호사란 말을 들었으니까 마음은 맞을 거야. 단도직입으로 말하지. 다음 회장 선거에 자네가 자유회 후보로 나가게."

"그건 전에도 사양했을 텐데요."

"이번엔 나도 다소 진심이라 말이네. 그런 학급 조회 같은 조직은 그냥 두면 점점 부패해. 근본부터 뒤엎지 않으면 재생이 불가능할 테지. 그리고 그런 조직을 깨부술 수 있는 건 자네 같은 불량뿐이야."

다니자키는 미코시바를 똑바로 쳐다봤다. 태도는 태연하지만 눈빛은 속 깊은 곳에서 열이 느껴졌다.

"하나 여쭤볼까요. 선생님께선 어째서 그렇게까지 제 편을 들어 주시는 겁니까?"

"흐음, 분명히 여러 가지 의미에서 파격적이기 때문이겠지. 상황을 타파하는 건 언제나 기성 잣대에서 벗어난 인물이거든."

"타파하는 정도가 아니라 터무니없이 위험한 폭탄일지도 모르죠."

"그것도 괜찮네. 그런 어중이떠중이가 모인 집단, 계속해서 썩느니 파괴되는 쪽이 그나마 나으니까."

변호사회에 어지간히 염증이 났거나 아니면 미코시바를 고독한 무법자로 평가하나 보다. 진짜 의미에서 무법자라는 것을 안다면 아무리 도량이 넓은 다니자키라도 그런 말은 하지 않을 것이다.

하지만 자신의 내력을 굳이 밝힐 필요는 없다. 지난번처럼 슬렁슬렁 넘기는 게 좋을 것이다.

"얼마 동안 생각해 봐도 되겠습니까?"

"그야 물론이지. 회장 선거는 내년 4월이네. 시간은 넉넉해."

"너무 기대는 하지 마시고……. 그럼."

인사를 하고 응접실을 나서려는데 다니자키가 "잠깐" 하고 불러 세웠다.

뒤를 돌아보자 다니자키는 앉은 채로 자신을 응시하고 있었다.

"오해가 있으면 안 되니까 말해 두네만 난 자네를 단순한 반항아라고 생각하지도 않고 청렴결백하다고 생각하지도 않네. 자네가 소년 시절에 한 일을 알고 있으니까."

순간 호흡이 멎었다.

"허허, 과대평가 이전에 날 과소평가했군. 내가 조사도 안 해 보고 어디 개뼈다귀인지도 모르는 사내를 회장 후보로 내세울 줄 알았나? 안심하라고. 다른 사람한테 발설하진 않아."

"……점점 더 이해가 안 되는군요. 제 과거를 아시면서 어째서 절 쓰시려는 겁니까?"

"그 반대네. 과거를 알고 나서 곁에 두고 싶어진 거야."

다니자키는 마지막으로 한 번 더 웃어 보였다.

"난 자네 같은 사람한테 대단히 관심이 많네."

2

미코시바가 다음으로 찾아간 곳은 미나미아오야마의 일등지에 위치한 사무실 건물이었다.

지상 17층, 전체가 유리로 된 근미래 건축. 그가 가는 곳은 이 건물의 14층에서 16층까지를 차지했다.

14층 사무실 문에는 거창하게 'HOURAI 법률사무소'라고 쓴 금속 간판을 걸었고, 안내 데스크는 흡사 큰 기업 같았다. 십중팔구 답변서가 뭔지도 모를 직원에게 이름을 밝히자 16층 응접실로 안내됐다.

10분을 기다려 상대방이 겨우 모습을 드러냈다.

"어이쿠, 이거 오래 기다리셨습니다."

호라이 가네토는 영업용 미소를 얼굴에 달고 나타났다. 아무리 봐도 태도는 외판원인데, 눈에 웃음기가 없으니 영업을 다녀도 미소로 고객을 낚기는 쉽지 않을 것이다.

"바로 얼마 전에 퇴원하셨다죠? 이제 괜찮으신 겁니까?"

"네, 덕분에."

"석 달을 입원하셨죠. 미코시바 선생 사무실은 선생 혼자였다고 기억하는데 힘드셨겠습니다."

호라이는 은근히 자기 사무실의 규모를 과시하는 모양이었다. HOURAI 법률사무소는 법인 등록이 돼 있고, 여기 미나미아오야마에 있는 사무실 외에도 오사카와 후쿠오카, 홋카이도에 각각 지소가 있다. 호라이는 대표 사원이라는 직함을 갖고 그 밑으로 변호사 두 명과 사무원 140명을 두었다. 실제로 본 적은 없지만, 사무원 백 명 이상이 일하는 공간은 벽을 터서 건물 한 층을 통째로 사용하는 데다 전원이 헤드셋을 쓴 모습이 흡사 큰 기업의 콜센터 같다고 한다. 이쯤 되면 변호사 사무실이라기보다 완전히 기업이다.

　몇 년 전부터 변호사와 법무사에 의한 초과 이자 반환 청구가 유행하면서 거기에서 발생하는 막대한 수수료와 보수로 벼락부자가 된 변호사가 크게 늘었다. 그들은 예외 없이 사무실을 확장하고 있지만, 유행은 언젠가 지나가게 마련이다. 한정된 밥그릇을 서로 차지하려는 싸움을 계속하다 보면 자원이 고갈되는 것은 자명한 이치로, 미코시바는 그 시기가 도래할 때를 흥미롭게 지켜보는 중이었다. 과연 몇 명이나 되는 변호사가 길에 나앉고 몇 명이나 되는 여자 사무원이 밤에 일을 나가게 될까. 이미 조짐이 나타나기 시작해서 이제는 연 수입이 3백만 엔대인 변호사까지 등장했다. 돈 안 되는 일을 하려는 사람이 많을 리도 없으니, 이 업계에도 조만간 빙하기가 찾아올지 모른다.

　"선생이 안 계시는 동안 구메 선생이 새 회장으로 정해졌습니다만, 솔직히 난 그분도 구폐라고 생각한단 말이죠. 다음 선거에선 다시 새로운 동지들과 함께 도전할 생각이니까 잘 부탁드립니다."

　호라이는 전문 분야인 채무 정리를 해설하는 책도 몇 권 냈고 지금은 텔레비전 버라이어티 프로그램에도 출연한다.

세상 사람들 눈에는 틀림없이 성공한 변호사 중 한 사람이건만, 본인은 돈만으로는 부족한지 올해 변호사회 회장 선거에 출마했다. 결국 최하위 득표라는 비참한 결과로 끝났으나, 놀랍게도 그는 명함에 '도쿄 변호사회 회장 후보'라는 직함을 넣었다. 명예에 대한 집념을 넘어 심지어 우스꽝스러움마저 느껴질 지경이다.

미코시바는 조금 전 다니자키가 요청한 것을 이 남자에게 말해 보고 싶어졌다. 분명 눈을 희번덕거린 뒤 당장 나가라고 하거나 자신의 진영에 끌어들이려 할 것이다. 어느 쪽이든 그가 얼마나 당황할지 상상만 해도 유쾌했지만, 이번 방문 목적은 따로 있었으므로 그만두었다.

"그나저나 갑자기 연락을 주셔서 놀랐습니다. 대체 무슨 일이신지?"

미코시바는 가방에서 서류 다발을 꺼냈다. 오늘 아침까지 빠진 게 없나 체크했던 안건의 보고서였다.

"이걸 보면 제가 왜 찾아왔는지 아실 겁니다."

의아한 표정으로 서류를 받아 든 호라이는 첫 페이지에 적힌 제목을 본 순간 눈을 크게 떴다.

'HOURAI 법률사무소 채무 정리 사건 조사 보고'

호라이의 얼굴에서 웃음기가 사라지고 대신 경악의 빛이

떠올랐다.

그래, 그렇게 나와야지. 아니면 재미없지. 페이지를 넘길 때마다 미간의 주름이 깊어지는 호라이를 보며 미코시바는 내심 회심의 미소를 지었다. 막다른 곳에 몰린 먹잇감이 겁에 질려 떠는 모습을 구경하는 것은 쉽게 얻을 수 없는 쾌감 중 하나다.

"이게 뭐지?"

호라이는 끝까지 보지 않고 고개를 들었다. 얼굴은 이미 분노와 의심과 불안으로 얼룩져 있었다.

"뭐기는요. 호라이 선생 사무소에서 하는 업무가 일변련 규정에 저촉되는 정도가 아니라 무자격 법률 행위에 해당된다는 걸 시사하는 보고서입니다."

미코시바는 거만한 자세로 다리를 꼬고 앉았다. 이 모습이 마주하는 자에게 불쾌감과 더불어 위압감을 준다는 것을 그는 잘 알고 있었다.

"법에 위배되는 일은 안 했어."

"채무 정리가 전문이신 선생인데 그거야 당연하겠죠. 하지만 법에 위배되지 않아도 일변련 규정으로 보면 어떨까 모르겠군요. 채무 정리 안건은 변호사 본인이 의뢰인과 직접 면담하는 게 제일 조건이란 건 굳이 설명하지 않아도 아시겠죠."

실제로 그 요건은 2011년 4월 1일부터 시행된 일변련 규정 제3조 첫머리에 당당하게 기재되어 있다.

"그런데 선생 사무소에선 하루 평균 2백 명이 넘는 고객을 상대하고 있거든요. 대표 사원인 호라이 선생을 포함해서 HOURAI 사무소의 변호사는 세 명. 단순히 계산해도 한 명당 하루에 67명이나 되는 의뢰인을 면담한다는 뜻이 됩니다. 그런데 선생들 업무 시간은 오전 11시부터 오후 5시까지 여섯 시간. 점심도 거르고 면접을 계속해도 의뢰인 한 명당 시간을 5분밖에 들일 수 없다는 계산이 된단 말이죠. 그 5분 사이에 의뢰인의 생활 상황과 채무 상황 및 가족 구성과 자산을 알아내다니 가히 초인적인 사무 능력이군요."

"사전에 질문 내용을 항목별로 정리한 메모가 있어. 분업이란 말은 어폐가 있지만 그 방법을 쓰면 면담에 시간이 걸리지 않아."

그렇게 나온단 말이지. 하지만 참 옹색한 변명이다.

"저런, 그거 참 체계적인 방법이군요. 하지만 그럼 이건 어떻습니까? 가령 보고서 10쪽을 보시면 실제로 선생의 사무소에 채무 정리를 의뢰한 인물의 증언이 있습니다. 사례 7의 남성은 히로시마 거주. 사례 11의 여성은 아키타 거주. 그런데 두 사람 다 같은 날 호라이 선생과 면담한 걸로 돼 있단 말이죠. 게다가 둘 다 도쿄로 올라오지 않았다고 하거든요. 혹시 전화 상담입니까? 그럼 직접 면담이라는 대원칙에 어긋나는 것 같습니다만."

"히로시마 쪽은 오사카 지소, 아키타 쪽은 홋카이도 지소에 면담을 위탁했어."

"지방 협력 변호사를 말씀하시는 겁니까? 뭐, 달랑 수수료 2만 엔에 귀찮은 사무 처리를 해 주니 편리하기 그지없습니다만, 오사카의 오쓰키 선생은 그날 변호사회에 출석해서 부재, 홋카이도의 야기 선생도 법원에 출정해서 종일 사무실에 없었는데요."

호라이는 신음하며 입을 다물었다.

이건 요코의 공적이었다. 호라이가 먼 곳에 사는 고객을 소화하기 위해 의뢰한 지방 협력 변호사. 원래 맡은 안건이 적은 변호사이기에 호라이의 제안에 응했겠지만 변호사 한 명, 사무원 한 명 있는 사무실에서는 스케줄 관리가 여의치 않다 보니 사무실을 비울 때가 의외로 많다.

조사 결과는 직접 면담이 실행되지 않았음을 보여 주고 있었다. HOURAI 법률사무소가 규정을 어기고 있다는 것은 이 하나만 봐도 명백했다. 변호사회 회장 자리를 노리는 호라이에게 규정 위반의 발각은 치명적인 실점을 가져다줄 것이다.

"보고서 11쪽엔 각 금융업자의 상담 기록이 기재돼 있습니다. 그걸 보면 업자를 상대로 감액 협상을 하는 사람은 전부 사무원 같더군요. 변호사와 직접 협상했다는 기록은 한 건도 없습니다."

"사무원한테는 미리 타협 가능한 최저 금액을 지시해 놔. 사무원은 단순한 메신저일 뿐이야."

"호오, 그럼 사례 22의 경우는 어떨까요. 업자가 집요하게 협상했더니 여기 사무장이 '내 재량으로는 마이너스 10만 엔이 한계다'라고 명언합니다. 이 사례는 업자 쪽에서도 녹음했기 때문에 언제든지 증거를 제출할 수 있습니다만, 이거야말로 변호사법 72조 무자격 법률 행위를 여실히 증명한다는 건 단순히 제 망상일까요?"

"녹음이라고?"

"세상 참 편리해졌습니다. 예전처럼 자기磁氣 테이프에 녹음하는 것도 아니고, 한 회선에 3개월 분량의 통화 기록이 남아 있다더군요."

"녹음은 증거 능력이 없어."

"그건 그렇죠. 하지만 총회 석상에 늘어앉으신 여러 선생님들의 심증을 좌우할 정도로는 유효할 겁니다."

총회라는 말을 꺼낸 순간 호라이의 어깨가 움찔했다. 미코시바의 예상대로 역시 변호사회에서 비난을 받는다는 게 고통인 것 같다. 그렇다면 이 방향으로 다시 공격을 가하자.

"더 있습니다. 규정 제8조 2, 변호사는 채무자에게 다른 채무가 있음을 알면서 해당 채무에 관한 채무 정리의 의뢰를 받지 않고 초과 이자 반환 청구 사건만 의뢰를 받아서는 안 된다. 이것과 관련해서도 녹음 기록이 남아 있었습니다. 같은 사무장이 '우리는 초과 이자 사건만 다룹니다'라고 단언하더군요."

이전에 통상 채무 정리의 보수는 채무 총액의 20퍼센트라는 규정이 있었다. 그런데 초과 이자 반환의 보수에 관해서는 규정이 존재하지 않는 탓에, 같은 업무량이면 초과 이자 반환이 유리하다고 전국의 변호사와 법무사가 초과 이자 반환 청구에만 매달렸던 경위가 있다. 각지의 변호사회와 법무사회가 황급히 시정에 나섰지만, 수액의 단맛을 본 벌레들이 거목을 떠날 수 있을 리 없었다.

"전에 변호사회에서 100인 리스트란 걸 작성했습니다. 무자격 법률 행위 규정에 저촉되는 방식으로 채무 정리 사건을 처리했던 소위 특정 변호사 명단이죠. 변호사회에선 이

명단을 바탕으로 문제 있는 변호사를 징계 위원회에 회부했지만, 처분할 수 있었던 건 소수뿐이고 나머지는 쉽사리 도망쳤습니다. 그건 무자격 법률 행위를 입증하기가 간단하지 않은 데다, 자기도 뒤가 구린 사람들이 징계 청구에 난색을 표했기 때문입니다. 하지만 이런 식으로 업자와 의뢰인의 증언을 갖춘 보고서가 있으면…….

"이런 짓을 해서 댁은 무슨 이득이 있지?"

호라이가 말을 가로막으며 눈을 부릅떴다.

"고액 보수를 받아야만 움직이는 미코시바 레이지가 타인의 사무소 경영에 참견하다니 무슨 꿍꿍이야. 설마 협박할 셈인가?"

"뭐, 이 정도로 잘나가는 사무소면 협박할 맛도 있겠습니다만 공교롭게도 전 합법적인 수익만 거둬서 말이죠. 그런 범죄 행위는 처음부터 안중에 없습니다. 굳이 말하자면 앙갚음이랄까요."

"무슨 말이야."

"제가 입원해 있는 동안 호라이 선생이 징계 청구를 제출하셨다더군요. 범죄자라고까지 하셨다죠?"

"그, 그건……."

"아닌 게 아니라 듣기 좋은 이야기는 아니고, 그런 의혹이 있는 인간이 변호사회에 눌러앉아 있는 게 언어도단인 건 틀림없습니다. 다만 제 경우는 어디까지나 소문의 범주를 넘지 않지만, 호라이 선생은 엄연한 변호사법 및 일변련 규정 위반이죠. 그럼 제가 이 보고서를 들고 위원회로 달려가는 건 윤리적으로 올바른 행동 아니겠습니까."

미코시바는 말을 멈추고 상대방의 반응을 기다렸다. 호라이는 보고서를 상세히 확인하는 것 같았으나 이윽고 얼굴을 들어 미코시바를 똑바로 응시했다.

호라이는 서서히 변호사의 가면을 벗었다. 지금까지 수백 명에 이르는 범죄자의 얼굴을 본 미코시바는 알 수 있었다. 그 밑에 나타난 것은 권모술수에 능한 짐승의 얼굴이었다.

"윤리적으로 올바를지 모르지만 댁의 행동 원리는 그런 게 아닐 텐데. 실제로 윤리 위원회에서 밝히기 전에 당사자인 나한테 카드를 공개했지."

미코시바는 또다시 내심 회심의 미소를 지었다. 마침내 상대방 쪽에서 타개책을 찾기 시작했다. 이런 협상에서는 먼저 손을 내민 쪽이 지는 것이다.

"다행히 댁은 나하고 동류인 모양이군. 세상엔 윤리나 정의보다 중요한 게 있다는 걸 아는 사람이지. 자, 확실하게 말해 보시지. 원하는 게 뭐야?"

호라이는 노려보듯 하며 얼굴을 들이댔다. 위협적인 표정을 지어도 효과가 없는 궁상맞은 얼굴이다. 입 냄새도 심했다. 미코시바는 그것을 피해 몸을 뒤로 기댔다.

"그렇게 무서운 표정 짓지 않아도 됩니다. 제가 여기 보고서를 들고 온 건 호라이 선생한테 사실 확인을 하기 위해서입니다. 선생이 사실 오인이라고 생각한다면 그런 보고서는 문서 세절기에 집어넣으면 그만입니다."

"……조건은."

"실은 개인적으로 관심이 있는 사안이 있어서 말입니다. 선생은 세타가야에서 일어난 쓰다 신고 살해 사건의 변호를 맡으셨죠."

"그래, 피고인이 범행을 자백해서 양형만을 다툰 사안이지. 바로 어제 항소 수속을 밟았고."

"사임하고 저한테 넘겨주시지 않겠습니까?"

"뭐라고? ……이거 봐, 피고인은 회사 임원도 아니고 평범한 주부라고. 지위도 명예도 재산도 없어. 나도 아는 사람의 의뢰가 아니었으면……."

"관심 없는 사안이면 교대해도 문제될 것 없죠."

"본인이 죄상을 인정하는 데다 여론은 그 여자한테 전혀 동정적이지 않아. 다소 감형을 받아 내도 명성을 얻을 수 있

는 사건이 아니고, 항소도 본인이 고집을 부려서…….'

"여론이 동정하지 않는 피고인은 내 전문이군요."

"대체 무슨 목적으로 그런 돈 한 푼 안 되는 재판을 맡으려는 거지?"

"당신도 채무 정리가 전문이면 사기꾼한테 가진 돈을 다 빼앗긴 의뢰인을 다룬 적이 있겠지."

"그래. 잘도 그렇게 천편일률적인 말에 속는다 싶다니까. '이건 절대로 돈 되는 이야기입니다', '당신한테만 특별히 알려드리는 겁니다'."

"정말로 돈 되는 이야기는 절대 남한테 가르쳐 주지 않는 법이야."

진의를 가늠하려는 것처럼 얼마 동안 미코시바의 표정을 살피던 호라이는 이윽고 체념한 것처럼 고개를 가로저었다.

"뭐가 필요하지?"

"공판 기록 전부."

"그쪽 선임 신청서를 확인하는 대로 우송하지. 그 밖엔?"

"그거면 충분해."

"보고서 백업은?"

"컴퓨터 하드디스크에 있지만 공판 기록을 받으면 삭제하지. 이것만은 날 믿어 주는 수밖에 없겠군."

협상이 끝나면 오래 머물 필요가 없다. 미코시바는 일어나 호라이를 거들떠보지도 않고 문을 열었다.

밖으로 나가기 직전 뒤에서 혀 차는 소리가 들렸다.

*

중앙 합동 청사 제6호관, 도쿄 지방 검찰청.

미사키 교헤이가 서 있는 10층에서는 옆의 붉은 벽돌 건물을 노려볼 수 있었다. 메이지 시대의 서양 건축을 현대에 남기는 당당한 외관은 구舊 사법성의 권위를 체현한다. 건물 전체의 신바로크 양식에는 제국 시대의 자취마저 감돈다.

도쿄 지검에 부임하고 나서 한동안은 그 전망에 적잖은 감개마저 느꼈지만, 반년을 보고 나니 이제는 그저 자료관이구나 싶었다.

분명 너무 바쁘기 때문일 것이다. 전임지의 지검과 비교해도 이곳에서 다루는 사안은 극단적일 만큼 많다. 같은 검사장이라도 다른 지검과 도쿄 지검의 대우가 다른 이유를 부임하고 나서야 알았다.

노크 소리가 들렸다. 들어오라고 하자 사무관인 요코야마 준이치로가 나타났다.

"조서를 가져왔습니다."

"거기 놔 줘."

또 새로운 안건이 들어온 모양이다. 업무량이 많은 데는 익숙하다고 생각했는데, 이렇게 연달아 들어오면 다소는 의욕이 감퇴한다. 그런 모습을 부하에게 보일 수도 없어 돌아서지 않았는데 상대방이 한 수 위였다.

"미사키 검사님……. 어디 안 좋으십니까?"

"왜 그렇게 생각하지?"

"평소에 제가 찾아뵀을 땐 늘 앉아 계셨으니까요."

"하하하, 내가 무슨 컴퓨터 부속품인가. 인간인데 가끔 이렇게 창밖을 내다볼 때도 있지."

"하지만 미사키 검사님만은 부하 앞에서 이유도 없이 평소와 다른 모습을 보이시지 않죠. 저도 기분을 전환하고 싶을 때 곧잘 밖을 바라보거든요."

미사키는 그 말을 듣고 놀라는 동시에 조금 감탄했다.

"호오, 꽤 자세히 관찰했군."

"네. 저한테 차석 검사님은 검찰관의 귀감 같은 분이시니까요. 일거수일투족 빠짐없이 지켜보고 있습니다."

이 남자는 이런 낯간지러운 소리를 해도 비꼬는 것처럼 들리지 않는다. 지검 사무관이라는 직업에 걸맞지 않게 어린애 같은 천진난만함을 지녔다.

"검찰관의 귀감이라. 그런 대단한 게 아니야. 그냥 공무원이지."

"그렇습니까? 저희 입장에서 보면 차석 검사님은 엘리트 중의 엘리트란 인상입니다만."

엘리트라는 말에 미사키는 다소 머쓱해졌다.

전임지 나고야 지검에서는 지검장인 검사장이었지만 도쿄 지검에 부임하는 시점에서 차석 검사가 됐다. 직함은 낮아졌지만 사실상의 영전이라 여겨진다. 도쿄 지검 차석 검사로 2년, 이어서 고등 검찰청 차석 검사로 2년을 보내고 나면 도쿄 지검 검사장으로 승진. 막연히 그리는 미래도 터무니없는 게 아니다. 각 관직을 실점 없이 거치면 순당하게 나아갈 수 있다.

다만 미사키 본인은 실점 없이 그 기간을 보내겠다는 의식은 털끝만큼도 없었다. 동기 중에는 정해진 레일 위를 달리는 게 엘리트의 도리라고 호언장담하는 자도 있었지만, 그게 소위 엘리트의 정의라면 그런 건 개나 줘라 싶다.

검찰관의 본분은 실점 없이 직무를 수행하는 게 아니다. 나라와 국민이 정의라고 믿는 바를 관철하는 것이다. 필요하다면 가스미가세키(일본 도쿄의 중앙 관청가-역주)에 서식하는 기생충을 배척하고 권력자를 포박한다. 그것을 목적으로 자신들에게는 엄니와 발톱이 주어져 있다.

"제가 감히 드릴 말씀은 아니지만…… 역대 차석 검사장은 좀 더 업무를 조정하셨는데요."

"풋."

'조정'이라는 표현이 정말이지 이 남자다워서 저도 모르게 웃고 말았다.

"마음 써 줘서 고맙지만 걱정하지 않아도 되네. 겨우 이정도 분량을 처리하지 못하면 기껏 송검해 주는 현장 경찰관들한테 면목이 없지."

그건 괜히 입으로만 하는 말이 아니라 미사키의 본심이었다.

지금처럼 검찰청의 바람직한 모습이 문제시된 적이 없었다. 검사에 의한 증거물의 날조, 여당 의원의 불법 정치 헌금에 대한 약한 처분. 국민이 간판에 페인트를 끼얹을 만큼 실추된 신뢰. 그것을 뒤엎으려면 그 어떤 작은 악행도 의연하게 대해야 한다.

인기를 얻기 위한 퍼포먼스는 필요 없다. 필요한 것은 '천망회회 소이불실'('하늘의 그물은 넓어서 죄인을 놓치지 않고 모조리 잡는다'는 뜻이다-역주)이 말뿐이 아님을 몸으로 국민에게 알리는 것뿐이다.

"요코야마."

"네."

"질서는 누가 만든다고 생각하나?"

"법률…… 아닙니까?"

"아깝군. 법률은 법률이지만 그 안의 벌칙이 안녕질서의 근간이네. 모든 악행은 언젠가는 드러나서 심판을 받고 상응하는 벌을 받는다는 인식이 질서와 직결되는 거야. 그러니까 우리는 그 어떤 죄에 대해서도 관대하면 안 돼. 나약하면 안 돼. 죄에 관대하다고 하면 말은 그럴싸하지만 결국은 자기가 소중한 것뿐이야."

그렇기에 자신의 책상 위에 놓인 안건은 가능한 한 도마에 올려 단죄한다. 검찰관 미사키 교헤이의 존재 이유는 그것뿐이라고 믿어 의심치 않는다.

얼핏 돌아보자 요코야마는 어쩐지 근심 어린 표정이었다. 생각이 금세 얼굴에 드러나는 것도 이 남자의 특징인데, 범죄 수사에 관여하는 부서 사람으로서 이것만은 그저 칭찬할 수는 없었다.

"방금 한 말에 뭐 마음에 걸리는 거라도 있나?"

"아뇨, 그런 건……."

"관대함을 부정하는 것이 징벌주의로 이어지는 건 아닌가…… 그런 걱정을 하는 건가?"

요코야마는 입을 다물고 있었지만 역시 속마음을 감추는 재주가 없나 보다. 그렇다고 얼굴에 쓰여 있었다.

"그게 면죄부가 된다는 말은 아니네만 징벌주의가 요새 추세야. 나 혼자 나선다고 어떻게 되는 일은 아니지."

그렇게 말하자 요코야마는 살짝 고개를 끄덕였다.

재판원 제도가 도입된 뒤로 형사 사건의 판결 내용은 확실히 엄벌 쪽으로 나아가고 있었다. 일반 시민의 감각을 법조의 장에 반영시킨다는 제도의 취지가 결국은 징벌주의의 원동력이 되고 만 과정은 미사키의 입장에서 봐도 흥미로웠다.

사형이 구형되는 재판원 재판에서 자신의 한 표를 던지기를 주저하는 선량한 시민도, 법률 전문가들이 내리는 엄벌에는 일정 정도 이해하기 시작한 걸까. 아니면 계속되는 흉악 사건에 잠들어 있던 일벌백계 의식이 깨어난 걸까.

어쨌거나 최근 있었던 여론조사에서도 사형 제도의 존속을 과거 어느 때보다도 많은 80퍼센트 이상이 긍정했다. 엄벌화가 세상의 추세임을 보여 주는 한 가지 방증이다. 폭주만 하지 않는다면 검찰이 배지의 문장紋章대로 추상열일을 관철해도 비난받을 세태는 아니다.

"가령 지난번 세타가야의 남편 살해 사건도 법원은 구형대로 징역 16년을 선고했지. 구형과 일치하는 판결이란 건 뒤집어 말하면 좀 더 엄벌해야 한다는 법원의 의향이야. 행인지 불행인지 변호사가 그날로 항소해 준 덕에 고법에선 또 다르게 판단할 가능성이 생겼지만."

"아, 그러고 보니까" 요코야마가 불현듯 말했다. "그 안건, 변호사가 교대했는데 아십니까?"

"교대?"

"네. 항소 수속을 끝낸 직후에 전임 변호사가 사임했습니다."

미사키는 보고를 받은 사건을 떠올렸다. 변호인은 호라이라는 남자였는데, 담당 검사 말로는 궁상맞은 얼굴과 탐 많은 듯한 눈이 인상적이었다고 한다. 형사 사건에는 익숙지 않은 것 같았고, 재판의 쟁점이 양형뿐이라서 그런지 건성으로 임하는 태도가 공판 기록에도 여실히 드러나 그 점에서만은 피고인인 쓰다 아키코를 동정했다.

"전임 변호사는 평판이 좋지 않은 인물이었습니다. 아는 이들 사이에선 벼락부자 변호사란 별명을 얻었죠."

"아하, 채무 정리를 전문으로 다루는 장사치인가."

인품이 비열하다는 소문이 퍼질 만도 하다. 분명 의뢰인이 아니라 돈을 위해 열심히 뛰어다니는 자 특유의 얼굴이었을 것이다.

"우리 쪽에서야 상대가 그런 부류면 편하고 좋네만."

"피고인의 경제적 사정 때문인지 처음부터 열의가 보이는 변호는 아니었죠."

하지만 그것도 자업자득에 가깝지 않을까. 생활 무능력자인 남편에게 정이 떨어졌다고 다른 남자와 새 출발 하기를 바란 여자. 그것뿐이라면 흔해 빠진 이야기지만, 쓰다 아키코가 선택한 것은 남편 살해였다.

일정한 직업이 없었던 것을 피해자의 잘못으로 돌리는 데는 거부감이 들었다. 미사키는 곤경에 처했을 때 힘을 합치는 게 부부라고 믿었다. 따라서 스스로의 행복을 위해 남편을 배제한 아내는 단죄되는 게 당연하고, 무능한 변호인을 만난 것도 하늘의 뜻이다 싶었다.

"교대라면 바로 다음 변호인이 정해졌다는 뜻인가?"

"네. 그런데 그게……."

"그게?"

"후임은 미코시바 레이지 변호사입니다."

"뭐야?" 미사키는 저도 모르게 되물었다. "아직 입원 중 아니었나?"

"바로 얼마 전에 퇴원했다나 봅니다. 변호임 선임 신청서는 어제 날짜로 송부됐고요."

"하지만 그 사내는 부유층 인간의 의뢰만 받을 텐데. 피고인의 가족 중에 그런 사람은 없어."

"진의는 알 수 없습니다만……."

미사키는 책상으로 돌아와 얼굴 앞에서 두 손을 깍지 꼈다.

설마 그 사내가 이 사건에 개입할 줄이야. 아니, 그 이전에 이렇게 빨리 복귀할 줄은 몰랐다.

미사키에게 미코시바는 불구대천의 원수라 할 수 있었다. 지금으로부터 몇 년 전 어느 지점에 부임해 처음 맡은 안건이 첫 대결이었는데, 결과는 미사키의 참패로 끝났다. 검찰에서 구형한 징역 15년이 집행유예가 붙은 징역 3년으로 감형된 것이다.

일본의 법원에서 유죄 판결이 내려질 확률은 99.9퍼센트라고 한다. 그런 관점에서 보면 집행유예가 붙었어도 유죄 판결임에는 틀림없으니 특이한 사례는 아니지만, 검찰 입장에서는 역전 패소나 다름없었다.

다행히 이 사안은 담당 검사의 전임轉任으로 인계받은 것이었던지라 미사키에게 비난이 집중되는 일은 없었지만, 뭣보다도 미사키 본인의 마음에 씻을 수 없는 오점을 남겼다.

검찰관이 된 지 사반세기 가까이 지났지만 그 정도로 철저하게 깨진 것은 그때가 처음이었다. 그 뒤로 미코시바와 맞붙을 기회는 없었지만 그의 이름과 얼굴은 한시도 잊은 적이 없다. 뾰족한 귀와 잔인해 보이는 입술. 판결이 내려지는 순간에도 그 사내는 태연했지만, 속으로는 미사키를 조롱하고 업신여겼을 게 틀림없다.

그런 미코시바가 또다시 자신의 앞을 가로막으려 하고 있었다. 자신이 법정에 선 사안은 아니지만 도쿄 지검의 사안이니 마찬가지다.

안건이 많다고 진저리를 내고 있을 겨를은 없다. 미사키는 서랍에서 쓰다 아키코 사건 파일을 꺼내 검찰 측 주장에 하자가 없는지 다시 검토하기 시작했다.

"검사님?"

"이 사안은 내가 담당하지."

"차석 검사님이…… 담당하신단 말씀입니까?"

요코야마는 놀란 표정을 감추지 않았다. 그도 당연할 것이다. 본래 도쿄 지검의 차석 검사가 공판정에 서는 일은 웬만해서는 없다. 이례적인 일이니 검사장에게 승인도 받아야 한다.

하지만 상대가 미코시바라면 이야기는 별개였다. 한 번

진 적이 있는 상대방은 피하고 싶은 마음이 생기게 마련이다. 앞으로 일선 검사들을 질타해 가야 하는 입장의 미사키에게 피하고 싶은 적은 있어선 안 되는 존재다.

그리고 뭣보다도 그때의 패배가 남긴 오점을 생각하면 부아가 치밀었다. 판결문을 낭독하는 목소리가 문득 뇌리에 되살아날 때가 있는데, 그때마다 위 언저리가 묵직해졌다. 그 불쾌감을 씻어 내리려면 다시 한 번 미코시바와 대결해 승리를 거두는 수밖에 없었다.

"급한 일 아니면 아무도 들여보내지 말고."

그나저나 이해가 되지 않았다.

아무리 생각해도 미코시바가 이 사건의 변호를 맡은 이유를 모르겠다.

대체 미코시바는 무슨 꿍꿍이인 걸까.

3

도쿄 구치소 대합실. 전광판에 번호가 표시되자 미코시바는 3호 면회실로 안내됐다.

일반인 같으면 당연히 긴장할 면회실 풍경에 어느새 익숙해졌다. 자칫하면 호텔 라운지보다 더 편할지도 모른다.

아크릴판 앞에 앉아 미코시바는 생각했다.

이곳에 여러 번 드나든 자신에게는 가끔 이 아크릴판이 존재하지 않는 것처럼 보일 때가 있다.

일반인과 죄인을 가르는 것은 고작 몇 밀리미터 두께의 판에 불과하다. 이 얼마나 취약한 경계선인가. 이건 현실에서 죄인과 그 밖의 사람 사이에 그렇게 큰 차이가 없다는 사실을 빗댄 걸까.

이윽고 만나러 온 인물이 나타났다.

"기다리시게 해서 죄송합니다. 쓰다 아키코예요."

첫인상은 그저 평범한 주부였다. 외모도 보통, 키도 작고 목소리에는 생기가 없었다. 나이는 서른다섯 살일 텐데 구류 생활 때문인지 열 살은 더 들어 보였다.

"미코시바 레이지입니다."

"저, 호라이 선생님 후임으로 변호를 맡아 주셔서 감사합니다. 갑자기 호라이 선생님이 사임하겠다고 하셨을 땐 많이 놀랐지만, 미코시바 선생님께서 인계해 주실 거라고……."

"변호사도 익숙한 분야, 익숙하지 않은 분야가 있어. 호라이 선생한테 형사 사건 변호는 짐이 무겁지."

"하지만 저……. 그런 선생님은 변호료가 비싸다고 들었는데요. 저희는 그렇게 유복한 집이⋯⋯."

"줄 수 있을 만큼 줘도 돼." 미코시바는 관심 없다는 듯 말했다. "어차피 내 정규 요금은 당신 가족이 낼 수 있는 액수가 아니야. 그러니까 줄 수 있을 만큼 주면 돼. 물론 무료 봉사는 안 되지만 그래도 국선보다 훨씬 납득할 수 있는 변호를 해 주겠어."

"이유가 뭐죠?" 아키코는 의아한 듯했다. "어째서 그런 조건으로 제 변호를 맡아 주시는 건가요?"

"저만 살겠다고 남편을 죽인 여자. 세간에선 꽤 화제가 되고 있지. 어느 세상에서나 영웅과 악당은 보통 사람들한테 인기가 있어. 그리고 대개의 경우 악당은 보도 시점에 교도소 담장 안에 있으니 대리인이 스포트라이트를 받게 되고. 부르지도 않았는데 마이크하고 카메라가 알아서 모여들어."

"⋯⋯유명해지려고요?"

"노골적으로 말하면 그렇겠지. 하지만 그건 쓰다 씨하곤 상관없는 일이야. 쓰다 씨는 우수한 변호인이 필요하고, 난 가성비가 좋은 광고 수단이 필요해. 쌍방의 이해가 일치하지. 그 이상 뭘 바라나?"

얼마 동안 생각하던 아키코가 살짝 고개를 끄덕였다. 그래, 그렇게 나와야지. 이 여자에게는 애초에 선택의 여지가 없다.

"단 조건이 하나 있어."

"뭔데요……."

"형사나 검찰관한테는 거짓말을 해도 돼. 숨겨도 돼. 자기한테 불리한 증언을 안 하는 것도 피고인의 권리야. 그렇지만 나한테만은 진실을 말해 주면 좋겠어. 뭐든 다, 모조리. 아니면 쓰다 씨 변호를 할 수 없어. 구치소에서 나갈 때까진 말이지, 쓰다 씨, 쓰다 씨 편은 세상에서 나 하나뿐이라고 생각해야 해. 어때, 지킬 수 있겠나?"

이 물음에도 아키코는 살짝 고개를 끄덕였다.

"좋아, 이제 자기소개는 끝이야. 그럼 바로 본론으로 들어가지. 먼저 사실 확인부터 할까. 올해 5월 5일, 쓰다 씨는 남편인 신고 씨를 살해했어. 욕실에서 커터로 뒤에서 목덜미를 마구 찔러서. 맞나?"

아키코는 잠자코 고개를 끄덕였다. 혹시 결백을 주장하지는 않을까 하는 예상이 빗나갔다.

"왜 죽였지?"

"그 남자는 쓰레기 같은 사람이었어요. 회사에서 구조조정으로 잘리고 나서 3년이 지나도록 재취업도 안 하고 방구석에 틀어박혀선 남편과 아버지 노릇을 포기했다고요. 그리

고 전 파트타임으로 일하는 곳의 요시와키 씨한테 마음이
가서…….."

"신고 씨가 방해가 됐다. 남편하고 헤어져 그 남자와 결혼
하길 꿈꿨다."

"네, 그래요. 하지만 남편이 그런 걸 용납할 리가 없었어요.
남편은 제가 요시와키 씨랑 사귄다는 걸 알고 저한테 욕을
퍼부으면서 마구 때렸어요. 그래서 저도 모르게 울컥해서."

"'저도 모르게'였다?"

미코시바는 일부러 거기서 말을 끊었다. 본인에게서 반론
을 끌어내기 위해서였으나 아키코는 미코시바가 말을 잇기
를 기다릴 뿐 자신의 말을 취소하려 하지 않았다.

본인의 주장에 따르면 우발적 범행이라는 뜻인데, 검찰
쪽에서는 먼저 이 부분을 공략했다. 우발적이 아니라 계획
적인 범행이라는 것이다.

"사전에 흉기를 준비한 게 아니라 어디까지나 그 순간에
살의가 치밀었다는 뜻이군?"

"네."

그러나 살해 현장이 욕실이라는 사실이 아키코에게 불리
하게 작용했다. 피해자가 완전히 무방비한 상태가 되는 욕
실에 칼을 들고 침입한다는 것 자체가 이미 계획적이라는

지적을 받은 것이다. 본인이 아무리 우발적 범행이라고 우겨도 합리성이 결여된 이야기로는 법정에서 이길 수 없다.

게다가 범행 후 한 행동이 재판원에게 좋지 않은 인상을 주었다. 남편의 사망을 확인한 아키코는 광에서 비닐 시트를 꺼내 와 시체를 그 위로 옮겨 놨다.

"시체를 비닐 시트에 놓은 건 어디 다른 데로 이동하려고 그런 건가?"

"네……. 아무튼 이대로 집 안에 둘 순 없다 싶어서……. 그랬는데 중간에 시아버지가 오셔서."

근처에 사는 피해자의 아버지가 우연히 찾아왔다가 아들의 시체와 피투성이가 된 아키코를 발견하고 경찰에 신고했다.

"그 밖에 같이 사는 가족은?"

"딸이 둘 있어요. 큰애인 미유키와 작은애인 린코예요."

"하던 이야기로 돌아가지. 쓰다 씨는 남편하고 헤어져서 새 출발을 하기를 바랐어. 그럼 두 딸은 어쩔 생각이었나?"

"가엾지만 그 집에 두고 갈 생각이었어요. 애가 딸려 있으면 요시와키 씨가 절대로 결혼해 주지 않을 것 같아서요."

의뢰인 앞이 아니면 깊게 한숨을 쉬고 싶은 심정이었다. 말이 솔직한 것이지, 자신이 하는 말에 주위가 어떻게 반응할지 생각도 하지 않는다. 이래서야 재판원들의 인상이 더 없이 나빴던 것도 당연하다.

"검찰 측 논고는 전부 시인하는 거지?"

"전부는 아니에요. 계획적이지 않았어요."

그건 어디까지나 주관의 문제다. 법정에서 상대하는 것은 재판관과 재판원, 그리고 노회한 범죄자를 상대해 온 검찰관이지, 정신과 의사가 아니다. 주관을 길게 늘어놔 봤자 점점 더 인상을 악화시킬 뿐이다.

어쨌거나 본인이 살인 사실을 긍정한다는 게 최대의 난점이었다. 이래서는 역전이고 뭐고 없다. 본인의 주장만 보면 판결을 뒤집기는 거의 불가능했다.

"살인 행위를 시인하고 있고, 동기는 도무지 정상 참작이 불가능해. 그런데 의뢰인으로서 뭘 바라지?"

"죄를 가볍게 해 주세요." 갑자기 어조가 또렷해졌다. "한시라도 빨리 여기서 나가게 해 주세요."

여기에는 미코시바도 조금 어이가 없어졌다. 한 사람을 죽였다는 것을 인정하면서 그래도 형을 살기는 싫다는 것이다. 지금까지 오만하거나 자기 본위적인 의뢰인을 수두룩하게 만났지만, 이 정도로 천연덕스럽게 터무니없는 소리를 하는 사람은 흔치 않았다.

"죗값을 치르겠다는 마음은 없나?"

"있긴 하지만 그보다 딸들이 걱정이에요."

"뭐야?"

"10년도 넘게 그 애들을 내버려 둘 순 없어요."

"이거 봐, 아까는 두 딸을 버리고 갈 생각이라고 했잖나."

"그건 남편이 살아 있다는 걸 전제로 한 이야기예요. 돈을 벌어 오던 제가 없어지면 그런 남자라도 두 애를 먹여 살려야 하니까요. 하지만 남편이 죽은 지금 그 애들을 키울 수 있는 사람은 저 하나뿐인걸요."

지리멸렬한 말이다. 논리가 맞지 않는 데다 모든 게 자기가 중심이다. 이래서는 피고석에서 굵은 눈물을 뚝뚝 흘려 봤자 재판원의 동정을 눈곱만큼도 얻지 못할 것이다.

"그게 얼마나 어려운 일인지 알고 있나?"

"아니까 변호를 부탁드린 거예요. 국선이 아니라 사선私選을."

미코시바는 다시금 아키코를 관찰해 봤다. 나이에서 오는 외모의 쇠퇴는 감출 길이 없었지만, 그 점을 고려해도 미인이라 보기는 어려웠다. 목소리는 굵고, 손질이 되지 않은 손톱에는 때가 꼈으며, 손등만 봐도 손이 얼마나 심하게 텄는지 알 수 있었다. 꽉 졸라 묶은 머리에는 비듬까지 꼈다. 자신의 자기중심적인 발언을 후회하는 기색도 없었다. 아니,

애초에 자기중심적이라는 생각이 없을 것이다. 그러나 어떻게 보나 평범한 여자의 입에서 이런 말이 나온다는 것에서 씻을 수 없는 이질감이 느껴졌다.

분수를 모르는 사람은 적지 않다. 이렇다 할 수입도 없으면서 값비싼 브랜드 물건을 닥치는 대로 사들여 개인 파산에 이르는 여자. 장롱면허 수준의 운전 실력밖에 없으면서 페라리가 갖고 싶다고 범죄를 저지르는 남자. 눈에 띄는 것이라곤 흰머리와 뱃살뿐인데 미녀와의 결혼을 꿈꾸는 중년 남자. 거울이 없는 나라에서 왔는지 유명 스타와 공연할 수 있다고 믿으며 연예 기획사에 들어가는 여중생. 집단 사기 사건의 피해자 집회는 그런 인간들의 견본 시장이다.

그러나 아키코는 그런 인종은 아닌 듯했다. 어디가 어떻게 다르냐고 물으면 대답할 수 없지만, 어리석은 인간들을 봐 온 미코시바는 그녀가 단순히 분수를 모르는 사람이라는 생각이 들지 않았다. 분수를 모르는 사람은 자신의 진짜 모습을 모른다. 하지만 아키코는 최소한 자신의 실상만은 눈에 보이는 것 같았다.

머리 한구석에 정신 감정이라는 단어가 떠올랐다. 요새 무능한 변호사들이면 누구나 하고 싶어 하는 것이라 처음부터 경시했는데, 이번에 한해서는 유효한 수단일지도 모르겠다.

"어쩌면 이것저것 검사를 받게 될 수도 있어."

떠보듯 물어봤지만 아키코는 반응이 없었다. 승낙한 것이라고 해석하자.

"또 오지."

목적은 감형. 수단은 피고인을 동정하게 될 사정을 수집하는 것.

일단 방침이 정해지고 나면 그다음 할 일은 오로지 행동뿐이다. 미코시바는 인사도 하는 둥 마는 둥 하고 면회실에서 나왔다.

*

이전에 위임 관계가 있었어도 사임한 시점에서 변호사는 완전히 무관계한 사람이 된다.

따라서 미사키 검사가 전임 변호사를 만나도 아무런 문제가 없었다. 있다면 미사키 자신이 그 변호사를 싫어한다는 점뿐이었다.

검찰관과 변호사는 입장상 늘 이해가 상충한다. 단 그건 법정 안에서 그런 것이고, 밖으로 한 발 나오면 같은 법조계 사람이 된다. 미사키가 호라이를 싫어하는 것은 오로지 인간성 때문이있다.

안내 데스크에서 찾아왔음을 알리자 호라이가 바로 나타났다.

"안녕하십니까, 미사키 검사."

미사키의 얼굴을 보자마자 아첨하듯 웃음을 지었지만 꾸미는 게 너무 뻔했다. 아무리 겉치레라도 좀 더 연기력을 보이라고 요구하고 싶지만, 이 남자에게는 그게 그나마 최대한의 서비스일 것이다.

"지난번 쓰다 아키코 공판에서 담당 검사께 여러 모로 폐를 끼쳤습니다."

"아뇨……."

"하지만 결국 제 변호는 아무 소용도 없었죠."

잘도 시치미 뗀다 싶다. 공판 중에 이 사내가 한 일이라곤, 검찰 측의 주장을 대부분 인정하며 반론도 의혹도 제기하지 않고 그저 온정 어린 판결을 내려 달라고 재판원에게 호소한 것뿐이지 않았나. 그런 것은 변론도 뭐도 아니다. 열의가 없다는 게 공판 기록에까지 드러날 만큼 대충 날림으로 해치웠는데 그런 게 무슨 변론인가.

호라이는 이내 도쿄 변호사회 임원들에 대해 비판적인 발언을 늘어놓기 시작했다. 여기에는 미사키도 당황했다. 이 또한 서비스랍시고 검찰의 적인 변호사회를 헐뜯어 환심을 사려는 모양인데, 역효과라는 것을 전혀 깨닫지 못한다.

"실제로 그 사람들, 젊은 사람들 발목을 붙드는 존재가 돼 가고 있죠."

호라이는 상대방의 불쾌감도 알아차리지 못하고 귀에 거슬리는 목소리로 말을 계속 늘어놨다. 호라이가 이름을 언급한 임원들은 미사키도 아는 이들인데, 눈앞에 있는 천박한 인간과는 비교도 안 되는 인격자들이었다. 기관지에 기고된 논문도 몇 번 본 적이 있지만 입장은 달라도 인권과 도덕, 그리고 변호사의 바람직한 모습에 관한 고찰에는 공감되는 부분이 많았다.

"귀중한 의견은 이만 됐고, 슬슬 본론에 들어가도 되겠습니까?"

이 이상 공허한 자기 홍보를 들어 줄 의무는 없다. 미사키는 호라이의 말을 가로막고 용건을 꺼냈다.

"오늘 찾아뵌 건 저번 쓰다 아키코 사건과 관련해서입니다."

"네? 미사키 검사도 말입니까?"

"저도?"

"도쿄 지검 차석 검사이신 분이 왜 일부러? 1심 판결의 골

자는 아실 텐데요. 이제 와서 저한테 뭘 물어볼 게 있으신지?"

"왜 변호사를 사임했는지, 아니, 왜 미코시바 변호사와 교대했는지 알고 싶습니다."

한순간 침묵이 흘렀다. 호라이는 값을 매기는 듯한 시선으로 미사키를 살폈다.

"그게 사건과, 아니, 차석 검사와 무슨 상관입니까?"

조금 전까지와는 달리 완고함이 어린 어조가 되레 미사키의 흥미를 끌었다.

"호라이 선생이 그 사람을 소개한 겁니까? 선생의 사임 통지서와 그 사람 선임 신청서를 봤습니다만 날짜가 같더군요. 두 사람 사이에 뭔가 이야기가 있었고 더불어 의뢰인인 쓰다 아키코의 승낙을 사전에 받지 않았으면 그런 일은 불가능하죠."

하지만 사실 변호인의 지시를 따를 수밖에 없는 의뢰인에게 선택의 여지는 없다. 변호인을 교대한다고 하면 잠자코 선임 신청서에 서명할 수밖에 없다. 따라서 역시 호라이와 미코시바 사이에 어떤 협상이 이루어졌는지가 이야기의 핵심이다.

"죄송하지만 그건 비밀 유지 의무가……."

"한낱 사임 이유인데 말입니까?"

"네."

어렴풋이 동요가 느껴졌다. 그럼 좀 더 흔들어 볼까.

"변호사법에선 비밀 유지 의무를 중요하게 취급하죠. 그게 23조였던가요. 하지만 그 조문엔 법률에 별도의 규정이 있는 경우에는 별개라고 단서가 붙어 있습니다. 바꿔 말해서 사임 이유가 다른 사건과 관계가 있다면 비밀 유지 의무가 면제된다는 뜻입니다. 검찰관 입장에선 납득할 수 없는 점에 관해 철저하게 조사할 필요가 있습니다. 이번처럼 항소한 경우엔 특히 더."

단호하게 말하기 무섭게 호라이의 눈이 좌우로 흔들리기 시작했다.

비밀 유지 의무는 십중팔구 핑계에 불과할 것이다. 도대체가 비밀 유지 의무를 소리 높여 주장하는 변호사가 그런 엉터리 법정 투쟁을 할 리 없다.

"그리고 인간이란 숨겨져 있던 걸 스스로 발견하면 집착하게 되는 버릇이 있습니다. 그 경우 감추고 있던 당사자에 대해 한층 가학심을 느끼게 마련입니다. 하지만 본인이 깨끗하게 고백하면 그런 일은 없습니다. 아니, 되레 친근감까지도 갖게 되죠."

이건 용의자를 조사할 때 입을 열게 하기 위해 미사키가 곧잘 쓰는 수법이었다. 하지만 용의자에게만 효과가 있으리라는 법은 없다. 실제로 눈앞의 변호사는 벌써 진술하려 하고 있었다.

의도했던 대로 호라이가 넘어왔다.

"비밀 유지 의무가 해당되지 않는 부분이라면 협조할 수 있을 겁니다."

"그거 고맙군요. 그래서요?"

"사임 이유는 저나 쓰다 아키코 쪽에 있지 않습니다. 굳이 말하자면 미코시바 선생이 대단히 강력하게 요망했기 때문이라고 할까요."

"미코시바 변호사가?"

"네. 저도 다루는 안건이 워낙 많기 때문에 그쪽에서 제안했을 땐 마침 잘됐다 싶었지만, 그게 아니었어도 그 정도로 열심히 설득하면 마음이 움직일 만도 하죠."

"미코시바 변호사는 이유를 뭐라 하던가요?"

"그건 저한테도 분명하게는 말해 주지 않더군요. 몹시 집착한 건 확실합니다만."

미사키는 이야기를 하면서 상대방의 눈빛을 읽었다. 넘어온 것처럼 보였지만 이 남자는 아직 모조리 털어놓은 것은 아닌 듯했다. 변호 능력은 그렇다 치고 거짓말하는 습성만은 변호사에 잘 어울린다 싶어 미사키는 감탄했다.

"미코시바 선생의 제안을 받아들여 쓰다 아키코한테 그렇게 알렸더니 승낙하길래 바로 수속을 밟은 겁니다."

"쓰다 아키코의 반응은 어떻던가요?"

"처음에 알렸을 땐 놀란 것 같았지만 미코시바 선생의 열의를 전달했더니 바로 납득하더군요."

이 부분도 거짓이다 싶었다. 자신의 운명을 쥔 변호인이 도중에 교대하는 것이다. 본인이 희망한 게 아니면 사임 이유와 후임 변호사의 됨됨이가 신경 쓰이는 게 당연하다. 그걸 즉시 받아들였다면 호라이가 억지로 의뢰인을 설득했거나, 아니면 의뢰인이 호라이의 변호 능력을 의심하고 있었거나 둘 중 하나일 것이다.

"미코시바 변호사가 집착한 이유를 호라이 선생은 뭐라고 생각하시는지?"

"글쎄요, 전 잘……. 의뢰인 가족이 부자가 아니란 건 분명하게 설명했습니다만."

"그럼 호라이 선생은 어떤 경위로 의뢰를 받게 된 겁니까? 설마 의뢰인과 전부터 알던 사이였거나 한 겁니까?"

"비슷합니다. 실은 피해자 아버지하고 다소 안면이 있었죠."

"저런, 의뢰인의 아버지가 아니라 시아버지입니까?"

"네. 피해자 아버지는 쓰다 요조라고, 지역 민생위원(지역 실정을 잘 아는 사람을 대상으로 도도부현지사가 추천하고 후생노동성 장관이 위촉하여 임명한다. 무급 비상근 특별직 공무원에 해당하며, 각 지자체의 복지사무소와 연계해 지역 사회의 생활 복지 증진을 위한 활동을 하는 민간 봉사자-편집자주)이거든요. 채무 문제가 있는 주민이 요조 씨한테 와서 상담하면, 요조 씨가 저희 사무소를 소개하는 식으로 문제를 해결하곤 했죠. 이번 사건은 그런 오랜 친분을 통해 맡은 겁니다."

"요조 씨는 처음에 어떤 경로로 호라이 선생을 알게 됐습니까? 그것도 누가 소개한 겁니까?"

"아뇨, 요조 씨는 사무소 홈페이지를 보고 연락하셨죠. 그때 아직 저도 직접……."

호라이가 갑자기 말을 중단했다. 순간 얼굴에 동요의 빛이 떠올랐지만, 곧바로 표정을 가다듬을 정도의 여유는 남아 있었던 모양이다.

그러나 무슨 말을 하려던 건지는 쉽게 상상할 수 있었다. 사건 착수부터 시작해 금융업자와의 협상에 이르기까지 전부 사무원에게 맡기는 채무 정리. 본인은 의자에 배 내밀고 앉아 날이면 날마다 돈만 세다 보니 변론 능력도 잃었나 보다. 흡사 말주변 없는 라쿠고가(일본의 전통 예술인 '라쿠고'는 가부키 등과 달리 음악과 도구, 의상 없이 보통 한 사람이 나와서 청중을 대상으로 이야기를 풀어가는 형식의 공연이다. 이때 무대 위에 앉아 이야기를 하는 사람을 '라쿠고가'라 하며, 부채와 손수건 정도만 소도구로 활용하고 보통은 목소리와 몸짓만으로 다양한 이야기를 전한다-편집자주) 같은 이야기에 쓴웃음이 나려 했지만, 거기까지 생각했을 때 미코시바의 수법을 깨달았다.

미코시바는 무자격 법률 행위를 빌미로 호라이를 협박한 것이다. 악랄한 미코시바라면 딱 할 법한 일이다. 한편 호라이는 변호를 계속해서 얻는 이점이 별로 없다. 호라이가 주저하지 않고 변호인을 사임한 이유도 이것이라면 납득할 수 있다.

그렇게 가정하니 방금 전 가진 의문이 한층 커졌다. 동업자를 협박까지 해서 넘겨받은 이 사건으로 미코시바가 얻는 이점은 대체 뭔가. 가령 피해자 신고 씨는 재산이 없어도 아버지가 큰 부자일 가능성은 없을까.

"쓰다 요조 씨는 전력이 어떻게 됩니까?"

"초등학교 교사였다고 들었습니다."

이것도 예상이 빗나갔다. 은퇴한 뒤로도 재력과 명성을 유지할 수 있는 것은 중앙관청의 기생충 정도다.

"미코시바 선생은 어디까지나 개인적으로 관심이 있다고만 하더군요. 확실히 여론의 주목을 받은 사건이긴 하지만 피고인은 완전히 악당 취급을 받았죠. 그런 의뢰인의 변호를 맡아 봤자 별 홍보는 안 될 것 같은데 말이죠."

사건이 자신의 손을 떠나서 입이 느슨해졌는지 이 남자는 보수도 광고 효과도 없는 변호는 맡을 가치가 없다고 단언했다. 이렇게까지 썩지만 않았으면 오히려 시원스러울 정도다.

이렇게 되면 미코시바의 이해할 수 없는 행동이 되레 두드러진다. 첫 대결에서 그렇게 무시무시할 만큼 논리적이었던 남자가 그저 일시적인 기분으로 변호를 맡았을 리 없다. 또 뒤가 구린 자들에게 절대적인 신뢰를 받고 있는 남자가 이제 와서 신문 사회면에 이름이 실리는 것 정도의 광고 효과를 원할 것 같지도 않았다.

"판결은 구형대로 징역 16년, 사실상 검찰 측의 전면적인 승리였습니다. 판결문을 훑어봤는데 빠뜨린 점도, 곡해한 부분도 없었습니다. 그런데도 호라이 선생이 양형 부당으로 항소한 진짜 이유는 뭡니까?"

"어디까지나 의뢰인이 원해서 한 겁니다. 솔직히 저 자신은 이젠 어쩔 수 없다고 생각했는데요."

"그럼 인수인계를 하면서 항소심의 법정 전술을 협의하거나 했습니까?"

"그런 건 전혀 안 했습니다. 미코시바 선생한테서 바로 공판 기록을 넘겨달라고 요청받은 게 다죠."

잠시 생각해 보니 그것도 수긍이 갔다. 그런 책사가 앞으로 구사할 전술을, 그것도 이런 바보에게 간단히 알려 줄 리 없다.

의문을 해소하기 위해 찾아왔는데 되레 의심이 깊어지는 결과를 낳았다. 유일하게 확인할 수 있었던 것은 인수인계 때 미코시바가 요구한 게 공판 기록뿐이었다는 점이다. 그 말은 그 남자의 전술에 필요한 게 공판 기록 속에 숨어 있을 가능성을 시사한다.

역시 공판 기록을 한 번 더 꼼꼼하게 살펴볼 필요가 있겠다. 주어진 무기가 같다면 유용성을 먼저 깨닫는 쪽이 우위에 설 수 있다.

"사정은 알았습니다. 협조에 감사드립니다."

미사키는 그렇게만 말하고서 뭔가 할 말이 있는 듯한 호라이를 두고 사무실에서 나왔다.

*

    면회실에서 독방으로 돌아온 아키코는 화장실에 뛰어들었다. 1.5평쯤 되는 방 안에서 변기는 안쪽에 설치되어 있기는 해도 배설 중의 모습을 가려 줄 칸막이는 허리 높이에 불과했다. 문에 달린 창문으로 훤히 보이니 사생활이고 뭐고 없지만, 몇 달 지내는 사이에 익숙해졌으니 이상한 일이다.

    처음에 수감됐을 때는 방이 하도 좁아서 당황했는데, 식사와 취침과 배설만 하는 방에는 필요 충분한 넓이임을 알았다. 오락 도구도, 장식도, 추억이 담긴 물건도 없으면 사람의 일상생활은 1.5평 공간으로 충분한 모양이다.

    볼일을 보고 나서 조금 전 미코시바와 주고받은 말을 돌이켜 봤다. 갑작스러운 변호인 교대에 한때는 혼란에 빠졌지만, 접견하고 보니 전임인 호라이보다 믿을 만한 변호사이기에 가슴을 쓸어내렸다.

    하지만 안도한 것도 잠시뿐이었다. 확실히 형사 사건 변호에 익숙한 듯했지만 아키코를 보는 시선이 불안을 유발했다. 그건 곤경에 처한 의뢰인을 보는 자비 어린 눈이 아니었다. 먹잇감을 발견한 파충류의 눈이었다.

    그 변호사는 변호료도 주는 대로 받겠다고 했다.

아키코는 또다시 혼란에 빠졌다.

다다미 바닥에 앉아 벽에 등을 기대고 생각해 봤다. 그러고 보면 체포돼서 이곳에 구류된 뒤로 무슨 일이 있을 때마다 생각에 잠기는 버릇이 생겼다. 밖에 있을 때는 집안일과 파트타임 근무에 쫓겨 하루가 끝나면 곤히 잠들었다. 매일 그런 생활을 반복하느라 도무지 차분하게 뭘 생각할 겨를이 없었지만, 이 안에서는 시간만은 무한하게 있다. 물론 자유는 없지만 그것도 집안일과 직장에 구속돼 있던 것을 생각하면 별 차이 없다.

변호사는 유명해지기 위해서라고 했다. 아닌 게 아니라 아키코의 사건은 언론에서 자못 재미있는 일처럼 보도했다. 아키코 본인에게 마이크를 들이대는 게 불가능한 한 대리인이 스포트라이트를 받는 것도 이해할 수 있다.

하지만 그 스포트라이트는 무대가 아니라 뒷골목 범죄자를 비추는 게 아닌가. 아키코의 불확실한 기억력으로도 미국의 유명한 재판은 아직 선명하게 생각이 났다. 미국을 대표했던 전前 미식축구 선수의 전처 살해. 세계적인 팝 가수의 아동 학대 사건. 둘 다 여론은 유죄로 간주했지만, 돈의 힘으로 조직된 우수한 변호단이 무죄 판결을 받아 냈다. 하지만 그렇다고 변호단이 영웅 대접을 받지는 않았고, 오히

려 보수밖에 안중에 없는 변호사라고 은근히 멸시의 대상
이 됐다. 이번 사건의 피고인이 된 자신은 재력 따위 없지만
처한 상황은 비슷하다. 감형을 따내도 변호인이 칭송을 받
지는 않을 것 같다. 다시 말해 유명해지기 위해서라는 이유
는 신빙성이 없었다.

그럼 그 변호사는 대체 뭘 노리는 걸까.

계속 생각해 봐도 결론 비슷한 것도 떠오르지 않았다. 호
라이는 생각이 표정에 바로 드러나는 단순한 남자였지만
미코시바는 정반대로, 아무리 안색을 살펴도 감정을 조금도
읽어 낼 수 없었다.

미코시바는 자신에게만은 진실을 말하라고 했다. 당치도
않다. 그런 정체를 알 수 없는 인간에게 어떻게 다 털어놓으
라는 말인가. 어차피 그 남자가 변호할 수 있는 것은 사건의
일부뿐이다. 모든 것을 밝힐 수 있고 모든 것을 변호할 수
있는 이가 있을 리 없다.

자신이 살인죄를 지는 것은 상관없었다. 한동안 감옥 생
활을 해야 하는 것도 어쩔 수 없다. 하지만 오래 있고 싶
지는 않았다. 자신이 돌아오기를 두 딸이 애타게 기다리고 있
다. 형기를 하루라도 줄여야 한다.

아무튼 자신이 미코시바를 전폭적으로 신뢰하는 척 꾸며

야 한다. 감형을 받아 내기 위해 필요 최소한의 정보는 주자. 하지만 그 이상은 끝까지 감춰야 한다. 감춘다는 것 자체도 못 알아차리게 해야 한다. 너무 잘 드는 칼은 편리하지만 위험하기도 하다. 미코시바는 딱 그런 사람으로 보였다.

그런 부류는 조금이라도 빈틈을 보였다간 끝까지 집요하게 쫓아온다. 집요하게, 계산적으로, 고양이가 쥐를 갖고 놀듯 상대방이 겁에 질린 모습을 즐긴다.

들키면 안 된다.

의심을 사서도 안 된다.

미코시바는 구치소에서 나갈 때까지 아키코 편은 세상에서 자신뿐이라고 큰소리쳤다. 분명히 맞는 말일 것이다. 하지만 한편이기에 알 수 있는 비밀이 존재한다. 그렇게 생각하면 미코시바의 말을 곧이곧대로 받아들이는 것은 위험하다.

아키코의 머릿속에서 경보가 계속 울리고 있었다.

구치소에서 나갈 때까지 미코시바 레이지가 유일한 자기편이라는 것에 이의는 없다. 하지만 동시에 유일하게 두려워해야 할 적이기도 했다.

경계를 늦추지 말자.

경계를 늦추지 말자.

4

미코시바의 사무실에 공판 기록이 배달된 것은 아키코와 접견한 다음 날이었다. 타이밍은 나쁘지 않다. 호라이라는 사내는 조무래기 악당이기는 해도 비즈니스와 관련된 약속은 지키는 성격인 모양이다.

"전화 오면 전부 나중에 다시 걸겠다고 해 줘."

"손님은 어떻게 할까요?"

"어지간히 흔치 않은 손님 아니면 없다고 해."

다행히 이 뒤 출정도 없고 누가 올 예정도 없다. 미코시바는 책상 한옆에 공판 기록을 쌓아 놓았다.

변호 방침은 피고인이 동정을 얻을 만한 사정을 수집하는 것으로 정했다. 그 경우, 보통은 먼저 피고인 본인에게 묻는데 이번에는 공판 기록부터 살펴볼 생각이었다.

이유는 피고인 쓰다 아키코의 성격에 있다. 고의인지 무의식인지는 아직 판단이 서지 않지만, 피고인의 언동으로 재판원들의 동정을 얻어 내기는 쉽지 않을 것이다. 본인이 생각해 내는 것, 말하는 것을 그대로 변호 재료로 삼기에는 거부감이 느껴졌다. 그렇다면 검찰 측이 작성한 조서에서 재료를 발굴하는 편이 더 유용할 것이다.

갑 2호 증

2011년 5월 6일

도쿄 의과 대학에서 작성한 시체 검안서

타살이 명백함에도 불구하고 집도의가 사인의 종류를 '11 기타 또는 불상의 외인'이라 하는 것은 사인에 따라 보험금 문제가 발생하기 때문에 신중을 기하기 때문일 것이다. 여기서는 해부 소견과 짝을 이루는 보고로 파악한다.

우측 경부에 자절창_{刺切創} 세 곳이라고 돼 있는데, 모두 상처가 깊으며 치명상이었다. 또한 주저해서 생긴 상처가 보이지 않는다는 점도 타살설을 뒷받침하는 증거 중 하나다.

진술 조서

본적: 후쿠오카 현 후쿠오카 시 미나미 구 오하시 O가 OO

주소: 도쿄 도 세타가야 구 다이시도 O가 O-O

직업: 주부, 회계 사무소 파트타임 근무 (전화 03-3418-OOOO)

성명: 쓰다 아키코

생년월일: 1976년 3월 10일(35세)

사망 증명서 (시체 검안서)

성 명	쓰다 신고	㉯ 여	생년월일	1971년 7월 4일

주 소	도쿄도 세타가야 구 다이시도 0가 0-0

직 업	

발병(발증) 또는 수상(受傷) 일시	2011년 5월 5일	초진 일시	년 월 일
입원 일시		퇴원 일시	년 월 일
사망 시기	2011년 5월 5일 오전·㉯오후 9시 00분 (추정)		

사망 장소 및 종별	사망 장소의 종별	1 병원 2 진료소 3 노인 보건 시설 4 산원 5 양로원 ⑥자택 7 기타
	사망 장소	욕실
	상기 1~5시설의 명칭	

사망 원인	Ⅰ	(가) 직접 사인	출혈성 쇼크	발병(발증) 또는 수상에서 사망까지 기간	단기간
		(나) (가)의 원인	동맥 절단		
		(다) (나)의 원인	경부 자상		
		(라) (다)의 원인			
	Ⅱ	사인과 직접 관계되지 않으나 Ⅰ란의 상병(傷病) 경과에 영향을 미친 상병의 명칭 등			
	수술	1 무 2 유 (부위 및 주요 소견)		수술 일시	년 월 일
	해부	1 무 2 유 (주요 소견 우경부에 자절창이 있으며 생활 반응이 보임)			

사인의 종류	1 병사 또는 자연사 외인사 불의의 외인사 (2 교통사고 3 낙상 추락 4 익사 5 연기, 불 또는 화염에 의한 상해 6 질식 7 중독 8 기타) 기타 또는 불상의 외인사 (9 자살 10 타살 ⑪ 기타 또는 불상의 외인) 12 불상사

외인사의 추가 사항	상해 발생 시기	2011년 5월 5일 오전·㉯오후 9시 00분 1 근무 중 ②근무 중 이외 3 불명
	상해 발생 장소의 종별	①주거 2 공장 또는 건설 현장 3 도로 4 기타 ( )
	상해 발생 장소	도쿄 도 세타가야 구 다이시도 0가 0-0
	원인 및 상황	동맥 절단으로 인한 대량 출혈

사망과 직접 관련이 있는 기왕증 (일시, 상해명, 증상 경과, 의료 기관)

이번 발병(발증) 또는 수상에서 초진에 이르기까지의 경과

초진 시의 주된 증상, 소견 및 그 뒤 경과

치료 내용	수술명		수술일	년 월 일

이전 치료를 담당한 의사 또는 소개한 의사	유 무	의사명	의료기관명	소재지

병명을 알린 시기	본인에게는 (년 월 일경)에 병명을 ( )라고 알렸다. 가족에게는 (년 월 일경)에 병명을 ( )라고 알렸다.

기타 (본인의 특징, 체격, 주량, 습관, 기타 사항)

사망 진단 (시체 검안) 일시	2011년 5월 6일

위와 같이 증명함.
2011년 5월 6일   병원 또는 진료소 등의 소재지 도쿄 도 신주쿠 구 신주쿠 6-1-1
명 칭 도쿄 의과 대학
의사 성명 가와하라 게이스케

상기 인물에 대한 살인 사건에 관해, 2011년 5월 21일 경찰서에서 본관이 사전에 피의자에게 자기 의사에 반해 진술할 필요가 없음을 고지하고 조사한 결과, 피의자는 임의로 다음과 같이 진술했다.

1. 저는 금년 5월 5일 오후 9시경 집 욕실에서 남편 쓰다 신고가 사망한 일로 조사를 받고 있는 사람입니다. 제 가족 관계에 관해서는 지난번(2011년 5월 20일) 말씀드린 대로입니다. 오늘은 사건 발생 당시의 상황에 관해 말씀드리겠습니다.

2. 남편인 신고는 전에 컴퓨터 소프트웨어를 개발하는 회사에서 개발부장으로 일했습니다. 그때는 생활도 안정됐었는데 지금으로부터 3년 전 회사 구조조정으로 나온 뒤 줄곧 직업이 없었습니다. 가족은 저 외에 큰딸 미유키와 작은딸 린코가 있는데, 두 아이 다 앞으로 교육비가 들 나이라 저는 몇 번이고 재취업을 권했지만 신고는 자존심이 센 탓에 좀처럼 새 취직자리를 찾으려 하지 않았습니다. 그러다가 '데이트레이더'라고 하나요, 방에 틀어박혀서 주식 투자를 하게 됐습니다. 퇴직금을 전부 그 자금으로 쓴 탓에 생활비는 거의 받지 못했습니다. 처음에는 어느 정도 이익이 났는지 신고도 기분이 좋았습니다만, 그해 9월 리먼 사태가 발생하면

서 주식 가치가 터무니없이 하락했습니다. 8백만 엔 가까이 됐던 퇴직금이 40만 엔 정도밖에 남아 있지 않았습니다.

3. 자금이 떨어진 뒤로도 신고는 고용 안정 센터에 찾아가는 것조차 하지 않았습니다. 최소한 실업 급여 신청이라도 해 달라고 부탁했지만, 꼴사납게 그런 일은 할 수 없다며 들은 척도 하지 않았습니다. 저는 하는 수 없이 동네에 있는 회계 사무소에서 파트타임으로 일하기 시작했습니다. 결혼 전 에 다른 회계 사무소에서 일한 적이 있었기 때문에 업무 내 용은 금세 익힐 수 있었습니다. 그 사무소에 회계사인 요시 와키 겐이치 씨가 있었습니다. 저는 파트타임 일을 나가면 서 집안일도 같이 하게 됐는데, 신고는 여전히 방 안에만 틀 어박혀 주식 투자를 계속했습니다. 말이 계속하는 것이지, 새 주식을 살 자금은 없으니 묶여 있던 주식의 매각 시기를 살피고 있었던 것 같고 그 밖에는 날이면 날마다 뭔가 인터 넷을 들여다보는 모양이었습니다. 자신은 두뇌 노동자니까 몸을 쓰거나 땀을 흘리는 일은 맞지 않는다고 말했습니다. 방에서 나오기만 하면 제가 재취업 이야기를 꺼내니까 자 연히 방에서 나오지 않게 됐습니다. 지난 3년 사이에 신고 가 외출한 적은 두세 번일 겁니다. 저는 파트타임이나마 직

업을 얻었지만, 아직 주택 대출금도 다 갚지 못한 상태에서 파트타임 수입만으로 살림을 꾸리기는 정말로 빠듯했습니다. 저축도 빠른 속도로 줄어들어서 매일 아침 신문 광고지를 뒤져 1엔이라도 싼 슈퍼에서 장을 보곤 했습니다. 지금 생각하면 그런 작은 일들도 저를 궁지에 몰아넣는 데 한몫한 것 같습니다.

4. 신고는 식사하고 목욕할 때만 방에서 나오게 됐습니다. 입만 열면 자기 주식이 앞으로 급반등해서 상한가를 칠 것이라느니 그런 말만 해서 가족들이 아무도 상대하지 않게 됐기 때문입니다. 신고는 이내 식사도 다른 가족들과 다른 시간에 하게 됐습니다. 운동 부족 탓인지 전에는 늘씬한 체형이었는데, 그 무렵에는 아랫배가 튀어나와 보기 흉한 비만 체형이었습니다. 한편 저는 회계 사무소의 요시와키 씨가 친절하게 대해 주셔서 식사도 몇 번 같이 했습니다. 나이는 남편과 동갑인데 회계사로서 평판도 좋고 전도유망한 사람이었습니다. 태도에서 제게 호감이 있다는 것도 알고 있었습니다. 저는 어느새 신고와 헤어져 요시와키 씨와 결혼한다는 상상을 하게 됐습니다. 그렇게 여러 날이 지난 어느날, 한 집안의 가장으로서 행동거지를 두고 말다툼이 벌어

졌을 때, 저는 부주의하게도 나이는 동갑인데 당신보다 훨씬 훌륭한 사람이 가까이에 있다는 말을 하고 말았습니다. 요시와키 씨와 아직 깊은 관계는 아니었지만, 그 말을 들은 신고는 갑자기 격분해서 저를 마구 때리고 발로 찼습니다. 무척 흥분해서는 자기가 매일 괴로워하는 동안 바람을 피웠느냐고 했습니다. 그래도 파트타임 일을 그만두라고 하지 않은 것은 제 수입이 없으면 자기도 하루 세끼 식사를 못 한다는 것을 알고 있었기 때문입니다. 그 일로 저는 신고가 더욱 싫어졌습니다.

5. 5월 5일, 신고는 여느 때처럼 저녁을 먹으러 거실로 나왔습니다. 벌써 9시 다 됐을 때라 두 딸은 각자 자기 방에 있었습니다. 그날은 제가 일이 늦게 끝나서 집에 오는 길에 사온 냉동식품을 데워서 내놨는데, 신고는 우선 거기에 대해 불평을 했습니다. 늦게까지 기다리게 해 놓고 냉동식품으로 때우려고 들지 말라는 겁니다. 여기에는 저도 화가 났습니다. 저는 하루 종일 일해서 피곤한 몸으로 집안일까지 하는데, 나잇살이나 먹은 니트에게 그런 말을 들어야 할 이유가 없습니다. 저도 피곤해서 신경이 예민했는지 바로 말다툼이 벌어져서, 신고는 식탁의 그릇을 집어던지고 제 얼굴

을 세게 때렸습니다. 힘으로는 도저히 당할 수 없으니 싸움은 거기서 끝났지만, 저는 신고가 너무 미워서 견딜 수 없었습니다. 이 남자만 없으면 나는 고생하지 않아도 되는데, 이 남자만 없으면 요시와키 씨와 결혼할 수 있는데. 그런 생각을 하니 미움이 치밀어서 급기야 죽이는 수밖에 없다는 생각이 들었습니다. 신고는 저녁을 먹고 바로 목욕하러 욕실로 갔습니다. 저는 그 뒤를 쫓아갔습니다. 커터를 들고 있었던 것 같은데 그때는 저 자신도 몰랐습니다. 분명 헛방 공구 상자에 있던 커터를 무의식중에 집었을 겁니다. 욕실로 갔더니 신고가 콧노래를 부르고 있어서 그것도 화가 났습니다. 제가 화해의 뜻으로 등을 밀어 주겠다고 했더니 신고는 의심하지 않고 욕실에 들어오게 했습니다. 돌아앉으라고 말했더니 신고는 무방비하게 등을 보이고 앉았습니다. 저는 커터로 신고의 목을 찔렀습니다. 날이 예리해서 그런지 쉽게 들어가기에 세 번쯤 찔렀습니다. 피가 꼭 분수처럼 튀었습니다. 저도 옷을 벗고 있었기 때문에 피를 뒤집어쓰기는 했지만 샤워기로 간단히 씻어 낼 수 있었습니다.

6. 저는 신고를 죽이고 나서 당황했습니다. 살인죄로 잡혀가면 요시와키 씨와 결혼할 수도 없게 됩니다. 아무튼 눈앞의

시체를 처분해야 한다고 생각했습니다. 만일을 위해 딸들 방에 가 보니 둘 다 푹 자고 있기에 오늘밤 내로 어떻게든 해야겠다 싶었습니다. 생각난 방법은 시체를 어딘가에 갖다 버린다는 것이었습니다. 피는 멎었지만 혹시 또 나오면 범행을 들킬 것 같았습니다. 그래서 광에서 전에 아웃도어 용으로 샀던 비닐 시트를 꺼내 와서 탈의실에 깔고 신고의 시체를 그 위에 놓은 다음 욕실을 청소했습니다. 피가 천장 근처까지 튀어서 닦아 내느라 애먹었습니다.

7. 청소하는 도중에 근처에 사는 시아버지가 찾아왔지만, 저는 샤워기 물소리 때문에 전혀 몰랐습니다. 갑자기 탈의실에서 인기척이 나는가 싶더니 욕실 문을 열고 시아버지가 들어왔습니다. 문틈으로 신고의 시체가 보였습니다. 그래서 저는 다 들켰다는 것을 알았습니다. 새파랗게 질린 얼굴로 저와 신고의 시신을 번갈아 보던 시아버지는 제가 신고를 죽였다는 것을 확인한 다음 바로 경찰에 알렸습니다. 경찰이 도착할 때까지 저는 내내 거실에 앉아 있었습니다.

8. 저는 분명히 신고를 살해했습니다. 하지만 그건 지금 말씀드린 대로 신고가 때려서 울컥해서 한 일이지, 절대로 계획

해서 실행한 게 아닙니다. 저와 같은 상황에 처한 여자라면 누구나 같은 행동을 취할 것이라고 생각합니다. 이렇게 말 씀드리면 심하게 들릴 수도 있지만, 죽임을 당한 원인은 전부 신고에게 있었습니다. 물론 죽인 것을 후회하고 미안한 마음은 있지만 저 또한 피해자라고 생각합니다.

쓰다 아키코 (서명) 지장

이상과 같이 녹취해 읽어 준 결과 허위가 없음을 확인하고 서명 지장을 받았음.

세타가야 경찰서

사법 경찰관

경장 가미야마 야스오 날인

끝까지 읽은 뒤 인상에 남는 것은 역시 아키코의 자기 본위적인 면이었다. 피해자인 남편의 악랄함을 진술하는데도, 애정의 결여와 미래에 대한 망상에 가까운 집착이 두드러지는 탓에 아키코에게 동정심을 갖기가 쉽지 않았다. 이 진술 조서가 신문 사회면에 실리기라도 한다면 다른 많은 주부들에게 공감보다 반감을 사지 않을까.

출세 못한 남편을 가진 여자는 무수히 많다. 부부싸움 중에 남편에게 맞은 여자도 마찬가지일 것이다. 그리고 신문 광고지를 뒤져 조금이라도 식비를 절약하려 하는 것은 대다수 주부가 하는 일이다. 지금 여기가 아닌 다른 곳으로 도망치고 싶은 것은 거의 모든 사람이 그렇지 않을까.

하지만 그래도 다들 견디고 있다. 불평불만을 늘어놓으면서, 한숨을 쉬면서 어제와 똑같은 오늘을 살고 있다. 그런 사람 눈에 쓰다 아키코란 여자는 얼마나 단순하고 성급해 보일까.

그리고 이게 검찰 측의 교활함인지, 조서를 꾸민 가미야마 경장의 의도인지는 확실하지 않지만, 아키코가 자신의 불우한 처지를 호소하는 내용인데도 구성 탓에 읽는 이가 아키코에게 적잖이 위화감을 느끼게 된다. 자기변호의 말을 마지막 순서로 놓은 게 한 예다. 사실을 냉정하게 제시하는 것 같지만, 아키코가 한 말의 배치를 바꿔 동정할 만한 사정을 최소한으로 줄임으로써 안 좋은 인상을 준다.

무시할 수 없는 요인이 또 하나 있었다.

아키코의 외모다.

평범 또는 그 이하의 외모에, 겉으로 보기에도 생활에 찌든 여자.

그런 피고인에게 세상 사람들의 눈은 잔인할 정도로 엄격하다. 용모가 뛰어난 악녀가 같은 죄를 지었을 때보다 더 큰 징벌을 원한다. 게다가 그런 경향은 남자보다 여자에게서 더 현저하게 나타난다. 1심에서 재판원은 남자 둘에 여자 넷이었는데, 그 비율이 아키코에게 불리하게 작용했을 가능성은 부정할 수 없다.

하지만 어쨌거나 범행을 전면적으로 인정하는 내용이다. 그런 의미에서는 변호인이 파고들 여지가 없다. 실제로 흉기로 사용된 커터는 욕실 구석에서 발견됐는데, 거기서 아키코의 지문만 검출됐다. 게다가 수사원은 현장으로 달려가 아키코의 신병을 확보했을 때 얼굴에 폭행 등의 흔적이 없었다고 증언했다. 즉 진술 내용과 달리 아키코는 피해자의 폭력이 발단이 돼서 범행을 저지른 게 아니라는 이야기다.

미코시바는 두 번째 진술 조서를 집었다. 시체를 발견한 피해자의 친아버지 것이다.

진술 조서

주소: 도쿄 도 세타가야 구 다이시도 0가 0-0

직업: 민생위원

성명: 쓰다 요조

생년월일: 1941년 3월 25일(70세)

위 사람은 2011년 5월 22일 세타가야 서에서 본관에게 임의로 다음과 같이 진술했다.

1. 저는 다이시도 구역의 민생위원으로 일하고 있습니다. 초
등학교 교사로 근무하다가 퇴직했고 민생위원으로 일한 지
는 5년 됐습니다. 아내는 오래전에 세상을 떠났고 육친은
신고와 다카히로, 이렇게 아들 둘뿐인데 둘 다 이럭저럭 가
정을 꾸려 독립했습니다. 지금은 작은아들 가족과 함께 그
런대로 마음 편히 살고 있습니다. 신고의 집은 그 애가 샀습
니다. 전에 있던 직장은 수입이 아주 좋아서 서른 살쯤 됐을
때 대출을 받을 수 있었죠. 마침 동네에 아주 싸게 나온 물
건이 있었고 신고도 '수프가 식지 않는 거리'가 어쩌고 하기
에, 계약금에 보태 쓰라고 돈을 조금 빌려주었습니다. 하지
만 저는 전부터 신고는 뭐랄까, 머리가 돌아간다기보다 시
류에 휩쓸리기 쉬운 성격이라고 생각했습니다. 회사 사정
이 나빠지면서 신고가 쫓겨난 뒤로 구직 활동도 변변히 하

지 않는 모습을 보고 그 생각은 확신으로 변했습니다. 한 집 안의 가장이 일을 하지 않으면 생활은 급격히 달라질 수밖에 없고, 그건 밖에서 봐도 알 수 있게 마련입니다. 옆에서 보기에도 가족들이 불쌍해서, 괜한 참견이지 싶으면서도 가끔씩 어떻게 지내는지 보러 가곤 했습니다. 특히 불쌍했던 게 두 손녀입니다. 아키코 씨가 일하러 나가면 집에 아버지가 있는데도 말도 하지 않습니다. 또 부부 사이가 원만하지 않다는 것은 아직 어린애라도 알 수 있습니다. 본래 평온한 곳이어야 할 집이 긴장과 미움에 찬 장소가 되고 말았습니다. 하지만 그런 상황에서도 아키코 씨라는 사람은 제 눈에는 꽤나 훌륭한 며느리였습니다. 방 안에 틀어박힌 아들 몫까지 밖에 나가 일하면서 어머니 노릇까지 확실하게 했으니까요. 신고에게는 과분한 사람이라고 생각했습니다.

2. 5월 5일에 신고의 옆집에서 연락을 받았습니다. 사이토 씨라는 분인데, 혹시 크게 싸우거나 무슨 이변이 있으면 알려 달라고 부탁해 놨기 때문입니다. 싸움을 중재하려는 게 목적이었습니다만, 심한 경우에는 손녀딸들을 하룻밤 데리고 있을 생각도 했습니다. 집에 도착해서 초인종을 눌렀는데 아무도 나오지 않았습니다. 안에 불은 켜져 있고 문도 잠

겨 있지 않기에 현관문을 열고 들어갔습니다. 신고와 아키코 씨를 부르면서 복도를 걸어가는데, 탈의실 문이 열려 있고 그 틈으로 신고의 시체가 보였습니다. 신고는 파란 비닐시트 위에 알몸으로 누워 있었습니다. 너무나도 엄청난 일에 말도 나오지 않았습니다. 비닐 시트 너머 욕실에서 샤워기 소리가 들려왔습니다. 순간 강도가 들어왔나 생각했지만, 손이 반사적으로 문을 밀었습니다. 아키코 씨가 벽에 튄 피를 묵묵히 씻어 내고 있었습니다. 아키코 씨는 저를 보고 무척 놀란 것 같았지만, 곧 모든 것을 체념한 것처럼 어깨를 축 늘어뜨리고는 경찰을 불러 달라고 말했습니다.

3. 욕실의 참상을 봤을 때 저는 두려워했던 사태가 최악의 형태로 벌어졌다고 생각했습니다. 십중팔구 원인은 신고 쪽에 있었겠지만 그래도 죽일 필요는 없죠. 벌거벗은 신고가 너무 가엾었지만, 텔레비전 형사 드라마를 봐서 경찰이 도착할 때까지 현장에 일절 손을 대면 안 된다는 것을 알고 있었기 때문에 아키코 씨를 진정시켜 함께 경찰을 기다렸습니다.

4. 이상, 지금까지 경찰관에게 시체 발견 당시 상황을 이야기

했으며 제가 말한 내용은 모두 사실입니다. 앞으로 또 무슨 일이 있으면 협조하겠습니다.

쓰다 요조 (서명) 지장

이상과 같이 녹취해 읽어 준 결과 허위가 없음을 확인하고 서명 지장을 받았음.

세타가야 경찰서
사법 경찰관
경사 다카기 가쓰야 날인

미코시바는 공판 기록을 훑어봤다. 역시 생각한 대로였다. 전임인 호라이가 쓰다 요조를 증인으로 신청한 기록은 어디에도 없었다. 십중팔구 기소 인부認否만으로 끝날 것이라고 판단해 감형을 위한 준비를 건성으로 한 탓이리라. 아깝게 됐다. 피고인에게 동정적인 증인이 여기 존재하는데 활용하려 하지도 않았다.

하기야 호라이가 변호인이면 활용해도 불안한 것은 사실이었다. 남자 둘, 여자 넷으로 구성된 재판원을 어떻게 구슬릴 것인가. 연출 효과를 곁들여 흑을 백으로 뒤집는 듯한 언변이 그 경박한 입에서 나올 성싶지는 않았다.

요조 씨를 한번 만나 봐야겠다. 기억의 서랍에 필요 사항으로 넣어 놓고 나서 미코시바는 세 번째 진술 조서에 손을 뻗었다.

진술 조서

주소: 도쿄 도 세타가야 구 아카쓰쓰미 O가 O-O 그랜드메종 1225호

직업: 공인 회계사

성명: 요시와키 겐이치

생년월일: 1971년 7월 10일(39세)

위 사람은 2011년 5월 22일 세타가야 서에서 본관에게 임의로 다음과 같이 진술했다.

1. 저는 2006년 4월부터 미도리카와 회계 사무소에서 공인 회계사로 일하고 있으며 쓰다 아키코 씨는 직장 동료입니다. 오늘은 쓰다 씨와의 관계에 관해 말씀드리겠습니다.

2. 회계 사무소는 회계 및 세무와 관련된 일을 하는 곳으로 저 같은 공인 회계사와 세무사가 근무하기 때문에 전문 지식을 대단히 요하는 직장이라 생각하시겠지만, 사실 전문 지식이 필요 없는 잡무도 많습니다. 재무와 관련된 일이라지만 기업 재무 전문가는 많지 않기 때문에, 재무 회계를 토대로 한 재무제표의 작성과 세무 서류 작성, 때로는 고객의 회계 장부 기장 대행까지 합니다. 세무 서류 작성도 작성 전 단계인 영수증 분류 등은 기초만 알면 누구나 할 수 있는 일입니다. 쓰다 씨는 2년쯤 전부터 파트타임으로 일했는데, 그 사람이 맡은 업무의 태반은 그런 잡무였습니다. 쓰다 씨는 결혼 전 다른 회계 사무소에서 일했던 경험이 있어서 그 정도 일은 조금만 조언을 해 주면 충분했습니다.

3. 미도리카와 회계 사무소에는 미도리카와 소장을 비롯해 회계사 세 명이 있습니다만, 세무 서류 작성은 주로 제 일이었습니다. 잡무가 많은 일이기 때문에 자연히 쓰다 씨와 팀을 이룰 때가 많았습니다. 소득 신고 때가 되면 안건이 단숨에 늘어 밤늦게까지 일해야 할 때도 있습니다. 파트타임 계약이지만 쓰다 씨가 저녁 6시 지나서 퇴근하는 날도 있었기 때문에 평소의 노고를 위로하는 의미로 식사를 대접한

적도 몇 번 있습니다. 하지만 그건 어디까지나 직장 동료로서 대한 것이고 제가 쓰다 씨에게 특별한 호감을 갖고 있었던 것은 아닙니다. 뭣보다도 저는 반#동거 중인 애인이 있고 가까운 장래에 혼인신고를 할 계획입니다. 그런 시기에 아무 관심도 없는 동료와 양다리를 걸친다면 어처구니없는 일입니다.

4. 실제로 형사님에게서 이야기를 들었을 때는 당황했습니다. 저는 쓰다 씨에게 호감이 있다는 눈치를 보인 적이 한 번도 없고, 반대로 그 사람이 그런 눈치를 보인 기억도 없습니다. 분명하게 말씀드리자면 그 사람에 대해 '부지런한 아이 어머니'라는 인상밖에 없거니와, 연애 대상으로 보는 것 자체가 있을 수 없는 일입니다. 만약 쓰다 씨가 저를 그런 식으로 보고 있었다면 완전히 착각입니다.

5. 저와 쓰다 아키코 씨의 관계는 위에서 이야기한 바와 같으며, 제가 말한 내용은 모두 사실입니다. 앞으로 또 무슨 일이 있으면 협조하겠습니다.

요시와키 겐이치 (서명) 지장

이상과 같이 녹취해 읽어 준 결과 허위가 없음을 확인하고 서명 지장을 받았음.

세타가야 경찰서

사법 경찰관

경사 구로다 모리오 날인

미코시바는 흥 하고 코웃음을 쳤다. 마지막 진술 조서는 본래 필요 없다. 검찰 입장에서는 피고인의 동기와 방법만 명시하면 충분한 사안이며, 사건과 관계없는 요시와키 겐이치에게서 피고인에 대한 인상을 진술하게 한다고 양형에 변동이 생기는 것도 아니다.

하지만 이 진술 조서는 아키코의 인상을 나쁘게 하는 데 기여한다. 피고인의 자기 본위적인 이유를 듣고 나서 동기의 일부가 근거 없는 착각에 불과했다는 사실을 알게 되면, 재판원이 피해자를 한층 동정하게 된다는 수법이다.

검찰 측의 전술은 보기 좋게 성공했다. 피해자에 대한 악감정보다 피고인에 대한 비난이 앞섰고, 게다가 변호인이 그것을 억제하려는 노력을 전혀 하지 않은 탓에 재판관과 재판원이 검찰 측의 주장을 전면적으로 인정하는 결과를 낳았다.

도쿄 지방법원 2011년 와-제18252호

판결

주소: 도쿄 도 세타가야 구 다이시도 ○가 ○-○

피고인: 쓰다 아키코

동 대리인: 변호사 호라이 가네토

주문

피고인을 징역 16년에 처한다.

미결 구금 일수 중 70일을 형에 산입한다.

범죄 사실

　제1 본건은 실직한 뒤 현저하게 근로 의욕을 잃은 남편 쓰다 신고(당시 39세. 이하 '피해자')와의 관계가 악화되어 말다툼 끝에 피해자를 칼로 찔러 죽음에 이르게 했다는 살인 사안이다.

　제2 본건 범행의 동기 형성 과정에 관해 변호인은, 피고인이 사이가 틀어진 피해자와의 가정생활에서 벗어나고 싶은 일념으로 벌인 일이라고 주장했다. 피고인 또한 공판정에서, 피해자를 대신해 일가를 부양하고 날마다 계속되는 노동에 피폐해 충동적으로 본건 범행에 이른 것이며 원인은 피해자의 나태한 생활 태도에 있다고 진술했다.

그러나 피고인은 앞서 말한 동기 외에도 직장 동료와의 결혼을 바랐다고 말했다. 피고인은 직전에 피해자에게 폭행을 당한 것이 범행의 계기였다고 하는데, 범행 직후에 현장으로 출동한 수사원의 증언에 따르면 피고인에게서 학대의 흔적을 찾아볼 수 없었다. 피고인의 증언에 근거가 없다는 사실과 조합해 보면, 본건 범행의 동기는 피고인에게 거추장스러운 존재가 된 피해자와의 생활에서 벗어나 멋대로 그리던 동료와의 새 생활을 실현시키려는 데 있었다고 보지 않을 수 없다.

그 경우 본건 범행의 동기는 지극히 자기중심적이며 단순한 사고에 기인한 것으로, 동정의 여지는 없다 해야 할 것이다.

제3 본건 범행은, 판시에서 기술한 대로 목욕 중인 피해자에게 '등을 밀어 주겠다'며 안심시켜 완전히 무방비한 상태에서 몰래 갖고 있던 커터로 뒤에서 목을 세 차례나 찔러 출혈로 사망에 이르게 한 뒤 비닐 시트를 준비해 사체를 유기하려 했다는, 냉정하고 계획적인 양상을 지닌다. 피해자는 말다툼으로 인한 불화가 해소됐다고 믿고 안온을 누리던 상태에서 느닷없이 칼에 찔린 것으로, 피해자의 원통함과 노여움은 이루 다 헤아릴 수 없다.

(중략)

제5 피고인은 사체를 유기하기 위해 비닐 시트를 준비하고, 또 범행 흔적을 제거하기 위해 현장에 남은 혈흔 등을 씻어 내던 중에 우연히 찾아온 시아버지에게 행위가 발각됐다. 시아버지가 방문하지 않았다면 사체를 유기했으리라는 것은 반론의 여지가 없으며, 자신의 죄책을 면하려는 태도는 대단히 악질적이라 하지 않을 수 없다.

증거

(생략)

사실 인정의 보충 설명

제1 피고인 및 변호인의 주장

공판정에서 피고인은 살해 행위를 인정했으며 범행 양태에 관해서도 다투지 않았으므로 쟁점은 없다.

제2 피고인은 사건의 원인에 관해 피해자가 근로를 포기하고 무위하게 생활했던 것을 들었다. 그러나 피해자가 근로 의욕을 상실했다는 사실은 미루어 짐작할 수 있으나, 그것이 피해자를 죽음에 이르게 해야 할 정도의 적극적인 이유가 될 수는 없다. 가까이에 피해자의 아버지와 남동생이 거주하고 있으니 가정 내에서 협의 자리를 마련해 해결 방안을 찾는 수단도 남아 있었을 터다. 그런 건실한 노력을 포기하고 본건 범행에 이른 것도 역시 사고가 단순하다 하지 않을 수 없다. 피고인은 구형에 대해 양형 부당을 주장하나 이상과 같은 이유로 적극적인 근거라 할 수 없다.

제3 살의의 형성 과정 및 구체적 내용에 관해 앞서 언급한 대로, 피해자의 폭력으로 인해 피고인이 충동적으로 행위에 이르렀다는 주장은 근거가 박약하다. 가령 흉기로 사용된 커터는 말다툼의 현장이라는 거실이 아니라 복도 옆 헛방에 있던 공구 상자에 들어 있었다. 피고인은 피해자가 욕실에 들어간 것을 확인한 뒤 흉기를 가지러 헛방에 가서, 감언으로 피해자를 방심하게 한 다음 등 뒤에서 찔러 죽였다. 따라서 충동적인 살의라 하기 어려우며, 반대로 명확한 살의를 가지고 계획적으로 살인을 실행했음을 알 수 있다. 결국 변호인이 주장하는 어떤 사정도 피고인의 자기 본위적인 행동을 부정할 이유가 되지 못하며, 위에서 인정한 바와 같이 살의가 충분히 엿보인다.

양형에 관해

제1 검찰관은 피고인에 대해 징역형을 구형하는 바, 상기 사정에 따르면 피고인의 책임은 지극히 중대하며 피고인에게 살인의 죄책이 있는 것은 명백하다. 또 구형된 양형을 줄일 요인은 찾아볼 수 없다.

따라서 형법 199조를 적용해 주문대로 판결한다.

2011년 11월 16일

도쿄 지방법원 형사 제3부

재판장 재판관 오쓰카 도시히코

재판관 가도사키 겐

재판관 오카모토 노리코

미코시바는 서류를 덮고 미간에 주름을 잡은 채 천장을 노려봤다.

판결문이 비교적 간결한 것은 변호인의 반론이 많지 않았고 쟁점이 거의 없었기 때문이다. 그러나 법정의 추세는 쟁점을 어떻게 다루느냐에 따라 결정된다. 바꿔 말하면 쟁점이 없으면 싸울 여지가 없다는 뜻이다. 따라서 이 판결을 뒤엎으려면 쟁점을 발견하는 데서부터 시작해야 한다.

자, 이제 어떻게 한다. 의자 깊숙이 몸을 파묻고 묵고를 시작한 순간, 방해하지 말라고 했는데도 문이 열렸다.

"이봐, 아무도 들여보내지 말라고······."

들어온 인물을 보고 저도 모르게 할 말을 잃었다.

키가 1미터쯤 되는 여자애가 서 있었다. 법률 전문 서적과 파일이 줄줄이 꽂혀 있고 일부러 무기질적으로 통일한 사무실에서 이만큼 이질적으로 느껴지는 존재는 없을 것이다. 미코시바는 의아하게 소녀를 응시했다. 소녀도 어리둥절한 표정으로 그를 보고 있었다.

누구냐고 물어보려 했지만 어째선지 말이 바로 나오지 않았다. 잠시 생각해 보고 이유를 알았다. 미코시바는 이 또래 아이와 대화를 나눈 경험이 거의 없었다.

가까스로 "어디서 왔지?" 하고 묻자 소녀는 문을 가리켰다.

"아니, 그게 아니라."

힐문하는 투로 말한 것을 후회한 순간, 요코가 허둥지둥 들어왔다.

"아아, 역시 여기 있었구나! 죄송합니다, 전화를 받는 사이에 사라져서요."

"아무도 들여보내지 말라고 일렀을 텐데."

"흔치 않은 손님은 예외라고 하셨잖아요."

어라? 싶었다. 평소답지 않게 요코가 반론 투로 대꾸했기 때문이다. 그러나 요코는 미코시바의 반응을 무시하고 몸을 굽혀 소녀와 눈높이를 맞추었다.

"애, 길을 잃었니?"

소녀는 고개를 도리질했다.

"이름이랑 나이가 어떻게 돼?"

"쓰다 린코. 여섯 살이에요."

"쓰다 린코라고?"

들어 본 이름이었다. 의뢰인 쓰다 아키코의 작은딸이다. 나이도 일치한다.

"누구랑 왔니?"

"혼자서요."

린코는 종잇조각 한 장을 내밀었다. 미코시바의 명함이었다.

"여러 사람한테 물어서 왔어요."

명함 오른쪽 하단에 미코시바 법률사무소의 주소가 적혀 있다. 그것을 보고 여기까지 왔다는 뜻이다. 아키코의 친척 은 아직 만난 적이 없으니 아마 아키코에게 준 명함을 그녀 가 집으로 보냈을 것이다. 미코시바는 잠시 생각하다가 놀 랐다. 쓰다의 집이 있는 다이시도에서 가장 가까운 역은 산 겐자야. 도라노몬에 있는 사무실까지 지하철로 왔어도 두 번 갈아타야 한다.

요코도 같은 생각을 했는지 연신 감탄했다.

"린코, 너 정말 똑똑한걸. 용케 여기까지 왔네. 그런데 왜 혼자 왔어?"

"아무도 데리고 와 주지 않는걸요." 린코는 조그만 입술을 삐죽 내밀었다. "미코시바 선생님이죠?"

"……그래."

"엄마를 도와줄 사람이죠?"

"그래."

"린코가 도와드리고 싶어요."

"필요 없어."

미코시바는 대뜸 거절했다.

"왜 그런 식으로 말씀하세요, 이런 어린애한테."

"어린애든 아니든 필요 없어. 사무원은 한 명이면 충분해. 당장 집으로 돌려보내."

"벌써 여섯 시 지났는데요." 요코의 말투는 매우 사무적이었다. "이런 시간에 혼자 돌려보내신다고요? 위험해요."

"대체 무슨 생각이지?"

미코시바는 자리에서 일어나 요코와 마찬가지로 몸을 굽혀 린코와 눈높이를 맞추었다.

"놀이가 아니야. 어른들 일에 꼬맹이가 끼지 마라."

"왜 애랑 눈높이를 맞추고 으르세요."

"으르는 게 아니야, 타이르는 거지."

"이런 어린애를 타이르는 것 자체가 으르는 거예요."

"저기요."

그 자리에 어울리지 않는 목소리에 미코시바와 요코는 저도 모르게 돌아봤다. 린코는 두 사람의 반응도 아랑곳하지 않았다.

"할아버지한테 물었더니 변호사 선생님은 엄마가 하는 일을 죄다 대신해 준다던데…… 아니에요?"

웃어 넘기려던 미코시바는 문득 생각에 잠겼다. 대리인이라는 측면 하나만 보면 확실히 그런 해석도 성립된다. 그리고 울화가 치밀게도 그런 식의 해석은 미코시바가 지금까지 종종 써먹어 온 것이었다.

"그러니까 미코시바 선생님이 엄마를 대신해 줄 거죠?"

2
소추인의 회의

1

"······엄마 대신이라고?"

저도 모르게 중얼거리자 린코는 뽐내듯 고개를 끄덕였다.

"이거 봐, 너희 할아버지가 말하는 건 법률상의 행위 이야기다. 밥을 차려 준다든지 어디 갈 때 같이 가 준다든지 그런 일상 행위를 말하는 게 아니야."

"린코, 어려운 이야기는 몰라요."

"웃기지 마라. 어린애를 상대할 시간은 없어. 진짜로 화내기 전에 당장 집에 가라."

미코시바가 밀어내자 요코가 바로 붙들었다.

"아유 참, 아까부터 벌써 화내고 계시잖아요. 최소한 보호자 분께 연락드리죠."

"보호자?"

린코는 이상하다는 듯 말했다.

"너희 아버지랑 어머……."

요코는 말을 끝맺지 못했다. 린코의 아버지는 살해됐고 어머니는 용의자로 구치소에 수감돼 있다.

"……맞다, 너희 할아버지 말이야."

"할아버지는 오늘 안 계세요. 반상회 때문에요."

"집에 아무도 없니?"

"언니가 있는데 아프다고 계속 누워 있어요."

큰딸인 미유키 이야기일 것이다. 몸져누워 있다는 말은 처음 들었다.

"언니는 할아버지 집에 없어?"

"네. 언니는 할아버지 싫어하거든요."

"선생님, 집까지 데려다줘야겠는데요." 요코는 책임을 떠넘기듯 말했다. "그냥 보냈다가 무슨 사고라도 생기면 선생님께 보호 책임을 물을지도 몰라요."

미코시바에게 보호 책임을 묻는다는 것은 있을 수 없는 일이지만, 사회 통념상 미코시바가 비난을 받기는 할 것이다. 그렇지 않아도 비판을 받는 입장인데 공격할 거리를 늘리는 것은 현명한 일이 아니다.

"하는 수 없군. 이 애를 집까지 데려다주라고."

"저…… 죄송합니다. 전 약속이 있어서요. 세타가야랑 정반대 방향이거든요."

요코는 자못 미안하다는 투로 말했지만, 어쩐지 재미있어하는 것처럼 들리는 것은 미코시바의 기분 탓일까.

"린코, 언니한테 여기 온다고 말했니?"

"네, 할아버지한테도 말했어요."

그 말을 듣고 조금 감탄했다. 이 또래 어린애치고는 용의주도하다. 집에 있는 언니와 할아버지에게 행선지를 알렸고, 게다가 그게 변호사 사무실이라면 불안감은 적다.

하지만 여섯 살 된 어린 여자애를 낯선 곳에 혼자 보내는 할아버지라니 대체 무슨 생각인가.

"난 재판 관련해서 조사할 게 있기 때문에 이 애를 집에 데려다줄 시간이 없어."

"나 여기서 자고 가도 돼요."

그 순간, 용의주도하다는 평가를 철회했다.

"말도 안 되는 소리 마라! 여기까지 혼자 왔는데 너 혼자 갈 수 있지!"

무심코 말투가 거칠어졌다.

아뿔싸 했을 때는 이미 늦었다. 린코의 눈에서 순식간에 눈물이 쏟아졌다.

"어머, 얘, 린코, 울지 마."

요코가 끌어안자 린코는 품에 얼굴을 묻고 코를 훌쩍거렸다.

"이런 어린 여자애한테 왜 소리를 지르세요!"

모성본능이 자극됐는지 요코는 전에 없이 강경하게 비난했다.

어째서 여자란 동물은 아이가 얽히면 이렇게까지 사람이 변하는 건가.

속수무책으로 보고 있노라니 요코는 린코의 머리를 쓰다듬으며 "할아버지 휴대전화 번호 아니?" 하고 물었다.

린코는 여전히 코를 훌쩍이며 주머니에서 작은 지갑을 꺼냈다. 안에서 쪽지 한 장이 나왔다.

"이거, 할아버지 휴대전화 번호."

"어머나, 연락처 메모를 지갑에 넣어 왔구나. 참 똑똑도 하지."

정말 똑똑했다면 이런 곳에 혼자 오겠나, 하고 생각했지만 말은 하지 않았다.

쪽지를 받아 든 요코는 바로 사무실 전화기로 전화를 걸었다.

"여보세요. 쓰다 요조 씨이신가요? 안녕하세요, 전 미코시바 법률사무소의 구사카베 요코라고 합니다. 실은 린코가 지금 사무실에 와 있는데요…… 네…… 아뇨, 그렇지 않아요. 아주 착한 애인데요."

이야기하는 사이에 요코의 어투가 점점 보호자 같아지는 게 기묘했다.

"네, 저희는 괜찮은데……. 알겠습니다. 그럼."

잠깐, 하고 제지할 틈도 없이 전화가 끊어졌다.

"선생님, 죄송합니다. 쓰다 요조 씨는 밤늦게야 귀가하시는 모양이에요. 일 끝내신 다음 데려다주시면 안 될까요?"

"그런 일을 상의도 하지 않고 정하나?"

"예기치 못한 사태에 대응하는 거예요."

"예기치 못한 사태는 무슨. 이런 건 재난이라고."

"재난이라면 피해는 최소한으로 막아야죠."

이번 일에 관해서 요코는 조금도 물러나려 하지 않았다. 평소 꼼짝 못하는 데 대한 앙갚음이라면 다른 기회에 해 주면 좋겠다.

"오늘 중으로 안 끝나."

"그럼 사무실에서 재우면 어떨까요? 응접실 소파에서 자면 되죠."

"나더러 집에 가지 말란 말인가?"

"그럼 댁으로 데려가시겠어요?"

잠깐 그 광경을 상상했다가 몸서리를 쳤다.

"……내일 일찍 출근하라고."

요코는 만족스레 고개를 끄덕이고는 린코에게 눈짓했다.

어째서 여자라는 동물은 이런 국면에서 금세 단결하는
건가.

요코가 가고 난 뒤 바로 린코에게 담요 한 장을 들려 응접
실로 들여보냈다. 난방이 되니까 춥지는 않을 것이다. 좌우
지간 시야에서 차단하고 서류 작업에 전념하고 싶었다.

피고인 쓰다 아키코에게 유리한 사정을 공판 기록에서
찾아내는 작업은 순탄치 않았다. 전임자인 호라이가 정상참
작에 대해서도 적극적으로 대응하지 않았던 탓에, 이쪽에서
제출한 서류에 유용할 듯한 재료를 찾을 수 없었다. 검찰 측
에서 제출한 서류는 말하나 마나, 독부毒婦라는 인상을 줄 뿐
이었다.

지금까지 일본의 재판은 좋은 의미로나 나쁜 의미로나
서면주의에 편중되는 경향이 있었다. 특히 2심 이상에서는
하급 법원의 판단이 적법한가 하는 점에 주목하기 때문에

당사자에 대한 심증은 거의 고려되지 않았다.

그럼 재판원 제도가 도입된 뒤로 그런 경향이 개선됐느냐 하면 그렇지는 않았다. 피고인이 이미 자백한 사안에 관해서는 종래와 같이 서면을 활용한 심리審理를 한다. 여론과의 괴리 해소를 기치로 실행된 재판원 제도는 여론에 유도되기 쉽다는 일면이 있다. 신문 보도를 통해 악랄한 범죄자라는 인상이 심어지고 나면 이성보다 감정이 판결을 좌우하는 일도 있을 수 있다.

그리고 미코시바는 이 나라 사람들이 그렇게 이성적이라고 생각하지 않았다. 그래서 좋으냐 나쁘냐를 떠나서 자질의 문제로, 쉽게 달아오르고 쉽게 식는 국민성은 논리성이 지배하는 근대 재판보다 사형私刑 쪽에 더 맞는다. 이번 같은 사건은 특히 더 그렇다. 다시 말해 1심에서 재판원의 심증이 나빠진 상황에서 서면을 중시하는 2심으로 이행하면 판결을 뒤집는 것은 불가능하다.

따라서 이번 사안에서 감형을 얻어 내려면, 어지간히 동정을 살 만한 사정 내지 1심 판결이 간과한, 양형과 관계되는 새로운 사실을 발굴할 필요가 있다.

자, 이제 어쩐다.

공판 기록을 앞에 두고 생각에 잠겨 있는데 응접실 문이 열리고 린코가 얼굴을 내밀었다.

"왜?"

"배고파요."

"참아."

"저녁 안 먹었는걸요. 안 돼요."

아까 주고받은 대화로 미코시바의 협상 기술은 효과가 없다는 게 이미 입증됐다. 아니, 그 이전에 어린애 수준에 맞춘 언쟁은 상상도 할 수 없었다.

"휴게실에 컵라면이 있으니까 알아서 먹어."

아무렇게나 대답한 것인데, 린코는 미코시바가 가리킨 방향으로 타박타박 걸어갔다. 어차피 금세 컵라면이 어디 있는지 모르겠다느니 가스레인지 켜는 법을 모르겠다느니 하고 울부짖겠거니 했는데 휴게실은 그저 조용했다.

그냥 내버려 두고 서류를 읽는 작업에 몰두하고 있으려니 휴게실에서 린코가 쟁반을 들고 돌아왔다. 쟁반 위에 김이 오르는 컵라면 두 개가 놓여 있었다.

"이거 선생님 거요."

린코는 그중 하나를 책상 옆에 놓았다.

"네가 했어?"

미코시바는 무심코 당연한 것을 물었다.

"컵라면 찾는 것도, 가스레인지 켜는 것도 쉬웠어요. 그 언니, 정리를 잘하네요."

"이런 일에 익숙한가?"

"지금은 언니랑 둘만 있을 때가 많으니까요. 밥 당번은 교 대제예요."

입만 야무진 게 아닌 모양이다.

"이런 걸 좋다고 먹을 것 같나? 배고프면 나가자."

"끓였으니까 먹어야 해요."

린코는 그렇게 야단치고는 테이블에 자기 컵라면을 놓았다.

"잘 먹겠습니다."

두 손을 모은 다음 젓가락을 꺼내는 동작이 아주 자연스 러운 게, 예의 바르게 보이려고 꾸미는 것은 아닌 듯했다.

"불기 전에 얼른 드세요."

미코시바도 분위기에 떠밀려 젓가락을 집었다.

"선생님, 잘 먹겠습니다 해야죠."

이제는 대꾸하기도, 화를 내기도 귀찮았다.

"착한 어린이가 아니네요."

"그건 맞는군."

그러고 보면 미코시바의 집에서는 가족들이 각자 식사를 했기 때문에 식사하기 전에 손을 모으는 습관이 없었다. 그렇게 생각하면 린코에게 최소한의 예의범절을 가르친 쓰다 아키코는 자신의 어머니보다 자식 교육을 더 제대로 한 셈이다.

퍼뜩 생각났다.

"어머니가 예의범절에 까다롭나?"

"예의범절?"

"인사라든지 감사의 말이라든지, 그런 거 말이다."

"보통인데요. 밥 먹기 전에 잘 먹겠습니다 하는 건 당연한 거잖아요."

아키코의 인상을 개선하는 데 유효한 에피소드일지도 모르겠다. 미코시바는 린코와의 대화를 머릿속 서랍에 던져 넣었다.

얼마 동안 침묵이 이어졌다. 이따금 대형 차량이 사무실 앞 간선도로를 지나가는 소리 외에는 두 사람이 라면을 먹는 소리만 들렸다.

"아버지와 어머니는 사이가 나빴나?"

말하고 나서 어린애 상대로 할 말이 아니었다고 후회했지만, 린코는 신경 쓰는 것 같지 않았다.

"싸우는 건 별로 못 봤어요."

"그래."

"아빠, 방에서 나오질 않았는걸요."

이건 쓰다 아키코의 진술 내용과 일치한다. 사건 직전 신고는 방에서 나오는 일이 줄어들어 급기야는 가족과 얼굴을 마주하는 것도 귀찮다고 식사도 다른 시간에 했다. 얼굴을 보지 않으면 말다툼을 하려야 할 수도 없다. 린코의 증언은 두 사람의 관계가 나쁜 정도가 아니라 완전히 싸늘하게 식어 있었음을 단적으로 보여 주었다.

그런 집 안에 있는 린코를 상상해 봤다. 아버지는 실질적으로 부재하는 것이나 다름없고 어머니는 파트타임 일을 나가 늦게 온다. 말 상대라곤 언니인 미유키뿐. '가정'이란 이름뿐인, 자고 먹기만 하는 공허한 장소.

그건 과거 미코시바가 맛봤던 공허함과 같은 것일지도 모른다. 집 안에 가족이 있어도 보이지 않는다. 말을 하고 있을 텐데 목소리가 들리지 않는다. 같은 것을 보고 있을 텐데 다들 다른 것을 보고 있다.

기억이 난 순간 꺼끌꺼끌한 감촉이 되살아났다. 무엇을 보고 듣고 무엇을 맛봐도 마음의 표층이 바싹 말라 거스러미가 이는 듯한 감촉.

시선을 옮기자 린코는 묵묵히 컵라면을 먹고 있었다. 반사적으로 질문이 다섯 개쯤 떠올랐지만, 물어보면 린코와의 거리가 줄어들 듯해서 그만두기로 했다.

갑작스러운 침입자.

익숙한 장소에 뛰어든 이물.

몸집은 작지만 존재감은 겉으로 보기보다 훨씬 컸다.

"잘 먹었습니다!"

"국물이 아직 반 남았는데. 배고프다며?"

"컵라면 국물은 남기는 게 몸에 좋아요."

린코는 또다시 두 손을 모으고는 그릇을 치우러 휴게실로 갔다.

"이젠 진짜로 자라."

"안녕히 주무세요."

린코는 그렇게 말하고 응접실로 사라졌다.

뒤에 남은 미코시바도 서둘러 식사를 마치고 다시 공판 기록을 훑어보기 시작했다.

국물은 반 남겼다.

이튿날 아침 요코가 출근했을 때는 이미 차림새를 갖추고 있었다.

"린코는요?"

미코시바는 말없이 휴게실을 가리켰다. 린코는 세수하는

중이었다.

"밤새 고생 많으셨어요. 제가 집에 데려다줄게요."

"아니, 됐어. 내가 데려다주지."

"네?"

"쓰다 요조한테 맡기는 거잖나. 진술 조서에 관해 물어볼 게 있는데 마침 잘됐어."

"저, 린코 아침은 어떻게 하시게요?"

"근처 커피숍에서 빵이라도 먹이지."

"네……."

요코는 납득할 수 없다는 표정으로 미코시바를 쳐다봤다.

차에 태우자마자 린코는 소란을 피우기 시작했다.

"굉장하다. 이거 외국 차죠?"

"어째서 외국 차면 굉장한 거지?"

"전에 아빠가 그랬는걸요. 뭐랬더라, 벤츠 같은 걸 타는 건 부자란 증거라고 했어요. 옛날엔 아빠도 탔대요."

신고가 컴퓨터 소프트웨어 회사의 개발부장으로 있던 시절 이야기일 것이다.

"그 차, 지금도 집에 있나?"

"아뇨. 작년에 없어졌어요."

"부자란 증거라는 말은 정확하지 않아. 갖고 있으면 부자로 보인다는 것뿐이지. 일류라는 증거, 지위의 상징이라고 하는 바보도 있다면, 그런 차를 타는 녀석의 태반은 자기과 시욕하고 허영심밖에 없어. 아니면 세금 대책이거나."

차를 그저 간판으로만 생각하는 미코시바는 신랄하게 말했지만, 린코는 어리둥절한 표정을 지을 뿐이었다.

아키코의 진술 조서에 따르면, 신고가 실직한 것은 리먼 사태 이전이니 한동안 벤츠를 처분하지 않았다는 뜻이다. 거기서 드러나는 것은 신고라는 남자가 전형적인 '프티 고소득자'였을 가능성이다.

양극화를 지적하는 목소리가 높아진 지 오래됐지만, 현재의 상황은 좀 더 복잡하다. 수입만은 상류에 해당되지만 실질적 자산은 전무에 가까운 계층이 존재하는 것이다. 급여 소득은 많지만 저축이 적고 갚아야 할 빚도 많다. 하지만 본인은 고소득자라고 생각해서 형편에 맞지 않는 지출을 계속하다 보니 자산이 전혀 늘지 않는다.

이런 환상은 명예퇴직이나 보너스 삭감으로 눈 깜짝할 새 붕괴된다. 호사스러운 차 유지비와 주택 담보 대출 탓에 수입이 지출에 못 미치게 된다. 그런데 그 지경에 이르러서도 본인은 고소득자의 자존심을 완전히 버리지 못해 고급차도 고급 주택도 포기하려 하지 않는다. 재산이 없으면 제

대로 된 은행은 융자도 해 주지 않으니, 이윽고 제대로 된 곳이 아닌 데서 돈을 빌리게 된다. 이렇게 해서 악순환에 빠져들어 어느새 빚투성이가 돼 있다. 진술 조서에서 떠오르는 쓰다 신고의 모습은 이와 완벽하게 일치했다.

쓰다 요조의 집은 신고의 집에서 5백 미터도 채 떨어지지 않은 곳에 있었다. 요새는 찾아보기 힘든 단층 주택으로, 근사한 주택가에서 그곳만 그늘에 잠긴 듯한 인상을 주었다.

초인종을 누르고 이름을 밝히자 요조가 바로 나왔다.

"선생님, 정말 죄송합니다. 아키코 씨 변호에다 린코까지 봐 달라고 부탁드려서……"

자료에는 일흔 살이라고 돼 있었는데 눈앞에 선 요조는 도무지 그렇게 보이지 않았다. 머리는 허옇게 셌어도 윤기가 있고, 얼굴도 주름이 눈에 띄기는 해도 혈색이 좋았다. 셔츠로 가려져 있어도 근육질이라는 것을 알 수 있었다.

"변호 방침에 관해 드릴 말씀이 있어서 왔습니다만 괜찮으십니까?"

린코가 마치 제 집처럼 안으로 들어갔다. 미코시바는 뒤를 따랐다.

응접실은 집 외관보다도 더 낡아 보였다. 벽에 걸린 상장들은 변색되어 영예보다는 몰락의 느낌이 더 강했다.

"같이 사는 다카히로……제 작은아들입니다만, 부부가 맞벌이를 해서 말이죠. 손주도 하나 있습니다만 셋 다 저녁이 돼야 옵니다. 편히 계시죠."

"먼저 확인해 두고 싶습니다만, 지금도 아키코 씨의 감형을 바라십니까?"

"네."

"친아드님을 죽인 범인인데도 말입니까?"

"그 애는 제 손녀들 어미입니다. 아비가 죽은 이상 한시라도 빨리 어머니를 되찾게 해 줘야죠."

"그럼 솔직히 말씀드리죠. 감형, 다시 말해서 정상참작을 얻어 내려면 아키코 씨가 동정을 살 만한 재료가 필요합니다. 뒤집어서 말하면 신고 씨를 나쁜 사람으로 만드는 셈입니다."

"1심 법정에선 드러나지 않았던 신고의 악행을 폭로해서…… 죽은 사람을 욕되게 해서 아키코 씨의 감형을 얻어 낸다는 겁니까?"

"그게 변호사 일입니다."

"그게 윤리에 어긋나는 일이라도요?"

"일반적인 윤리와 변호사의 직업윤리는 비슷해 보여도 실은 다르죠."

요조는 마치 값어치를 매기듯 미코시바를 똑바로 쳐다봤다.

"같은 변호사라도 선생님은 호라이 씨와 꽤 다른 타입 같군요."

"변호사는 개인 사업자니까 말입니다. 흰 게 있으면 검은 것도 있죠."

"덩샤오핑이었던가요. 검정색이든 흰색이든 쥐를 잡아오는 고양이가 좋은 고양이라고 한 게……. 아니, 이런, 죄송합니다. 선생님을 고양이에 비유할 생각은 없었습니다만."

"상관없습니다."

길러 준 은혜를 사흘 만에 잊어버리는 점은 고양이와 똑같다고 생각했지만, 말은 하지 않았다.

"게다가 이렇게 찾아와 주시고 말이죠. 호라이 씨는 요새 바쁘신지 전화도 주지 않으시더군요."

"그 사람과 저는 원하는 보수의 종류가 다르기 때문입니다."

"선생님은 어떤 보수를 원하시는지?"

"간단히 말하면 광고 효과죠. 이제 납득하시겠습니까?"

잠시 미코시바를 바라보던 요조는 이윽고 표정을 풀었다.

"미코시바 선생님은 호락호락한 분이 아닌 것 같군요. 잘난 직함을 가진 사람은 모름지기 자기를 장식하려고 합니다. 장식하려고 할 정도니까 그 밑엔 표면과 다른 모습이 감취져 있죠. 그리고 대다수 사람은 본능적으로 그걸 아니까 초면인 사람한테 본심을 잘 드러내지 않습니다. 하지만 초면에 그렇게까지 노골적으로 말씀하시면 선생님을 믿을 수밖에 없군요."

"고맙습니다."

"알겠습니다. 경찰엔 하지 않은 이야기, 하고 싶지 않았던 이야기를 다 해 드리죠. 신고의 평소 언동에 대해 말씀이죠?"

"가능하면 진술 조서에 쓰이지 않은 내용이면 좋겠습니다."

"그놈은 어렸을 때부터 패기가 없는 사내였습니다."

요조는 체념한 투로 이야기를 시작했다.

"죽은 사람을 안 좋게 말하는 건 본래 삼가야 할 일입니다만 전 아비니까 괜찮겠죠. 신고는 어렸을 때부터 공부는 잘했지만, 그냥 그뿐이었고 리더십도 없고 별 대단한 야망도 없었습니다. 제가 교육자였으니까 성적이 좋고 나쁜 짓을 안 하면 혼나지 않을 거라고 생각하는 구석이 있더군요. 사교성이 없으니 친구가 많지 않아서 노는 것도 게임이나 하는 정도였습니다만, 다행히 괴롭힘을 당하는 일도 없이 무사히 대학까지 졸업했습니다. 게임을 좋아한 영향으로 소프트웨어 회사에 들어갔는데, 마침 회사가 커 가던 시기라 신고도 순조롭게 출세했죠. 하지만 부모인 제가 봐도 윗사람이 될 그릇은 아니었습니다. 오히려 자기가 좋아하는 소프트웨어를 개발하는 편이 더 성미에 맞았습니다."

친아들에 대해 모진 소리를 하는 것 같지만, 그건 본인의 사람됨을 아는 이만이 할 수 있는 말이었다.

사실을 객관시할 수 있는 사람은 오인이 적다. 미코시바는 요조의 증언에 신빙성을 기대할 만하겠다고 생각했다.

"그런데 선생님은 사치에 대해 어떻게 생각하십니까?"

"글쎄요, 위 같은 거라고 할까요."

"위라고요?"

"속에 무한정 들어가지 않고, 사람에 따라 들어가는 양이 다릅니다. 과식하면 당연히 배탈 나죠."

"좋은 비유인데요. 맞습니다. 예전엔 그걸 '분수'라고 불렀습니다. 자기 분수에 맞지 않는 건 결국 자기 게 되지 않아요. 신고는 그걸 잘못 판단했습니다. 단순히 시류를 탄 것뿐이었는데 자기 능력 덕분이라고 과신해서, 선생님 말씀을 빌리자면 배가 꽉 찼는데도 계속 먹었습니다. 본래는 간소하게 먹어야 하는 몸인데 배 터지게 먹고 말았습니다. 그래서 심하게 설사를 했습니다. 그런데 그 뒤로도 자기 위는 훨씬 클 거라고 과식을 거듭한 겁니다."

다시 말해 미코시바의 상상이 맞았다는 뜻이다.

"저도 공무원이었으니 뼈저리게 압니다만, 인간은 조직 안에서 자신을 잘못 볼 때가 많아요. 직함 때문에 상대방이 머리를 숙이는 걸 자신의 능력 때문이라고 착각하죠. 신고가 그 전형이었습니다. 그래서 회사에서 명예퇴직을 권했을 때, 카리스마 경영자가 돼서 본때를 보여 주겠다고 씩씩거렸습니다. 하지만 가진 능력도 없고 조직 안에서조차 구조 조정되는 인간이 제 힘으로 성공할 리 없죠. 사업가의 꿈은 은행에 제출할 사업 계획서를 작성하는 단계에서 일찌감치 꺾였는데, 그래도 자존심만은 남의 곱절은 되니까 다시 처음부터 월급쟁이 노릇을 할 각오는 없거든요. 그리고 장래에 전망을 갖지 못하게 된 인간이 다음으로 하는 건 대개 도박입니다. 신고는 아니나 다를까 도박에 손을 댔습니다."

"데이트레이딩 말씀이군요."

"신고는 최첨단 자산 운영이라느니 뭐니 설명했지만, 결국은 비싸면 팔고 싸면 사는 걸 반복하는 도박에 불과합니다. 그리고 문외한이 계속해서 딸 수 있는 도박은 세상 어디에도 없죠. 당연히 탈탈 털립니다. 하지만 본인은 잃은 원인이 자기가 무능력한 탓이라곤 생각하지 않습니다. 아니, 생각하고 싶지 않아요. 그래서 애먼 주위 사람, 신고의 경우엔 가족한테 화풀이를 했습니다. 화풀이를 해서 분이 풀리면 좋지만, 천성이 소심하다 보니 더 불안해져서 가족하고 점점 멀어졌습니다. 그런 심리 상태로 도박을 해 봤자 딸 리 없으니까 또 잃는단 말이죠. 그런 악순환이었습니다."

"그걸 아시면서 왜 말리지 않으신 겁니까?"

"물론 말렸죠. 하지만 나이 마흔이 다 되면 부모 말을 고분고분 들으려고 하지 않습니다. 집 살 때 계약금을 마련해 준 게 있으니 그 자리에선 듣는 척하지만, 그러고 나서 식구들한테 분풀이를 하거든요. 제가 참견하면 아키코 씨하고 손녀들의 상처가 늘어날 뿐이니까 저절로 비난을 하기도 망설여지게 됐습니다."

미코시바는 상처가 늘어난다는 말을 놓치지 않았다.

"가정 폭력이 일상적으로 벌어졌군요."

"약한 인간이 더 약한 인간을 괴롭히는 건 늘 있는 일입니다. 처음엔 소리만 질렀는데 어느 날부터 손찌검을 하더군요. 특히 아키코 씨한테 심한 폭력을 휘둘렀죠. 가계를 꾸리기 위해서 파트타임 일을 나간 게 원인이었습니다. 아내를 일 내보낸다는 사실이 신고의 자존심을 건드렸겠죠. 하지만 아키코 씨가 일을 안 하면 먹고살 수 없거든요. 그러니까 때리는 겁니다. 가끔 들러 보면 대개 상처가 나 있곤 했습니다. 경찰에 체포됐을 때 멍이 없었던 건 우연입니다."

"경찰에 말씀할 생각은 안 하셨습니까?"

"이런 말씀을 드리기 부끄럽습니다만, 거기까지 생각을 못 했습니다. 방금 전에 아들을 규탄했지만, 감싸고 싶은 마음도 어딘가에 있었겠죠. 제 식구 일이라는 이유로 경찰에 가기가 망설여졌습니다. 아키코 씨도 바라지 않았고 말이죠."

"가정 폭력 피해에 관해 경찰에서 자세하게 묻던가요?"

"아뇨. 조사받을 때도 깊이 파고들지는 않더군요."

이유는 명백했다. 물증이 있고 본인의 자백도 받은 사건에서 구태여 배경을 캐려는 수사원은 없을 것이다.

"아키코 씨 진술에 아르바이트하는 곳의 공인 회계사와 불륜을 시사하는 부분도 있었습니다만."

"그쪽은 제 눈이 미치지 않는 부분이니 할 수 있는 말이 없군요. 확증이 없는 이야기는 선생님께도 되레 누가 되지 않겠습니까."

듣기 나름으로는 공정한 말 같지만 미코시바는 회피한다는 느낌을 받았다. 아키코를 옹호하는 입장에서 불리한 재료를 인정하기 싫은 것이다. 그 점을 추궁했다가 요조의 협조를 얻지 못하게 될 가능성도 있는지라 일부러 그 이상 캐지 않았다.

"아키코 씨는 잘못이 없었군요."

"부부 사이의 문제니까 타인은 알 수 없는 일도 있겠죠. 하지만 시아비 입장에서 말하자면 훌륭한 며느리입니다. 이제 와서 후회한들 소용없지만 신고를 좀 더 나무랄 걸 그랬습니다."

요조는 갑자기 시선을 떨어뜨렸다.

"한심한 말입니다만, 전 아키코 씨와 손녀들 이야기를 들어 주는 것밖에 못 했습니다. 그런 부적격자를 만든 건 저인데도 그런 사실을 외면했습니다. 인간은 보고 싶지 않은 건 보려고 하지 않죠. 신고가 자기한테 불리한 것에서 도망친 것도 부모를 닮아서 그랬는지도 모르겠군요."

"시체를 발견했을 때 상황을 말씀해 주시겠습니까."

"그건 경찰에서 조사받을 때 거의 다 말했습니다. 그날 옆집 사이토 씨가 신고의 집에서 또 싸우는 소리가 들린다고 연락을 줘서, 싸움이 오래 끌 것 같으면 최소한 손녀들이라도 데려오자고 그 집에 간 겁니다. 문을 열었는데 아무도 없었고, 복도로 들어가다 보니 탈의실 문이 열려 있고 그 틈으로 비닐 시트와 신고의 시체가 보였습니다. 그리고 욕실에선 아키코 씨가 벽에 튄 피를 씻어 내고 있었습니다."

"범죄를 은폐하려고 한 건 확실하군요."

"실수로 저지른 일이어도 대다수 사람이 그러지 않겠습

니까. 보는 사람이 없는 곳에 큰돈이 떨어져 있으면 자기도 모르게 줍게 마련이죠. 하지만 아키코 씨는 절 본 순간 제정신을 찾은 것 같은 표정을 지었습니다. 그리고 경찰에 신고해 달라고 자기 쪽에서 부탁했습니다. 역시 근본은 선량한 사람인 겁니다."

이렇게 관계자의 이야기를 듣다 보니 진술 조서는 검찰 측의 증거 서류에 불과하다는 것을 잘 알 수 있었다. 재판원에게 요조의 이야기만 들려주었다면 분명 가벼운 판결이 내려졌을 것이다. 문제는 요조가 이야기하기를 원치 않는 부분에 스포트라이트가 비춰진다는 점이었다.

"또 찾아뵐 수도 있습니다."

그렇게 말하고 현관으로 나왔을 때 안에서 린코가 달려왔다.

"벌써 가시는 거예요?"

"질문할 건 다 했다."

"그럼 또 봐요!"

"더는 안 보고 싶다."

"너무해."

린코는 입술을 삐죽 내밀며 항의했지만 미코시바는 무시하고 요조의 집을 뒤로했다.

다음으로 간 곳은 아키코의 직장이었다. 간선도로를 북상하다가 세타가야 초등학교를 지나 좌회전해서 더 가자 상가 건물들이 나타났다. 미코시바가 찾는 곳은 그중에 있었다.

해당 건물을 찾아내 1층 안내판을 확인했다. 미도리카와 회계 사무소는 8층에 있었다.

아키코가 호감을 가지고 있었다는 요시와키 겐이치는 키가 훌쩍 큰 게 공인 회계사라기보다 스포츠맨 같은 외모에 턱선도 갸름했다.

"쓰다 씨 일이라고 하셨죠? 제가 드릴 수 있는 말씀은 벌써 다 드린 것 같습니다만……."

요시와키는 귀찮은 내색을 감추려 하지도 않았다. 사전에 약속을 잡아 놓기는 했지만, 사무실은 조용한 가운데에서도 분주한 분위기였다. 각자 눈앞의 일에 집중하고 있고 말을 하는 사람은 아무도 없었다. 미코시바에게 안내한 응접실은 아크릴판 칸막이로 구분돼 있을 뿐이니 여기서 하는 이야기가 다 들린다. 요시와키의 귀찮아 하는 표정은 그 때문도 있을 것이다.

"후임 변호사다 보니 확인하고 싶은 점은 직접 만나 질문해야 직성이 풀리거든요. 혹시 불편하시면 자리를 옮기시겠습니까?"

"괜찮습니다. 어차피 외출할 시간은 없으니까요."

최대한 빈정거린 것이겠으나 미코시바에게는 통하지 않는다.

"그럼 실례하죠."

미코시바는 형식적으로 머리를 숙이고 먼저 인사했다. 첫 대응으로 요시와키가 변호사라는 직함에 주눅이 들었다는 것은 쉽게 짐작할 수 있었다. 명함의 직함만으로 처음 만나는 상대방의 값을 매기는 사람만큼 다루기 쉽고 또 속이기 쉬운 것은 없다. 그렇다면 그 점을 이용하지 않을 이유가 없다.

"요시와키 씨의 진술 조서를 읽었습니다. 쓰다 아키코 씨와는 단순한 동료 사이였고 그 이상의 관계는 아니라는 말씀이죠?"

"그 이상이고 이하고 없어요. 뭣보다 몇 번 식사를 샀다는 것도 근처 음식점의 점심 메뉴란 말입니다. 그런 핑크빛 이야기가 아니에요."

둘이 함께한 식사가 점심이라는 이야기는 처음 들었다. 같은 식사라도 근무 시간 내와 시간 외는 의미가 확 달라진다.

"뭣보다 저녁은 애인이 차려 놓고 기다린단 말입니다. 다른 여자하고 외식이라도 했다간 유혈 사태가 벌어질걸요."

"그럼 같이 식사를 한 이상의 관계는 없었단 말씀이군요."

"경찰한테도 그렇게 말했습니다. 실례되는 말이지만 제가 쓰다 씨 같은 여자한테 관심을 가질 것 같습니까?"

미코시바는 눈앞의 요시와키 옆에 아키코를 그려 봤다. 늠름하고 남자답게 생긴 요시와키와 평범한 외모에 생활에 찌든 인상을 주는 아키코는 아닌 게 아니라 부자연스럽게 느껴졌다.

"그럼 반대로 쓰다 씨 쪽에서 관심을 보이거나 하진 않았습니까?"

"실은 그쪽도 짚이는 데가 없어요. 이쪽에서든 저쪽에서든 그런 분위기를 풍긴 적은 없는데요. 그래서 경찰에서 참고인으로 불렀을 때 얼마나 놀랐는지 모릅니다."

요시와키의 시선은 흔들림 없이 미코시바를 똑바로 보고 있었다. 거짓말하는 버릇이나 어지간히 연기력이 있는 사람이 아닌 한, 거짓말을 할 때는 어떤 반응이 나타나게 마련이다. 지금까지 그런 거짓말쟁이를 무수히 봐 온 미코시바가 볼 때, 요시와키는 허위를 말하는 것 같지 않았다.

"저, 쓰다 씨란 사람은 아무리 봐도 여자라기보다 어머니란 말이죠. 제가 무슨 말씀을 드리는지 아시겠습니까?"

"네, 뭐."

"휴식 시간에 사적인 이야기를 한 적이 있습니다만, 그럴

때 쓰다 씨 입에서 나오는 건 두 딸 이야기뿐입니다. 큰딸이 몸이 약하다든지, 작은딸은 기운이 너무 넘친다든지. 그런 이야기만 하니까 어떻게 해도 어머니로만 보인단 말이죠. 정말로 단 한 번도 쓰다 씨한테서 데이트라든지 그렇고 그런 이야기가 나온 적이 없어요. 그런 상황에서 제가 쓰다 씨하고 호텔 라운지나 그 이상에 간다는 건 있을 수 없는 일입니다."

"그런데도 쓰다 씨는 요시와키 씨가 '태도에서 제게 호감이 있다는 것도 알고 있었습니다'라고 진술했습니다. 그 부분에 짚이는 데는 없습니까?"

"전혀 없습니다."

노여움마저 느껴지는 말투였다.

"전 정말 아닌 밤중에 홍두깨 같은 이야기라 아주 난감하단 말입니다. 제가 쓰다 씨의 살인 동기처럼 됐잖습니까. 제 애인은 혹시 바람피운 게 아니냐고 하질 않나. 이거 보세요, 그야 제가 좀 둔한 면도 있습니다만, 남편을 죽일 만큼 절실하게 좋아하면 아무리 그래도 눈치는 챕니다."

"하지만 쓰다 씨는 어째서 아무 관계도 없는 사람의 이름을 꺼냈을까요."

"그걸 제가 압니까. 뭐, 남편한테 사망 보험금을 들어 놓고 그걸 노려 죽이고서, 나쁜 인상을 안 주려고 제 이름을 꺼낸 거 아니겠습니까."

일리가 있는 주장이었다. 경찰에서도 보험 관련해서 조사하지 않은 게 아니었다. 호라이에게서 인수한 서류에도 본인의 채무 관계로 다달이 들어가는 보험료가 명기돼 있었다. 하지만 수령 보험금은 상식적인 범위의 2천만 엔인 데다, 가입한 것도 신고가 아직 직장에 다니던 때였다.

그렇게 설명하자 요시와키는 입술을 일그러뜨렸다.

"2천만 엔에 남편을 죽이는 아내도 있습니다. 요는 배우자한테 보험금에 걸맞은 가치가 있느냐 없느냐 하는 이야기 아니겠습니까."

그렇군, 그렇게 볼 수도 있나.

하루 온종일 숫자를 다루다 보면 사람의 목숨까지 돈으로 환산하는 버릇이 생기는 걸까. 아니면 요시와키 특유의 인간관일까. 어쨌거나 귀중한 증언이다.

미코시바가 기억하기로 남은 주택 대출금도 약 2천만 엔이었다. 신고의 사망 보험금을 받아 봤자 대출을 갚으면 끝나지만, 보기 나름으로는 눈엣가시인 남편과 대출금이 동시에 사라지면 그보다 더 좋은 일은 없다 할 수도 있다. 검찰 쪽입장에서는 유효한 수단일 것이다. 바꿔 말하면 미코시바 쪽에서는 이 방면에 대한 방어책을 마련해 둘 필요가 있다.

"휴식 시간에 사적인 이야기를 했다고 하셨는데요. 그때 쓰다 씨가 남편분을 언급한 적이 있습니까?"

"남편분에 관해서 말입니까……. 아뇨, 모르겠군요. 가족 이야기는 늘 딸들 이야기뿐이었습니다."

나잇살이나 먹은 남자가 가족과의 교류도 거부하고 틀어박혀 있는 것이다. 아닌 게 아니라 동료에게 이야기해서 재미있을 화제는 아니다. 하지만 변호 측 입장에서는 써먹을 수 있는 카드다.

"이미 아시겠지만 쓰다 씨는 항소했습니다. 어쩌면 요시와키 씨께 법정 증언을 부탁드리게 될지도 모릅니다."

항의하려고 입을 연 요시와키에게 미코시바는 못을 박았다.

"선량한 시민의 의무로서 말입니다. 설마 공인 회계사가 선량한 시민이 아니라고는 안 하실 테죠."

2

미사키가 세타가야 경찰서를 찾자 서장과 부서장, 그리고 강력범계 하쓰다가 현관까지 마중 나왔다.

창피하니까 그만두라고 하고 싶었지만, 전에 그렇게 말했는데도 똑같은 일이 벌어졌던 게 생각나서 기운이 빠졌다. 머리를 숙이는 게 충성의 증표라고 진심으로 믿는 사람은 어떻게 설득한들 시간 낭비일 뿐이다.

"딱딱한 인사는 생략하지. 전화로 말한 것처럼 쓰다 아키코 건으로 찾아왔네. 진술 조서를 받았을 때 책임자와 이야기를 하고 싶은데."

"책임자는 접니다만⋯⋯."

하쓰다가 머뭇머뭇 말했다.

차석 검사가 용의자를 조사한 경찰서를 찾아오는 것은 그렇게 흔한 일이 아니다. 의심하는 게 똑똑히 느껴졌지만 그런 것을 일일이 상관할 수는 없다.

"쓰다 아키코의 조사는 녹취했나?"

"네. 재판원 재판 대상 사건으로 전 과정을 녹음, 녹화했습니다."

"좋아. 바로 볼 수 있겠나."

미사키는 그렇게 말하고 서내로 들어갔다. 대답도 기다리지 않고 먼저 움직이면 불필요한 인사나 절차 없이 본론에 들어갈 수 있다. 상대방 입장에서는 더없이 귀찮겠지만 신속하기로는 이만한 게 없다. 자신에 대해 나쁜 소문이 나겠지만 미사키는 그런 것을 신경 쓸 사람이 아니었다. 그래서 일의 능률이 오른다면 유형무형의 압력을 행사하는 것에 전혀 망설임이 없었다.

조사의 투명화가 시행된 지 꽤 됐는데, 현재 재판원 재판 대상 사건뿐 아니라 검찰의 독자 수사 사건도 90퍼센트 이상이 녹취된다. 강요에 의한 진술이 아니라는 것을 명확하게 한다는 점에서 증거물로서 유죄 입증에 이바지하는 결과를 낳았다. 물론 녹취된다는 것을 의식하는 탓에 피의자의 입이 무거워지고 공범에 관해 입을 다무는 등 폐해도 있지만, 미사키는 그것은 어쩔 수 없는 부분이라고 생각하고 있다. 자백을 끌어내기가 어려워진 것은 마이너스 요소이지만, 이로써 억울하게 죄를 뒤집어쓰는 사람이 없어진다면 그보다 더 좋은 일은 없다.

미사키는 피고인을 단죄하는 한편 경찰의 송검 사안에도 엄격했다. 무고한 사람이 죄를 뒤집어쓰는 사태는 선입견에 의한 수사와 자백 강요에서 비롯된다. 송치된 시점에서 검찰이 체크 기능을 다하지 않으면 선입견과 강요가 그대로 피고인의 십자가가 되고 만다. 사법에 관여하는 자로서 그것만은 피해야 한다.

게다가 이번 상대는 과거 자신에게 치욕을 안겨 준 미코시바 레이지다. 검찰 측이 제출하는 증거를 하나하나 살펴봐도 결코 과하지 않을 것이다.

미사키는 다른 방으로 안내되어 녹화된 영상을 봤다. 몇 시간 분량이었지만 음성을 알아듣는 데 지장이 없을 정도의 빠른 속도로 재생하니 각오했던 만큼 시간이 걸리지는 않았다.

"무슨 문제라도 있었습니까?"

하쓰다가 주뼛거리며 물었다. 조사 자체는 강요도, 유도신문도 없이 처음부터 끝까지 쓰다 아키코의 자발적인 진술로 이루어져 있다. 대법원에 내놔도 부끄럽지 않을 증거물이고, 억울하게 죄를 뒤집어썼다는 느낌은 전혀 없었다.

그러나 미사키는 불안을 씻을 수 없었다.

"문제는 없어 보이는군. 자네는 조사 현장에 실제로 입회했지?"

"네."

"쓰다 아키코는 어떻던가? 필요 이상으로 거친 말을 쓰거나, 말이 아니라도 태도로 자백을 강요하거나 하진 않았나?"

"그 사건은 수사원이 신고를 받아 현장에 도착한 시점에 증거물이 갖춰져 있었기 때문에, 피고인이 항변할 수 있는 여지는 전혀 없었습니다. 비디오를 보셨지만 진술도 애먹는 일 없이 순조롭게 진행됐죠."

그건 화면을 보면 일목요연했다. 하지만 미사키는 하쓰다의 자신감에서 불안을 느꼈다. 이쪽이 완벽하다고 믿는 벽에 구멍을 뚫어 견고한 논리를 허물어뜨리는 게 미코시바의 수법이기 때문이다. 세상에 완벽한 것은 없다. 있다면 그건 당사자의 확신뿐이다.

그러다가 생각났다.

"눈엣가시가 된 남편, 본인의 망상에 불과한 불륜. 요는 치정 살인으로 몰아가려는 것 같은데, 더 현실적인 돈 이야기는 전혀 없었나?"

"돈 말씀입니까?"

"현금, 대출의 유무, 유산, 보험금 등등, 쓰다 신고의 죽음으로 아키코가 이득을 보는 건 없나? 진술 조서엔 그 부분에 대한 언급이 없던데."

"아니, 저, 살해 동기가 금전과 관련된 게 아니라서……."

"그래서 진술 조서에서 언급하지 않았다? 그런 걸 날림이라고 하는 거네. 만일 금전적 이익이 있다면 살해 동기를 보강해 주는 재료가 되지. 지금 당장 본인과 쓰다 신고의 자산 및 채무 관계를 조사해서 정리해 줘."

"저……."

"또 있네. 피고인과 관계자의 진술 조서를 작성한 가미야마 경장, 다카기 경사, 구로다 경사, 이 세 명을 불러 줘. 진술 당시 상황에 대해 당사자한테 직접 자세한 이야기를 듣고 싶군."

현장을 맡은 지휘관 입장에서 불쾌했을 것이다. 하쓰다는 다소 기분이 상한 표정으로 미사키를 똑바로 쳐다봤다.

"죄송합니다만 왜 그렇게까지 이 사안에 집착하시는 겁니까? 1심에선 저희가 전면적으로 승리를 거뒀고, 애초에 본인의 자백도 받았는데요."

"2심 변호인은 미코시바 레이지란 사람인데, 아나?"

이름을 들은 순간 하쓰다의 미간에 주름이 잡혔다.

"그 사람이 말씀입니까? 네, 물론 이름은 압니다만, 아직 입원 중 아니었습니까?"

"얼마 전 퇴원한 직후에 선임된 모양이더군. 그야말로 전 광석화 같은 행동이었지."

"변호사 교체는 쓰다 아키코가 요구한 겁니까? 아, 구치 소에서 질 나쁜 녀석한테 소문을 들었나 보군요."

"아니, 미코시바 변호사가 전임 변호사를 통해 피고인에게 요청했다더군. 교체는 처음부터 그 사람이 원한 거야."

하쓰다는 의아한 표정으로 생각에 잠겼다.

"그거 묘하군요. 쓰다 아키코는 미코시바의 고객하고 부류가 전혀 다른데요. 터무니없는 보수를 요구할 수 있는 대상이 아닙니다."

"그러니까 쓰다 가의 자산을 다시 한 번 조사할 필요가 있는 거네. 이쪽에서 놓친 자산이 없다는 법은 없지. 단, 가능성은 낮겠네만."

"이유가 뭡니까?"

"처음부터 재산을 노린 거라면 그렇게 충동적으로 범행을 하진 않았을 테니까. 적어도 자기가 의심을 받지 않도록 더 계획적으로 실행에 옮겼을 테지."

"그럼 미코시바가 노리는 건 다른 데 있다는 뜻이 되는데요……."

"그걸 알 수 없어서 여기까지 온 거네."

그 말에 하쓰다는 납득했다는 듯 고개를 끄덕였다. 미코시바 레이지라는 이름은 소속된 조직과 입장을 초월해 같은 마음을 품게 하는 존재였다.

"저도 그 변호사 때문에 쓴맛을 본 게 한두 번이 아닙니다. 총기 관리법 위반으로 검거한 폭력단 회장이 어느새 집행유예를 받았지 뭡니까. 힘들게 낚은 대어를 옆에서 낚아채서 놔 주기까지 한 기분이었습니다. 덕분에 부하들 사기가 얼마나 떨어졌는지요."

"미코시바 변호사의 대가는 뭐였지? 폭력단의 변호를 맡았으니 보나마나 정당한 보수는 아니겠지."

"그 부분은 확인하지 못했습니다만, 석방된 회장은 안색이 그리 좋지 못했던 모양입니다. 상당한 액수를 청구했겠죠."

"그런 고객만 상대하면서 용케 보복을 안 당하는군."

"담장 안에서 살기 싫은 녀석들한테는 최고로 든든한 원군일 테니까요. 대신 상대방 입장에선 천적이나 다름없죠. 녀석을 찌른 것도 그런 사람 아니었습니까."

"목숨 아까운 줄 모르는 돈벌레라. 점점 더 이번 사안에 참견한 이유를 모르겠군."

"경찰이나 검찰에 뭐 원한이라도 있는 걸까요."

"우리한테 수치를 줘서 울분을 풀고 있다? 아니, 재판에서 이겼을 때 표정을 기억하네만 이쪽을 쳐다보지도 않았어. 정말로 앙갚음을 할 생각이라면 그런 인간은 눈앞에서 우쭐거리게 마련인데."

입을 다문 하쓰다를 보고 미사키는 또다시 의심에 휩싸였다. 단순한 사건과 단순한 동기, 그리고 단순한 1심 심리. 공판 기록을 다시 한 번 읽어 봤지만 검찰 측의 주장에서 하자를 찾아볼 수 없었다. 미코시바는 대체 이 사안의 어떤 점에 관심을 가졌고 어디에서 허점을 발견했다는 말인가.

미사키는 고개를 내저었다. 생각해도 결론이 나지 않는다면 가능성이 있는 것부터 착수하는 수밖에 없다. 안팎의 해자에 물을 채우고 문이란 문마다 보초를 세운다. 그러고 나서 상대방이 어떻게 나올지를 지켜본다.

"인수인계 시에 미코시바 변호사가 요구한 건 공판 기록뿐이었네. 현재 상세히 검토하는 중이네만, 새로운 증거를 제출하면 반증할 수 있도록 준비해 두고 싶군. 관할서를 번거롭게 해서 미안하네만 상대가 상대니 말이지. 주의해서 나쁠 게 없어."

"지금 바로 담당자 세 명을 불러오겠습니다."

"말하지 않아도 알겠네만 미코시바 변호사의 이름을 언급하는 게 좋을 거야. 그편이 수사원들의 협조를 얻기 쉽지 않겠나."

하쓰다는 보일 듯 말 듯 표정을 누그러뜨렸다가 자세를 바로 했다.

"알겠습니다."

하쓰다가 나간 뒤 미사키는 의자에 몸을 깊이 파묻었다. 다소 반목하는 사이라도 공동의 적 앞에서 조직에 속한 이들은 일치단결한다. 공무원은 특히 그렇다. 그리고 아군은 많을수록 좋다.

미사키는 자조 어린 웃음을 짓고는 다시 생각에 잠겼다.

세 경찰관의 이야기를 듣고 나서 미사키가 간 곳은 도쿄 지검과 같은 구획에 있는 도쿄 고등법원이었다.

그가 만나러 온 사람은 합동 청사 15층에 있는 재판관실에서 미사키를 기다리고 있었다.

"미사키 군, 왔나."

"이렇게 갑자기 들이닥쳐서 죄송합니다, 산조 판사님."

산조 마모루 판사는 책상에서 일어나 미사키에게 응접용 소파를 권했다. 일곱 살 아래인 상대방에게도 예의를 다하는 것은 이 사람의 미점이지만 그때마다 이쪽은 쩔쩔매게 된다.

"상관없어. 대학 후배가 인사차 찾아왔는데 안 만날 수 있나. 언제든지 환영하네."

온화한 말투였지만 미사키를 검사로서 맞이한 게 아니라고 암암리에 못을 박고 있었다. 이 결벽성도 미점이지만 역시 쩔쩔매게 된다.

사건 심리 중에 담당 검사가 담당 재판관의 방으로 찾아와 잡담을 섞어 가며 협의 비슷한 이야기를 나눈다. 이른바 법정 외 변론이 일부 법조 관계자에게 비판의 대상이 된 지 오래다. 매년 마흔 명 전후의 판사가 법무성으로 파견되며 그중 몇 명은 수사 및 공판 담당 검사가 된다. 반대로 검사가 법원으로 파견되는 경우도 있다. 이런 판검 교류를 거듭하다 보면 자연히 판사와 검사를 가르는 울타리가 낮아져 법정 외 변론이 일상적으로 벌어지게 된다.

하지만 변호인 측 입장에서는 유착이라 볼 수밖에 없는 구도인지라, 청렴한 것으로 유명한 산조도 법정 외 변론을 엄격하게 삼갔다. 직함을 붙이지 않고 미사키를 부른 것도 그런 견제였을 것은 상상하기 어렵지 않다.

"그나저나 웬일인가. 4월에 부임하고 인사 왔을 때 이래로 처음 온 것 아닌가?"

"작금의 재판 사정에 관해 한 말씀 여쭙고 싶어서 말입니다. 산조 판사님, 얼마 전 항소된 세타가야 남편 살해 사건 말씀입니다만."

"아니, 이런." 산조는 과장되게 놀라는 척했다. "내가 그 사안의 담당 재판관이라는 걸 알고 하는 이야기인가? 그렇다면 곤란한데. 자네하고 즐겁게 잡담을 주고받을 수 없게 돼."

"녹음되는 게 아닌데도 말씀입니까?"

"가장 신뢰할 수 있는 녹음기는 가게에서 팔지 않지. 여기

야." 산조는 자신의 가슴을 가리켰다. "여기 녹음기가 내장
돼 있거든. 내 건 특히 성능이 좋아서 말이지. 동료나 검찰
쪽 사람들한테 자주 성가신 인간 취급을 받네."

그러고는 미사키의 눈을 들여다봤다.

"자네라고 내 주의를 모르는 게 아닐 텐데. 뭐, 아니까 이
방에서 발이 멀어졌겠지."

"녹음기를 켜시지 않아도 됩니다. 오늘 말씀을 여쭈러 온
건 사건이 아니라 한 관계자에 관한 개인적인 견해니까요."

"한 관계자?"

"변호사 미코시바 레이지 말입니다."

"그 사람 말이군." 산조는 의미심장하게 미사키를 바라봤
다. "도쿄 지검 차석 검사가 법정에 서는 진기한 사태는 그
게 이유인가?"

느닷없이 핵심을 찔러 미사키는 말문이 막혔다. 판사와
검사, 입장은 달라도 법조계는 워낙 좁다. 미사키가 항소심
에 나선다는 소문이 눈 깜짝할 새 퍼졌을 게 틀림없다.

"설마 에도에서 진 원수를 나가사키에서 갚을 생각인가?
아니, 자네쯤 되는 사람이 사적인 감정으로 움직일 리 없지.
다른 검사로는 불안하다고 생각했나 보군."

"⋯⋯그나저나 항소 직후 변호인이 바뀌어서 놀랐습니

다. 아직 입원 중인 줄 알았거든요."

"죽은 사람이 무덤에서 살아 돌아왔다 이건가?"

"그렇게 언변 좋은 죽은 사람이 있으면 한번 보고 싶습니다. 판사님은 어떻게 생각하셨습니까?"

"흠, 아닌 게 아니라 갑작스러운 느낌은 부정할 수 없었지. 한때 생사의 기로를 헤맸을 만큼 크게 다쳤다고 들었으니 말이야. 그렇게 돈을 벌었으면 생활도 어렵지 않을 텐데 천천히 요양이나 할 것이지. 퇴원하자마자 맡은 일이 이런 사안이라니 놀라운 사람이야."

"다시 말해 변호 측이 불리하다는 말씀이시군요?"

미사키는 이야기가 사건의 내용에 저촉되는 것을 알면서 공을 던져 봤다. 쉬운 공인데 그냥 보내지 말았으면 좋겠다.

"일개 판사가 판단을 내릴 것까지도 없네. 종전의 자료와 판문을 읽기로 이 항소는 단순히 절차에 불과해. 항소 이유는 양형 부당이네만, 그건 동시에 법원의 의향이기도 하단 말이지. 본래는 더 중형을 선고해야 한다는 의미로."

미사키는 가슴을 쓸어내렸다. 산조는 이 사안을 일반론으로 이야기하고 있었다. 이런 접근 방식이라면 자신의 신조에 위배되지 않는다고 공을 도로 던져 준 것이다.

"검찰 측은 그 판결문에 불평도 불만도 없을 테지. 자백,

증거물, 목격자, 동기까지 다 갖춰져 있으니까. 알도 좋고 줄기도 문제없어. 그러니 오히려 항소심에서 변호 측이 어떤 논진을 펼지 관심이 가는군."

"상대가 미코시바 변호사라서입니까?"

"상황은 최악에, 변호사 본인도 얼마 전까지 병상에 누워 있었고, 여론과 재판원은 검찰 편. 그야말로 사면초가지만, 지금까지의 실적을 생각하면 방심은 금물이란 생각도 드는군."

"판사님도 그 사람을 높이 평가하시는군요."

"높이 평가하는 게 아니야. 오히려 정체를 알 수 없는 사람이란 게 맞겠지."

산조는 재미있다는 듯 말했다.

"법조의 세계에서 살아가는 사람들을 지금까지 무수하게 봤네. 체면을 중시하는 사람, 보수를 중시하는 사람, 그리고 자기 정의를 중시하는 사람……. 그런데 그 사내만은 그중 어디에도 들어맞지 않네. 방식도 특이하고. 검찰 측에서 예상하지 못한 곳에서 화살을 날린단 말이지. 그야말로 게릴라 전법이야. 게다가 맞은 화살을 빼려고 애쓰는 사이에 화살촉에 묻은 독이 온몸에 퍼져 이윽고 죽음에 이르게 된다는 수법이거든."

"……화살을 맞은 당사자로서 동의하지 않을 수 없군요."

"듣자 하니 어느 사안에선 대법원 법정에 거대한 의료기기를 들여놨다더군. 그런 건 일반적인 변론의 범위를 벗어난 거야. 오히려 묘기 부리기의 범주에 속하겠지. 하지만 그런 묘기로 법정에 앉은 재판관과 재판원을 납득시키니 말이네. 재능이라 할 수밖에 없어."

산조는 장난기 어린 눈으로 미사키를 봤다.

"왜, 나고야 지검 하면 미사키 검사란 말을 듣던 자네가 벌써 그 사람의 게릴라 전법에 백기를 드는 건가?"

"상대방이 게릴라 전법을 써도 지금 상황에서 이쪽은 정공법으로 대처할 수밖에 없죠. 다만 현재 골치 아픈 문제는 저쪽 전술이 아니라 변호를 자처해서 맡은 이유거든요."

"무슨 뜻이지?"

"그 사람이 본 사안을 변호해서 무슨 이득이 있는지 모르겠습니다."

"흠. 신원이 그다지 좋지 못한 고액 소득자에게서 거액의 보수를 받아 내는 한편으로 꼭 속죄라도 하는 것처럼 돈 안 되는 국선 변호를 맡는 취미가 있다고 들었네만, 그런 게 아니겠나."

"확실히 그런 사안은 있습니다만, 전부 피고인이 무죄를 주장해서 기소 인부가 쟁점이 된 사안뿐입니다. 이번처럼 피고인이 자백까지 한 사안은 없는데요."

"이득이 없으면 받지 않는다는 건 이상하지 않나. 그래선 국선 제도의 의미가 없어."

"그 돈벌레가 아무 이득도 없는데 법정에 서겠습니까?"

"그건 그렇군."

산조는 팔짱을 꼈지만 별로 진지한 느낌은 없었다. 어디까지나 제삼자의 입장을 지키려고 하는 듯 보였다.

"하고 싶다던 잡담이란 게, 돈만 밝히는 남자가 절대적으로 불리한 사건의 변호를 맡아서 얻는 이득에 관해서인가?"

"게릴라 전법에 대처하는 마음가짐도 알려 주시면 더 좋죠. 물론 일반론으로."

"자네씩이나 되는 사람이 타인한테 가르침을 청하다니 좀 의외인데."

"공을 이루고 명성을 얻은 사람도 끊임없이 가르침을 청하는 법입니다. 공도 명성도 없는 인간이라면 더 말할 것도 없잖겠습니까."

"대단한 처세술이로군. 정년을 눈앞에 둔 입장에선 손톱의 때라도 달여야겠어(일본어에서 '손톱의 때를 달여 마시다'란 '훌륭한 사람의 언행을 조금이라도 본받는다'는 뜻이다-역주). 다만 기대에 부응하지 못해 미안하네만, 자네 목에 박힌 건 잔가

시에 불과하다고 생각하네. 다른 것하고 같이 삼키는 게 제일이겠지."

"하지만……."

"참전 동기가 뭐가 됐든 저쪽이 가진 무기는 제한돼 있지 않나. 성전을 부르짖은들 죽창을 메고 전차에 맞서는 것 같은 일이야. 자네는 그저 죽창의 끝이 어디를 향하는지, 그것만 보면 충분하다고 생각하네만."

산조는 팔짱을 풀고 천천히 소파에 몸을 기댔다.

"어쨌거나 제1회 공판은 전초전 같은 거야. 그때 가서 저쪽이 어떻게 나올지를 봐도 늦지 않네."

일리 있는 말인지라 수긍하는 수밖에 없었다. 미사키는 마지못해 고개를 끄덕였다. 하지만 그것을 못 알아차릴 상대방이 아니었다.

"왜, 이런 대답으론 불만인가?"

"불만이 아니라 불안입니다. 판사님은 정체를 알 수 없는 사람이라고 말씀하셨죠. 저도 동감입니다. 그래서 불안한 걸 겁니다. 유령하고 마찬가지죠. 정체를 알 수 없는 것엔 대개 불안을 느끼게 마련입니다."

"흠."

산조는 미사키를 유심히 쳐다봤다.

"……왜요?"

"자네 몇 살이지?"

"쉰다섯 살입니다."

"쉰다섯이면 아직 한창 일할 나이네만, 홀아비 생활을 너무 오래 해서 머리나 몸이 약해지기라도 했나. 추상열일을 체현하는 것 같은 자네답지 않은 태도군."

"그런 말씀 마십시오. 집사람이 떠나고 나서 벌써 10년 가까이 됐습니다만, 아직 한 번도 병이 난 적이 없습니다."

"아니면 도쿄 지검의 격무 탓에 심신이 피로한가. 부하한테 업무는 맡기고 있나? 뭐든 다 자기가 하려고 드는 인간은 윗사람이 못 돼. 민간 기업이었으면 당장 구조조정 대상이라고."

산조의 말 하나하나에 뜨끔했다. 부임한 지 얼마 되지 않아서 신뢰할 수 있는 인재를 아직 확보하지 못한 상황이었다. 유능한 사람의 천성과 방대한 양의 사안 탓에 자신의 업무가 늘어난 면은 확실히 있었다.

"우수한 부하가 없으면 명장이 아니네."

"충고 감사합니다."

"이렇게 되니 더 아쉽군."

"뭐가 말씀입니까?"

"자네 외아들 말이네. 요스케 군이라고 했던가?"

느닷없이 나온 이름에 무심코 사레가 들릴 뻔했다.

"그 친구가 법조계에 들어와서 자네하고 팀을 이뤘다면 어땠을까 지금도 상상할 때가 있다네. 분명 인재에 대한 자네 불안도 바로 해소됐을 테지."

"그런 말씀 마십시오. 그런 팔푼이가 있어 봤자 눈에 거슬릴 뿐입니다."

"그래? 최근 간간히 이름이 들리길래 그쪽 세계에서도 두각을 나타냈나 하고 감탄했네만."

산조가 앙갚음을 하는구나 싶었다. 법정 외 변론을 싫어하는 재판관의 방에 반강제로 들이닥친 검사에게 가장 타격이 큰 화제를 꺼낸 것이다.

이런 때는 도망치는 게 상책이다.

"제가 너무 오래 있었군요. 그만 가보겠습니다."

"그래, 다음엔 꼭 밖에서 한잔하자고."

미사키는 가볍게 손을 든 산조에게 고개를 숙여 인사하고 재판관실에서 나왔다.

예기치 못하게 등장한 이름이 한동안 뇌리를 떠나지 않았다. 사법고시에 합격해 장래가 촉망되었으면서 하필이면 음악가의 길을 선택한 못난 아들. 집에서 나간 지 벌써 5년이나 됐다.

　기대가 컸던 만큼 배신당했을 때 느낀 노여움도 컸다. 사랑하는 아내를 떠나보낸 탓도 있어 유일한 육친이 원수가 된 기분이었다.

　세상물정 모르는 그 녀석을 내 부하로 쓴다고?

　산조도 별 웃기는 소리를 다 한다. 그 녀석은 확실히 약빠른 면이 있어서 다른 사람이 실수로 놓치는 것도 간과하지 않는다. 수사 분야에라도 갖다 놓으면 그런대로 괜찮은 성적을 거둘 수 있을지도 모른다.

　하지만 산조는 모르는 것이다. 그 식충이 녀석에게는 사법에 관여하기에는 결정적으로 부족한 자질이 있다.

　그 녀석은 법률을 경시한다.

　법의 여신 테미스보다 뮤즈를 신봉하는 것이다.

3

　항소심 제1회 공판.

　도쿄 고등법원은 도쿄 지방법원, 도쿄 간이법원(형사)이 위치한 합동 청사에 있다. 이 청사의 동쪽 제6호관 B동에는 도쿄 구區 검찰청이, 그리고 C동에는 도쿄 가정법원과 도쿄

간이법원(민사)이 있으며, 도로 건너편 2호관과 3호관에는 국가 공안 위원회, 경찰청, 총무성, 국토 교통성이 있다. 일본 사법의 총본산이라는 느낌인데, 건물마다 하나같이 무기질적인 외관에 중후함이 부족하다.

미코시바는 엘리베이터를 타고 8층으로 올라갔다. 822호 법정이 이번에 그가 설 링이었다.

개정 3분 전에 입정하니 방청석은 이미 꽉 찼고 검찰 측도 와 있었다.

미사키 교혜이 검사는 미코시바를 흘깃 보더니 바로 시선을 돌렸다. 얼굴은 무표정했지만 미코시바에 대한 적개심이 살갗에 따갑게 느껴질 정도였다. 그가 어느 지검에 부임한 직후에 맞붙었던 기억이 있다. 그 사안은 미코시바의 압승으로 끝났는데, 검찰관치고는 흔치 않은 타입이라 인상에 강하게 남아 있었다. 좋게 말하면 열혈한, 나쁘게 말하면 감정적인 타입으로, 이쪽 답변에 일일이 안색이 달라졌다. 포커 게임의 상대로 안성맞춤인 인재다. 물론 본인도 그 사실을 알아서 지금처럼 표정을 없애려고 노력하는 듯했지만, 그래도 미코시바의 도발이 한 수 위였다.

다음으로 아키코가 들어왔다. 생활에 찌든 느낌은 접견했을 때와 똑같았다. 화장도 거의 하지 않은 듯했다. 재판장에게 꼬리를 치라는 말까지는 않겠지만, 최소한 호감을 주려는 노력 정도는 하면 좋겠다.

그리고 드디어 재판관들이 입정했다. 서기관의 호령으로 법정 내 전원이 기립해서 머리를 숙였다.

법복을 입은 세 남자 중 중앙에 자리한 사람이 산조 마모루 재판장이다. 외모는 온화함 그 자체다 보니 온정 넘치는 판결을 기대하는 피고인도 꽤 많을 것이다. 하지만 그건 어디까지나 겉모습일 뿐이고 실제로는 매우 냉철한 재판관이라고 한다. 미코시바가 사전에 조사해 보니 실제로 사법 판단이 엄벌화로 기울기 이전부터 흉악 범죄 피고인에게 엄한 판결을 내렸다.

미코시바는 산조를 보며 생각했다. 이 사안은 결국 이 남자의 심금을 울릴 수 있느냐 아니냐가 관건이다. 지금까지 검찰 측 주장을 논리적으로 허물어뜨리는 수법을 써 온 미코시바에게는 다소 불리한 전법이라 하지 않을 수 없었다.

"그럼 개정하겠습니다. 그 전에 변호인."

"네."

"모두冒頭 진술 취지가 제출되지 않은 것 같습니다만, 이유가 뭡니까?"

"죄송합니다, 재판장님. 증인과 협의하는 데 시간이 걸리는 바람에 서면 제출을 못 했습니다. 진술은 이 자리에서 바로 하도록 하겠습니다."

"그럼 시작하시죠."

미코시바는 일어섰다.

이게 선전 포고다.

"변호인은 피고인 쓰다 아키코의 무죄를 주장하며 원 판결의 파기를 요구합니다."

방청석이 어렴풋이 술렁거렸다. 미사키가 미코시바에게 눈을 부라렸다.

"원심은 피고인이 처한 상황을 무시하고 살인의 동기란 것을 추측했을 뿐입니다. 본 법정에선 그 점에 착안해 동기 부재를 증명할 생각입니다."

"동기 부재란 이유만으로 무죄를 주장하는 겁니까?"

"상세는 변호 과정에서 다루고자 합니다."

"시작하세요."

"첫 번째 증인을 신청합니다."

법원 경위를 따라 요조가 나와 증언대에 섰다.

"증인, 이름과 직업을 말씀해 주세요."

"쓰다 요조라고 합니다. 지역 민생위원입니다."

말끝에서 긴장감이 느껴졌다. 그럴 만도 하다. 피의자가 자백했기 때문에 1심에서는 증언대에 선 적이 없었다. 사전에 증언 내용을 맞춰 놓으니 그나마 다행이지만, 반대 신문 생각을 하면 불안이 치밀었다.

"피해자 쓰다 신고 씨의 아버지시죠?"

"맞습니다."

"댁은 신고 씨 집에서 가깝습니까?"

"네. 제 다리로도 걸어서 갈 수 있는 거리입니다. 신고의 처가 일하러 나가기 때문에 낮 동안 두 손녀가 집을 볼 때가 많아서 가끔 들여다보러 가곤 했습니다."

"신고 씨가 집에 있는데도 손녀들이 집을 봤습니까?"

"신고는 방에서 한 발짝도 나오질 않았거든요. 물론 집안일을 하는 것도, 집에서 할 수 있는 일을 한 것도 아니었습니다. 그래서 아키코 씨가 집에 없을 때 집안일은 손녀들이 도맡아 했습니다."

"집안일은 누가 가르쳤나요?"

"전부 아키코 씨가 가르쳤을 겁니다. 집안일만이 아닙니다. 늙은이인 제가 보기에도 두 아이한테 가정교육도 확실하게 시켰습니다."

"어머니로서는 책임을 다하고도 남았단 말씀이군요. 그럼 신고 씨는 어땠습니까?"

"아무것도 안 했습니다. 방에 틀어박혀서 컴퓨터 화면만 들여다봤지, 식구들하고 말도 잘 안 했습니다. 그런 남자가 자식 교육을 할 수 있을 리 없죠."

"일도 전혀 안 했고 애들도 보살피지 않았군요."

"그놈은 식충이였습니다."

법정에서 아들을 나쁘게 말하려니 역시 마음이 편치 않은지, 요조는 씁쓸한 표정이었다.

"편하게 돈 버는 데 맛을 들여서 땀 흘려서 일하려고 하지 않았습니다. 기사회생이라고 하면 말이야 그럴싸하지만, 단번에 역전하길 꿈꾸면서 익숙지도 않은 도박에 빠진 바보 천치였죠."

"가정 내에 불화는 있었습니까?"

"불화라기보다 신고의 일방적인 폭력이었습니다. 아키코 씨뿐만 아니라 손녀들한테도 손찌검을 했습니다."

"구체적으로 증언해 주시겠습니까?"

"처음엔 식구들한테 고함을 치는 것뿐이었습니다만……. 폭력은 아키코 씨가 일을 나가면서 시작됐습니다. 자존심이 상했겠죠. 손바닥으로 때리는 건 보통이고, 가끔은 주먹으로 얼굴을 때린 모양입니다. 제가 가면 아키코 씨 얼굴에 대개 맞은 자국이 있곤 했습니다."

"상처가 어느 정도였나요?"

"퍼렇게 멍이 들어 있었으니까 꽤 세게 맞았을 겁니다."

"신변에 위협을 느낄 정도로입니까?"

"재판장님." 미사키가 바로 손을 들었다. "유도 신문입니다. 피고인이 신변에 위협을 느꼈는지 아닌지는 증인의 상상일 뿐입니다."

"눈에 띄는 외상이면 어느 정도의 폭력이었는지 추측이 가능합니다. 이 증언은 추측의 재료가 됩니다."

산조는 미코시바에게 고개를 끄덕였다.

"인정합니다. 변호인은 질문을 계속하세요."

"증인. 아까 증언에서 폭력이 손녀들에게도 미쳤다고 하셨는데, 구체적으로는 어느 정도였습니까?"

"작은애 린코는 이제 막 여섯 살이 됐습니다만, 볼의 살갗이 벗겨진 걸 본 적이 있습니다. 왜 그러냐고 물었더니 신고가 심하게 꼬집었다고 하더군요."

"살갗이 벗겨질 정도로 세게 꼬집었군요?"

"큰애인 미유키는 더 심했습니다. 맞아서 입술이 터졌더군요."

"경찰과 상의해 보시진 않았습니까?"

"집안의 수치를 드러내고 싶지 않은 마음도 물론 있었습니다만, 그보다 아키코 씨가 말렸습니다. 남편을 범죄자로 만들고 싶지 않다고 우는 겁니다. 그런 상황에서 제가 어떻게 할 순 없으니까요. 옆집 사이토 씨한테 감시를 부탁하고 가끔씩 보러 가는 것밖에 할 수 없었습니다."

"신고 씨의 폭력이 더욱 심해져서 딸들에게까지 미쳤다면, 피고인은 아이들을 지키려고 했을까요?"

요조가 입을 열려는데 또다시 미사키가 끼어들었다.

"이의 있습니다. 재판장님, 변호인은 증인에게서 사실이 아니라 인상을 이끌어 내려고 합니다."

미코시바는 미사키의 얼굴빛을 보고 회심의 미소를 지었다. 신고가 폭력을 휘둘렀다는 이야기는 요조에게서 진술 조서를 받았을 때도 나왔으나, 관할서 수사원이 세세하게 추궁하지는 않았다. 미사키의 입장에서는 못 보고 넘어간 불발탄이 느닷없이 폭발한 기분일 것이다.

"인정합니다. 변호인은 사실만을 확인하도록."

"그럼 사실을 말씀드리죠. 방금 증언을 요약하면, 피해자의 폭력은 일상적으로 벌어졌고 게다가 어린 딸들까지도 대상이었습니다. 그 이상 심해지면 피고인뿐 아니라 아이들 목숨까지 위험해졌을 겁니다. 피고인은 일을 나가면서도 자식 교육을 소홀히 하지 않았습니다. 어머니로서 비난을 받을 부분은 전혀 없죠. 게다가 매일처럼 계속되는 노동으로 심신 모두 피폐해져 있었던 피고인은 판단력도 마모돼 있었습니다. 설사 흉행이 있었어도 그건 피고인이 자기 본위적인 이유로 남편을 거추장스럽게 여겼기 때문이 아니라, 어디까지나 자신과 아이들의 안전을 생각한 정당방위였을 가능성이 지극히 높습니다. 그건 세상 보통 어머니들과 견주어 봐도 당연한 행위이며 죄를 물을 일이 아니라고 주장합니다."

미코시바는 그렇게 잘라 말하고 자리에 앉았다. 그 모습을 확인하고 요조가 짤막하게 한숨을 쉬었다.

"재판장님, 반대 신문을 허락해 주십시오."

"하시죠."

미사키는 천천히 일어섰다. 마치 먹잇감에 덤벼들기 전에 준비하는 것처럼 보였다.

"피해자가 피고인과 딸들에게 일상적으로 폭력을 휘둘렀다고 하셨는데, 그게 사실입니까?"

"사실입니다. 방금 그렇게 말씀드렸습니다만."

"실례합니다. 질문을 잘못 했군요. 증인은 피해자의 집에 자주 드나들었다고 하셨는데, 그럼 피해자가 실제로 피고인과 딸들에게 폭력을 가하는 현장을 목격했습니까?"

빌어먹을. 미코시바는 속으로 욕했다. 미사키는 증언 내용 자체를 무력화시킬 작정인 것이다.

"아뇨, 때리는 장면을 본 건 아닙니다만……. 하지만 아키코 씨나 애들이 그런 거짓말을 할 리 없는데요. 그럴 필요도……."

"증인은 질문에 대한 대답만 해 주세요. 한 번 더 묻겠습니다. 증인은 피해자가 가족에게 폭력을 휘두르는 장면을 한 번이라도 봤습니까?"

"신고는 제 앞에선 늘 본성을 드러내지 않았으니까 그런 모습을 보일 리가……."

"증인은 사실만을 말씀해 주세요. 목격했습니까? 아니면 목격한 적 없습니까?"

"목격은…… 한 적 없습니다."

미코시바는 바로 반격에 나섰다.

"재판장님, 검사의 질문은 궤변입니다. 아무리 폭력이 일상적으로 벌어졌어도 현장에 우연히 있을 확률은 제로에 가깝습니다."

"하지만 증인은 자주 드나들었다고 했죠. 폭력 행위 자체도 빈번히 있었다면 목격 사례가 한 번도 없다는 건 되레 부자연스럽습니다."

"검사, 재작년 교통사고 건수를 아십니까?"

"……갑자기 무슨 말입니까?"

"재작년 교통사고 건수는 전국에서 72만 5,773건. 다시 말해 43초에 1건꼴로 사고가 발생한 셈입니다만, 검사는 교통사고가 발생한 순간을 목격한 적이 있습니까?"

"그거야말로 궤변입니다. 교통사고 발생률은 각 지역에 따라 다릅니다. 뭣보다……."

"변호인과 검찰관. 그 이야기는 본 사건과 직접 관계가 있습니까?" 단상 위에서 산조가 다소 어이없다는 표정으로 끼어들었다. "확률론이라면 법정 밖에서 논해 주면 좋겠군요."

"죄송합니다."

"방금 변호 측 질문은 기록에서 삭제하도록."

미코시바는 형식적으로 사과하고 바로 자리에 앉았다. 엉뚱한 소리를 했다는 것은 스스로도 알고 있었다. 요는 미사키의 질문을 얼버무리고 요조가 여유를 되찾게 해 주면 그만이다. 의도대로 요조는 침착함을 되찾은 듯했다.

미사키는 헛기침을 한 번 한 뒤 말을 이었다.

"그럼 증인, 사건 발생 당시, 증인은 피고인이 피해자의 시체를 처분하는 장면에 맞닥뜨렸습니다만, 그때 피고인 또는 두 손녀에게 새로 폭행을 당한 흔적이 있었습니까?"

"그때 말씀입니까?"

"네. 과거가 아니라 바로 그때."

아뿔싸.

미코시바는 후회했다.

"아뇨. 그땐 새로 상처가 난 것 같진 않았습니다."

"그렇겠죠. 현장으로 달려간 수사원도, 감식계도 피고인이나 두 딸에게 직전에 생긴 외상은 없었다고 보고했으니까요. 다시 말해 변호인의 주장과는 달리 피고인의 행동이 정당방위가 아니었다는 뜻입니다. 직전에 폭행을 당한 게 아니니까 말이죠."

"이의 있습니다. 재판장님, 검찰은 정당방위의 취지를 지나치게 협의로 파악하고 있습니다. 폭행을 당한 순간의 반사적인 행위 외에도 만성적인 폭력으로부터 몸을 지키려는 방위도 이에 포함될 터입니다."

"변호인, 그걸 주장하려면 정당방위의 성립 요건 중 침해의 현재성을 입증할 필요가 있습니다만 가능합니까?"

미코시바는 순간 멈칫했다.

정당방위의 요건이란 다음을 가리킨다.

〈상황의 요건〉

1. 침해의 현재성

2. 침해의 부당성

3. 자신 또는 타인의 권리 보호

〈행위의 요건〉

1. 부득이한 행위

2. 방위 의사

이 중 산조가 요구하는 침해의 현재성이란 침해가 실제로 눈앞에 닥친 것이었느냐 하는 상황 확인이다. 물론 이건 침해된 쪽, 다시 말해 아키코가 어떻게 판단하느냐가 아니라 어디까지나 객관적인 시점에 따르는데, 침해를 계기로 상대에게 적극적인 가해를 하려 한 경우 과잉방위의 가능성이 발생한다. 신고의 폭력이 맨손을 쓴 데 비해 아키코는 커터라는 날붙이를 써서 가해했다는 점, 나아가 방위 장소가 상대방이 무방비한 상태가 되는 욕실이었다는 점에서, 무턱대고 정당방위를 쟁점으로 삼을 경우 되레 불리해질지도 모른다.

여기서는 일단 도망치는 게 상책이었다.

"아직 준비하지 않았습니다. 다음번 공판까지 시간을 주십시오."

"알겠습니다. 검찰 측, 반대 신문은 더 없습니까?"

"그럼 하나 더 묻죠. 증인이 현장에 들어갔을 때 피고인은 시체를 처분하려는 참이었습니다. 그렇죠?"

"네. 하지만 아키코 씨는 저를 보고 바로 체념한 것처럼……."

"뭘 체념했다는 겁니까?"

"그건……."

"시체를 처분해 범행을 은폐하려는 것 말씀이죠?"

"뭐……."

"'그건'이니 '뭐'는 말고 명확하게 대답해 주세요."

"재판장님, 방금 발언은 강요에 해당됩니다."

"강요가 아니라 확인입니다. 그때 피고인은 일부러 비닐 시트를 탈의실에 폈고 욕실에 묻은 피를 씻고 있었습니다. 그때 증인이 우연히 집에 가지 않으면 피고인은 은폐 공작을 계속했을까요?"

그 말은 하면 안 되는데.

"검사는 증인에게 가정의 질문을 하고 있습니다!"

"어떻습니까, 증인?"

"아마 계속했겠죠. 하지만 나쁜 일을 숨기려는 건 누구나……."

"증인, 그만 됐습니다."

미사키는 요조의 말을 가로막고 신문을 끝냈다. 미코시바는 또다시 속으로 욕했다. 이번에 요조를 증언대에 세운 것은 신고의 인상을 나쁘게 함으로써 상대적으로 아키코에 대한 심증을 좋게 바꾸기 위해서였다. 1심에서는 자세히 언급되지 않은 신고의 학대에 특히 초점을 맞춘 것은 전적으로 그게 목적이었다. 사람의 인상은 제삼자에 의해 형성된다. 피해자의 아버지가 아키코를 동정하는 듯한 증언을 하면 재판관의 심증에 틀림없이 영향을 미칠 것이라고 판단했다.

그러나 그런 의도를 알아차린 미사키는 요조에게 아키코의 범행 은폐를 이야기하게 함으로써 동정 점수를 상쇄하고 말았다.

젠장. 이번은 검찰 측의 판정승이다.

"재판관님, 다음 증인을 신청하겠습니다."

이름은 요시와키였다. 이 남자도 익숙지 않은 자리에 긴장해서 표정이 굳어 있었다. 하기야 이런 곳에 익숙한 일반인도 흔치 않겠지만.

"증인, 이름과 직업을 말씀해 주세요."

"요시와키 겐이치. 미도리카와 회계 사무소의 공인 회계사입니다."

"피고인의 동료죠?"

"네."

"1심 판결문은 읽어 보셨습니까?"

"아뇨, 판결은 들었지만 문언까지는……."

"판결문엔 피고인이 동료인 당신에게 연애 감정을 품은 게 동기 중 하나였다고 돼 있습니다. 당신은 피고인에게서 그런 말을 들은 적이 있습니까?"

"당치도 않습니다." 요시와키는 고개를 흔들며 말했다. "사적으로 쓰다 씨에게서 들은 이야기라곤 따님들 이야기뿐이었습니다. 연애 쪽으로는 전혀 없습니다. 몇 번 같이 식사를 한 적도 있지만, 휴식 시간에 점심을 먹으러 간 정도고 그때 나눈 대화도 처음부터 끝까지 일에 대한 푸념이었는데요."

"그럼 그런 내색도 없었단 말씀이죠? 당신이 눈치 못 챈 것뿐 아닙니까?"

"제가 중학생도 아니고, 남편을 죽일 정도로 좋아한다면 시선을 못 알아차릴 리 없습니다."

"피고인이 남편을 언급한 적은 없었습니까?"

"그건…… 기억에 없습니다."

"증인은 스스로 기억력이 좋은 편이라고 생각하십니까?"

그러자 요시와키는 쓴웃음을 지으며 대답했다.

"적어도 기억력이 안 좋으면 공인 회계사로 일하기 쉽지 않을 겁니다."

"다시 말해서 피고인이 남편 이야기를 한 번도 하지 않았다고 생각해도 되겠죠?"

"네. 만약 이야기했으면 기억할 겁니다. 정말로 나이나 직업이나 한 번도 들은 적이 없습니다."

"그럼 이상하단 생각은 안 드셨습니까? 사적인 이야기도 별로 안 하는 동료가 자신하고 결혼하고 싶어서 남편을 죽였다는 말을 듣고."

"들었고말고요. 아닌 밤중에 홍두깨랄지, 정말이지 뜬금없는 이야기였으니까요."

"동기가 날조됐다는 느낌은 없습니까?"

"재판장님! 유도 신문입니다."

미사키가 곧바로 항의했지만 이건 예상했던 바였다.

"인정합니다. 변호인, 질문은 신중하게 해 주세요."

본 사건에 관해 경찰 조사의 전 과정이 녹취됐다고 들었다. 녹화한다는 말을 들으면 피의자가 긴장하는 것은 당연하지만, 같은 말은 조사를 진행하는 쪽에 대해서도 할 수 있다. 자백 강요나 유도 신문도 있는 그대로 기록되는 이상 신중해지지 않을 수 없다.

따지고 보면 무고한 사람이 죄를 뒤집어쓰는 사태를 방지한다는 명분 아래 시행된 것은 모두 검찰과 경찰의 불명예에 기인한다. 다소 치욕을 느끼며 작성한 진술 조서에 또다시 불상사의 가능성이 시사되면 흥분하지 않을 리 없다. 검찰 측의 냉정함을 빼앗으면 이쪽의 득점으로 연결된다.

"그럼 질문을 달리해 보겠습니다. 즉 증인은 본인이 신고 씨를 살해한 동기라고 생각하지 않으신다는 말씀이죠?"

"네, 맞습니다."

"재판장님, 여기서 변호인은 앞서 검찰 측이 제출한 갑 7호 증을 변론에 사용하겠습니다."

방청석이 어렴풋이 술렁거렸다.

미사키는 언짢은 표정이었다.

"갑 7호 증은 쓰다 요조 씨의 연락을 받고 세타가야 경찰이 현장에 도착했을 때 감식계가 채취한 감식 자료의 일람입니다. 중심이 되는 건 범행 현장인 욕실입니다만, 당연히 그 밖에도 피해자와 피고인이 접촉했을 물건 전부를 수거

했습니다. 수사는 세세한 데까지 이르렀고 더없이 용의주도했습니다. 머리카락 한 올, 벌레 똥 하나도 놓치지 않았죠. 범죄 수사에 대한 집념이 생생하게 느껴집니다."

연극조로 고개를 가볍게 숙이자 미사키가 금세 울컥한 표정을 지었다. 평소에는 쓰지 않는 수법이지만 미사키 같은 사람에게는 이런 도발이 가장 효과적이었다.

"변호인이 주목한 것은 여기 셋째 장, 부엌 쓰레기통의 내용입니다. 아니, 정확히 말하면 부엌 안쪽에 45리터들이의 비닐봉지를 펴 놓고 각 방 쓰레기통이 꽉 차면 그곳에 모아 놓는 식입니다. 쓰고 버린 티슈, 고무줄, 컵라면 및 냉동식품 용기와 봉지, 사건 당일을 포함해 나흘치 신문 광고지, 우유팩, 머리카락, 빵 부스러기, 지우개 부스러기, 상추 속, 양파 껍질, 바나나 껍질, 식품용 플라스틱 그릇, 곤충 사체, 그리고…… 피임도구 포장."

미코시바는 미사키 앞에서 종잇장을 팔랑팔랑 흔들어 보였다.

"이 포장이 나흘치 광고지와 같은 쓰레기통에 들어 있었던 데서 사건 직전까지 피고인과 신고 씨 사이에 부부관계가 계속되고 있었음을 알 수 있습니다. 방금 들으신 요시와키 씨의 증언과 합쳐 봐도, 부부관계를 계속하고 있었고 요시와키 증인에게 구체적인 접근을 전혀 하지 않았던 피고인이 남편을 없애려고 살인을 계획, 실행했다는 건 부자연스럽기 그지없습니다. 따라서 변호인은 신고 씨에 대한 범행이 충동적인 정당방위였다고 다시 한 번 말씀드리고자 합니다."

적의 사각死角을 노린 어퍼컷. 효과는 있는 듯했다. 산조는 고민되는 표정이었고 미사키는 얼굴을 찡그리며 이쪽을 노려봤다.

그러나 금세 반격이 돌아왔다.

"재판장님, 반대 신문을 허락해 주십시오."

"하시죠."

미사키는 일어나 정면에서 미코시바를 응시했다. 어딘지 모르게 끝장을 보고 싶은 권투선수처럼 보이기도 했다.

"변론이 참으로 자의적이라 당황했습니다만⋯⋯. 변호인은 미혼입니까? 부부에 대해 잘 모르는 것 같군요."

미코시바는 감탄했다. 느닷없이 카운터라도 날리려나 했는데, 이 역전의 용사는 가벼운 잽으로 게임을 벌일 줄 알았다.

"신성한 법정에서 저속한 이야기를 하려니 다소 꺼림칙합니다만⋯⋯ 부부의 금슬과 잠자리의 유무엔 엄밀한 상관관계가 있는 게 아니거든요. 의무로 계속하는 부부도 있을 테고, 반대로 손만 잡아도 만족하는 부부도 아예 없지는 않을 테죠."

방청석에서 누군가 나직이 웃음을 터뜨렸다.

"또 모살이란 시점에서 본다면, 피해자가 경계하지 않도록 성관계에 응했다 하는 해석도 가능하군요. 성교를 마친 수컷을 공격한다는 의미에선 그야말로 사마귀 암컷이 연상됩니다만…… 실례, 이건 그냥 말이 그렇다는 뜻입니다."

빌어먹을. 미코시바는 입술을 깨물었다. 그쪽 논법으로 나왔다.

"또 피고인이 조서에 진술한 것 같은 연애 감정은 존재하지 않는다고 했는데, 이것도 수긍하기 어려운 논거군요. 보아하니 변호인은 남녀 관계에 어두운 것 같은데, 언동에 드러나는 것만이 연애 감정은 아닙니다. 요새는 아주 드문 경우가 됐습니다만, 플라토닉이란 개념도 있죠. 또 그게 피고인의 일방적인 선입견이었을 가능성도 있습니다. 증인이 무심코 한 행동을 피고인이 멋대로 확대 해석했다 하는 사례입니다. 이쪽은 반대로 요새 두드러지게 나타나는 스토커의 특징 그 자체군요."

미사키는 피고인석으로 흘깃 시선을 던졌지만, 아키코는 힘없이 앉아 있을 뿐이었다.

"문제는 선입견이든 착각이든 본인에게는 그게 진실이었으며 신고 씨를 살해할 동기가 충분히 될 수 있었다는 점입니다. 변호인의 언설을 듣자 하니 피고인에게 살의가 없었다는 걸 입증하고 싶었던 모양입니다만 논거가 너무 박약합니다."

미코시바는 미사키의 반증 방식에 혀를 내둘렀다. 이쪽 주장이 견강부회라는 비난을 면치 못할 것은 처음부터 잘 알고 있었지만, 하나하나 세세하게, 그것도 신랄한 반증을 들어 다룬다. 이쪽의 게릴라 전법에 침착하게 대처했을 뿐 아니라 공격을 확실하게 막아 냈다.

노련하면서도 학습할 줄 알고 자신의 무기와 전술을 늘려 노련함을 더욱 갈고닦는다. 이런 적이 가장 호락호락하지 않다.

실제로 재판관과 방청인의 반응을 살펴보면 미사키의 말을 귀 기울여 듣는 것을 알 수 있었다. 주장을 듣는다기보다 음악을 감상하는 표정인데, 이건 미사키의 말이 그들의 귀를 지나 가슴에까지 도달하고 있음을 가리켰다.

"조금 전 시아버지의 증언으로 분명해졌듯이 피고인은 피해자를 살해하기 위해 커터를 들고 욕실에 들어갔습니다. 욕실에 있던 피해자는 말 그대로 맨몸이니 저항할 방도

가 없습니다. 그리고 피해자를 속여 돌아앉게 한 다음 뒤에서 목을 세 차례 찔렀습니다. 한 번도 아니고 세 번입니다. 이렇게 계획적이고 집요한 범행을 충동적이라고 하기는 어렵습니다. 게다가 그 뒤 피고인은 광에 있던 비닐 시트를 꺼내 왔습니다. 시아버지가 목격했을 때, 시체는 비닐 시트 위에 놓여 있었다고 하니 무슨 용도였는지는 명백하죠. 살인을 저지른 직후 신고했다면 또 몰라도, 사체 은닉을 계획한 시점에서 모살이라 지탄을 받아도 어쩔 수 없습니다. 오랫동안 함께 살아온 배우자가 걸림돌이 된다고 마치 쓰레기처럼 다루는, 자기 본위적이며 용서할 수 없는 행위입니다. 솔직히 검찰 입장에서는 1심 판결의 징역 16년으로도 만족할 수 없습니다. 재판관 여러분은 변호 측의 궤변에 휘둘리지 말고 엄정한 심리를 부탁드리겠습니다."

미사키는 그렇게 말하고 착석했다. 허가만 된다면 방청석에서 박수갈채가 터져 나왔어도 이상할 것 없을 만큼 훌륭한 말솜씨였다.

그야말로 사회 정의의 체현자다 싶은데, 그래도 이 검사가 아니꼽게 느껴지지 않는 것은 역시 인덕이라 할 것이다. 게다가 근래는 엄벌화가 풍조다. 미사키 같은 존재는 그 선도자로서 안성맞춤이라 할 수 있을지도 모른다.

하지만. 미코시바는 냉소를 머금었다.

엄벌화가 법리론에 관한 토의 위에 성립됐다면 또 몰라도, 실제로는 잦은 흉악 범죄에 대해 보통 사람들이 느끼는 곤혹에서 비롯된 데 불과하다. 사형 제도 존폐를 포함해서 입법부는 철저한 논의를 벌이지 않는 데다 역대 법무대신의 판단은 일관성이 없다. 여론의 성숙을 기다리지 않고 시작된 재판원 제도는 이에 박차를 가했다. 재판원 제도가 법정에 도입한 것은 일반 시민의 감각이 아니라 감정이다. 흉악 범죄에 대한 억지 수단이 아니라 보복 수단으로 엄벌화가 진행되고 있었다.

일반 시민의 감정이 판결을 좌우한다면 이쪽에도 승산은 있다.

"재판장님, 피고인 질문을 하겠습니다."

"하시죠."

아키코가 부스스 일어섰다. 둔중한 동작이 재판관에게 어떻게 보일지 신경 쓰였지만, 지금 아키코에게 연기력을 기대하기는 무리였다.

"먼저 피고인에게 확인하겠습니다. 사건이 발생했을 무렵 남편과 부부관계가 있었습니까?"

"있었습니다."

"그건 일방적인, 가령 강간에 가까운 행위였습니까?"

"아뇨, 합의에 의한 거였어요."

"다시 말해, 남편이 폭력을 휘두르는 일은 있었어도 관계 회복을 시도하는 분위기는 있었다는 말씀이군요?"

"네."

미코시바는 짐짓 고개를 끄덕였다. 여기까지는 아키코와 미리 말을 맞춰 놓았다.

"동료인 요시와키 씨에 대해 남편에게 어떤 식으로 이야기했습니까?"

"직장에 당신이랑 동갑인 공인 회계사가 있는데 장래가 촉망되는 훌륭한 사람이라고……."

"그랬더니 바로 때리던가요?"

"네."

"연애 감정 운운하는 말은 안 했는데 말입니까?"

"네. 그건 남자로서의 질투였다고 생각해요."

미코시바는 불안을 느꼈다. 마지막 말은 사전에 맞출 때 없었는데.

"질투라고요?"

"남자도 질투하거든요. 외모가 아니라 학력이나 수입에 질투해요. 직업이 없었던 쓰다는 남보다 곱절은 더 그랬어요. 일정한 직업을 가진 사람, 수입이 안정된 사람을 멸시했어요. 안 그러면 자기한테 낙오자라는 꼬리표가 붙을 것 같아서 불안했다고 생각합니다."

어쩐지 느낌이 수상해서 방향을 바꾸었다.

"사건 당일, 쓰다 씨는 일을 마치고 피곤해서 집에 왔습니다. 두 딸은 자기들끼리 식사를 마치고 자기 방에 가 있었지만, 방에서 나오지 않는 남편은 쓰다 씨가 식사를 차려 줘야 합니다. 쓰다 씨는 오는 길에 사 온 냉동식품을 데웠는데, 그랬더니 남편이 욕설을 퍼부으며 때렸다…… 맞죠?"

"네."

"하지만 사건 직후에 온 요조 씨나 수사원의 증언으로는 쓰다 씨 얼굴에 맞은 상처가 없었다고 했습니다. 이유가 뭡니까?"

"진술한 내용이 잘못됐습니다. 얼굴이 아니라 배를 맞았기 때문이에요. 제가 바닥에 웅크렸더니 몇 번 더 때렸어요."

"그때 어떻게 생각했습니까?"

"이대로 가다간 죽겠다고 생각했어요."

"커터는 어디 있었죠? 진술 조서엔 헛방 공구 상자에 있었다고 돼 있었습니다만."

"나중에 생각했더니 제 기억이 틀렸어요. 커터는 부엌에 있었습니다. 딸애들이 과자나 냉동식품 봉지를 뜯는 데 썼을 거예요."

됐다, 여기는 시나리오대로다. 헛방으로 가서 흉기를 가지고 왔다는 것보다는 우연히 근처에 있었던 물건을 무의식중에 손에 들었다고 하는 편이 충동적인 행동으로 보일 것이다.

"그다음은 정신이 없었기 때문에 잘 기억 안 나요. 좌우지간 쓰다가 너무 무서워서…… 정신이 들었을 땐 눈앞에 쓰다가 피투성이가 돼서 쓰러져 있었어요."

"그래서요?"

"쓰다는 이미 숨이 끊어진 상태였어요. 욕실을 보니까 사방에 피가 튀어 있고 저도 피범벅이 돼 있었어요. 딸애들은 벌써 자는 것 같았어요. 몸에 묻은 피는 샤워해서 씻고, 쓰다를 그대로 둘 순 없어서 뭐 밑에 깔 만한 게 없나 하고 광으로 갔어요."

"왜 그대로 둘 순 없다고 생각했죠?"

"청소하는 데 방해가 돼서요."

또다시 법정 안이 술렁거렸다. 그러나 미사키만은 아키코가 무슨 말을 하려는 건지 짐작한 듯, 놀란 것을 감추지 못하는 표정으로 쳐다봤다.

"사체 유기를 생각한 게 아니었다는 말씀이죠?"

"네. 동요한 탓인지 좌우지간 피 때문에 더러워진 욕실을 청소해야겠다 생각했어요. 그래서 쓰다의 몸을 시트 위에 옮겨 놔야 했던 거예요. 그러고 나서 벽에 묻은 피를 열심히 씻어 내는데 아버님이 문을 열어서⋯⋯."

"그러면서 정신이 들었군요."

"네."

"됐습니다. 재판장님, 방금 들으신 바와 같습니다. 피고인은 자신의 범행을 은폐하려고 욕실을 청소하고 비닐 시트를 준비한 게 아닙니다. 자신이 한 일에 이성을 잃어 청소라는 일상적 행동을 함으로써 정신의 균형을 유지하려고 했던 겁니다. 범죄와 인연이 없는 선량한 시민이라면 그게 정상적인 반응 중 하나라는 생각도 듭니다. 피고인에게는 살의도, 그리고 범죄를 은폐하려는 의도조차도 없었습니다."

산조에게서 어렴풋한 곤혹이 느껴졌다. 궤변인가, 아니면 정당한 논리인가. 어쨌거나 인간 심리와 관련된 일이니 판단이 망설여질 것이다.

그러나 그게 미코시바가 노리는 바였다. 아키코에 대한 고정화된 심증을 뒤엎으려면 사건의 풍경을 일단 파괴해야 한다. 그러려면 다소 난폭한 궤변도 필요했다.

"변호인, 피고인에 대한 질문은 다 한 겁니까?"

"네."

"검찰 측, 반대 신문은?"

"네."

미사키가 또다시 일어나 우두커니 서 있는 아키코를 죽훑어봤다. 으르는 듯한 시선은 아니지만 그 동작만으로 아키코는 불쾌한 듯 몸을 움츠렸다.

"방금 증언에 관해서 말입니다만……. 피고인의 딸들은 아주 똑똑한 아이들인 모양이군요."

"네……."

"저녁도 피고인이 없을 땐 알아서 먹는다고요?"

"네. 작은애는 여섯 살인데 인스턴트나 냉동식품은 혼자서 만들어 먹을 줄 알아요."

"호오, 대단하군요. 감식 보고서도 그걸 뒷받침해 줍니다. 아까 변호인이 열거한 쓰레기통 내용물에 컵라면 및 냉동식품 용기와 봉지가 있었는데, 이건 모두 자매가 다룬 것으로 두 아이의 지문이 검출됐습니다. 얼마나 능숙한지 가위나 커터를 쓰지 않고 봉지 끝을 뜯어서 안에 든 걸 꺼냈더군요. 다시 말해…… 아이들이 부엌 근처에서 커터를 쓸 기회는 없었습니다. 사용하지 않는 도구가 근처에 있었다는 건 몹시 부자연스럽게 여겨집니다만."

그 부분을 노렸다. 미코시바는 이를 악물기 이전에 미사키의 용의주도함에 놀랐다. 방금 반격은 감식 자료를 웬만큼 꼼꼼하게 읽지 않았다면 불가능했을 것이다.

"또 피해자의 살해 상황 말입니다만…… 피고인에게 질문하겠습니다. 아까는 명확한 언급이 없었는데, 피해자에게 폭행을 당해 무서웠다, 그 뒤는 정신이 없었기 때문에 잘 기억나지 않는다, 흉기가 된 커터도 어느새 들고 있었다……맞죠?"

"네."

"그리고 욕실에 있는 피해자에게 등을 밀어 주겠다고 말하고 자기도 옷을 벗고 들어갔습니다. 이것도 맞습니까?"

"네."

"커터를 들고?"

"네."

"사건이 발생한 5월 5일, 피고인이 입고 있던 옷은 티셔츠와 청바지였습니다. 이것도 틀림없습니까?"

"5월이면…… 그랬을 거예요."

"흠, 신고를 받고 출동한 경관의 증언과 일치합니다. 다만 그렇다면 다소 석연치 않은 점이 하나 있군요. 피고인은 동요한 상태에서 커터를 들고 욕실에 있는 피해자와 대화를 나눈 뒤 옷을 벗고 자기도 욕실로 들어갔는데, 그럼 옷을 벗을 때 커터는 어떻게 했을까요?"

이번에는 그쪽인가.

미코시바는 저도 모르게 혀를 찼다.

"티셔츠나 청바지나 한 손으로 벗기는 힘듭니다. 한 손에 뭘 들고 있었다면 일단 내려놓지 않으면 옷을 벗기는 쉽지 않죠. 다시 말해, 아까 증언을 채용한다면 피고인은 정신이 없는 상태에서 탈의실로 가서, 정신이 없는 상태에서 피해자를 속이고, 정신이 없는 상태에서 옷을 벗고, 그때 들고 있던 커터는 일단 내려놨다가 알몸이 된 다음 다시 정신이 없는 상태에서 커터를 들고, 그리고 욕실로 뛰어들었다는 뜻이 됩니다. 이건 어떻게 봐도 앞뒤가 맞지 않죠."

미사키는 아키코의 얼굴을 가까이서 들여다보듯 했다. 아키코는 시선을 피해 눈을 내리깔았다.

"나아가 피고인이 범행 직전에 폭행을 당했다는 주장도 의심스럽습니다. 이건 앞서 제출한 수사 자료에는 없었습니다만, 관할서가 현장에 도착했을 때 피고인의 언동이 불안정했기 때문에 여성 경찰관이 피고인의 신체검사를 했단 말이죠. 옷을 다 벗은 것은 아닙니다만 가정 폭력은 없었는지 복부와 등을 살펴봤습니다. 하지만 어디에도 폭행의 흔적은 발견할 수 없었거든요."

빌어먹을. 미코시바는 속으로 욕했다. 그런 사실을 지금까지 감추었다니.

경찰도, 그리고 아키코 본인도.

"따라서 관할서에서 작성한 진술 조서는 일부 허위가 있습니다. 범행 직전 피고인이 피해자에게 폭행을 당했다는 사실은 입증되지 않습니다. 이상의 사실로 볼 때 피고인은 직전에 피해자에게 폭행을 당하지 않았고, 커터라는 공구가 있어 마땅한 장소에서 그걸 꺼내, 피해자에게 거짓말을 한 다음 흉기를 들고 욕실에 침입한 셈이 됩니다. 옷을 벗은 것도 처음부터 피가 묻을 것을 예상했기 때문입니다."

노래하듯 낭랑하게 이어지는 말은 막힘이 없었다. 세부에 이르기까지 논증을 거친 뒤 말하는 것임을 알 수 있었다.

"다시 말해 이 사안은 충동적으로 정당방위를 한 결과가 아니라 완전히 계획된 살인 사건입니다. 피해자가 생활 무능력자였다는 사실을 고려하더라도 그 자기 본위적인 범행은 도저히 용서될 수 있는 게 아닙니다. 이상, 반대 신문을 마치겠습니다."

미사키는 간결하게 말을 맺고 자리에 앉았다.

산조는 납득했다는 듯 가볍게 고개를 끄덕였고, 방청석에는 안도감 비슷한 분위기가 퍼져 있었다.

"변호인, 더 진술할 게 있습니까?"

"있습니다만 아직 준비가 덜 됐습니다."

"그럼 다음 공판은 2주 뒤 10시에 하겠습니다. 괜찮습니까?"

미사키와 함께 승인하면서도 미코시바는 속으로 법정에 있는 모든 사람을 저주하고 있었다. 그중에는 물론 아키코도 포함됐다.

이렇게 해서 항소심 제1라운드는 미사키의 압승으로 끝났다.

4

법원에서 돌아오니 사무실에 작은 폭군이 기다리고 있었다.

"선생님, 오셨어요!"

미코시바는 린코를 보자마자 넌더리가 났다. 법정에서 미사키에게 뼈아픈 일격을 당한 직후였으니 엎친 데 덮친 격이라고 할까.

"더는 안 보고 싶다고 했을 텐데."

"죄송합니다. 얘가 또 왔지 뭐예요."

린코 뒤에서 요코가 움츠러들어 있었다.

"에헴, 굉장하죠? 오늘은 아무한테도 안 물어보고 혼자 왔어요."

"언제부터 여기가 탁아소가 됐지?"

"선생님이 공판에 가시고 저 혼자였기 때문에 집에 데려 다줄 수 없어서……."

"그럼 지금 당장 데려다줘."

"저 오늘은 야근해야 돼요. 자문료 청구 명세를 정리해서 내일 한꺼번에 보내야 하거든요."

"왜 또 온 거냐."

눈높이를 맞추고 노려봐도 린코는 입술을 삐죽 내밀 뿐 조금도 무서워하지 않았다. 하룻밤 재워 준 탓에 익숙해졌 는지도 모른다. 이래서는 다소 호통을 친다고 울지도 않을 것이다.

"엄마 재판 끝났죠? 그래서 기다린 거예요."

"끝난 게 아니야. 아직 제1라운드다."

"이기는 중이에요?"

대답할 마음도 나지 않았다.

"이 애는 내가 데려다주지."

"저…… 그래도 되시겠어요?"

"되고 뭐고 이런 게 사무실에 있는데 일이 되겠나. 사건 현장에도 한 번 더 가 볼 생각이었으니까 마침 잘됐지."

쩔쩔매는 요코를 두고 미코시바는 린코를 데리고 주차장으로 갔다. 차 문을 열자 린코는 거기가 자기 지정석인 양 조수석에 냉큼 올라탔다.

"누가 타라고 했지?"

"죄송해요."

얌전하게 사과는 하는데 얼굴이 웃고 있었다. 호박에 말뚝 박기란 이런 것인가 싶었다.

공판을 통해 알게 된 것이 있었다. 린코의 어딘지 모르게 어른인 척하는 말투는 틀림없이 가정환경의 영향이다.

부모가 서로 막말을 퍼붓는 가정, 아버지나 어머니가 없고 금전적으로나 시간적으로나 여유가 없는 가정에서는 아이들이 대개 강하게 자란다. 부모가 모자라기에 자립하는 셈인데, 린코가 그 전형이었다.

"지금도 언니하고 둘이 사나?"

"지금은 가끔 작은어머니가 와서 자요."

"너희가 그 집으로 가진 않고?"

"네. 언니가 계속 누워 있기도 하고, 작은어머니네 집은 좀 좁거든요."

지금은 어린 두 자매끼리 이럭저럭 생활하고 있지만 그렇게 오래 지속할 수는 없다. 아키코가 석방되지 않는 한 두 아이는 요조가 맡아 기를 수밖에 없을 것이다. 좁다는 말은 동거를 염두에 두고 있기 때문에 나오는 게 아닐까.

　"엄마 잘 있어요?"

　"별일 없더라."

　아키코가 잘 있는 모습을 본 적이 없으니 달리 말할 방법이 없었다. 얼마 동안 앞을 바라보던 린코는 불현듯 생각난 것처럼 미코시바를 돌아봤다.

　"선생님, 이길 수 있어요?"

　"너랑 엄마 협조가 없으면 못 이겨."

　"협조?"

　"적어도 나한테는 거짓말을 안 한다는 거야."

　"린코는 선생님한테 거짓말한 적 없는데."

　"넌 그렇지. 문제는 엄마야."

　"엄마 거짓말해요?"

　"거짓말인지 아닌지는 몰라. 하지만 뭔가 감추는 게 있다."

　그런 생각이 변론 중에 여러 번 머리를 스쳤다. 진술 조서를 읽어 봐도, 본인과 직접 말을 주고받아도, 아직 완전히 파악하지 못한 게 있었다.

변호를 수락한 이상 전력으로 임하는 게 미코시바의 몇 안 되는 미덕 중 하나였으나, 의뢰인의 생각을 충분히 알지 못하면 길을 잃고 헤맬 가능성이 있다. 대체 아키코는 무엇을 생각하고 무엇을 감추고 있는 건가.

한적한 세타가야 주택가에 들어서서 사전에 알아 놓은 쓰다 신고의 집으로 향했다. 이 근처는 비교적 새 건물이 많고 구획이 정리돼 있어 차분한 분위기였다. 신고의 집은 그 한쪽에 있었다. 외벽의 색도 아직 선명했지만 꽤 널찍한 주차장은 텅 비어 있어, 사정을 아는 미코시바는 적막한 인상만을 받았다. 고급 주택가에 집이 있지만 실제로는 부부싸움이 끊이지 않았고 경제적으로 파탄 직전이었다. 외관이 아무리 호화로워도 속은 썰렁한 현실에 짓밟혀 있었다.

초인종을 누르려는데 린코가 주머니에서 열쇠를 꺼내 현관문을 열었다.

곧바로 달짝지근한 냄새가 났다. 어린애가 있는 집 특유의 젖 냄새였는데, 어째선지 불쾌한 느낌은 없었다.

"린코 왔어."

대답은 없었지만 린코는 미코시바의 손을 끌고 2층으로 올라갔다.

계단을 올라가니 좁은 복도를 끼고 방이 왼쪽에 하나, 오른쪽에 둘 보였다. 문마다 '미유키', '린코', '엄마'라고 쓴 패가 걸려 있었다.

"언니, 손님 왔는데. 들어가도 돼?"

"잠깐만……."

안에서 불분명한 목소리가 대답했다.

조금 지나 문이 열렸다.

"미유키예요."

안에서 나타난 소녀는 잠옷 위에 카디건을 걸친 차림이었다. 머리가 길었고 옷으로 가려졌어도 가녀린 몸매임을 알 수 있었다. 열세 살이면 아직 중학생일 텐데, 어머니를 닮지 않고 미인의 부류에 속하는 단정한 이목구비라 보기 나름으로는 고등학생이라 해도 통할 듯했다.

"이런 모습으로 죄송해요."

"병이 났나?"

"그날부터 몸이 좀 안 좋아서……."

그날이란 신고가 살해된 날을 말할 것이다. 어머니가 아버지를 죽였으니 열세 살 소녀가 병이 나는 것도 무리는 아니었다.

"너희 어머니 변호를 맡은 미코시바란 사람인데, 아래층 방을 살펴봐도 될까?"

"네, 그러세요. 린코, 안내해 드려."

"오케이!"

"그럼……"

미유키는 기어드는 목소리로 그렇게 말하고는 방 안으로 들어갔다.

"많이 아픈가?"

미코시바의 물음에 린코는 고개를 흔들었다.

"무서워서 밖에 못 나오는 것뿐이에요. 뭐더라, 정신적인 거라고 의사 선생님이 그랬어요. 너무 약하죠?"

"넌 무섭지 않아? 어머니가 아버지를 죽였는데."

말을 하고 나서 아차 싶었지만 린코는 아무렇지도 않게 "린코는 안 무서워요. 엄마가 그런 일 할 리 없는걸요"라고 대답했다.

'믿는 사람에게 복이 있나니'인가. 미코시바는 쓴웃음을 지으며 납득했다. 뭔가를 믿는 힘은 사람의 눈을 멀게 한다. 반대로 의심은 감각을 예민하게 한다. 세상의 실태는 알면 알수록 가혹하다. 그러니 행복해지고 싶으면 나를 믿으라는 종교의 주장은 어떤 의미에서 정곡을 찌른다. 인간 세상의 불행을 보고 싶지 않다면 신이나 이상 같은 동화의 세계에서 놀고 있으면 된다.

1층으로 내려왔다. 부엌은 아일랜드 식탁으로 거실과 구분되어 있었다. 거실은 넓이가 일여덟 평쯤 되고, 복도를 끼고 반대편에는 방 하나, 그리고 욕실과 화장실이 있다. 미코시바는 수사 자료에 들어 있던 현장 평면도를 머릿속에 떠올리며 배치와 거리를 확인했다.

　처음 봤을 때 느낀 것은 린코에 대한 세심한 배려였다.

　테이블, 의자, 그 밖의 여러 가구는 모두 모서리가 둥글게 가공된 것으로 갖춰 놓았다. 그리고 이것도 어린 린코를 생각해서인지 가위 등 뾰족한 물건은 모두 상자에 넣어 텔레비전 받침대 서랍에 보관했다.

　냉장고 문 가득 자석으로 메모를 붙여 놨고, 그것만으로 모자랐는지 벽에도 학교 스케줄표 등등을 붙여 놨다. 거실 테이블 주위에는 린코 것인 듯한 장난감, 그리고 미유키 것인가 싶은 헝겊 머리끈과 머리핀이 아무렇게나 놓여 있었다. 소파 뒤 벽에는 린코의 솜씨인지 서툰 얼굴 그림이 붙어 있었다.

　한마디로 말해서 생활감 넘치는 방이었다. 잡다하게 어질러진 광경은 쓸쓸한 느낌마저 주었다.

　그런데 미코시바에게는 어딘지 모르게 기분 좋게 느껴졌다. 처음 온 장소인데도 이상하게 친숙했다. 물건이 어질러진 게 전혀 거슬리지 않았다. 이 공간에는 모녀의 애정이 가 득했다.

그러다가 생각났다.

미코시바가 나고 자란 집이 딱 이런 풍경이었다.

부모와 두 살 아래 여동생. 이곳보다 조금 좁은 거실이었 지만 분위기는 똑같았다. 식사는 각자 따로 했지만 가족 구 성이 같으면 집 안 광경도 비슷해지는 걸까.

당시 미코시바가 집에 돌아오는 시간이면 어머니와 동생 은 늘 텔레비전을 보고 있었다. 둘 다 많이 웃었다. 미코시 바에게는 전혀 재미없는 내용이었지만 마치 자매처럼 함께 웃으며 즐겼다.

그 웃음소리도 지금은 들리지 않는다.

떠올려 보려 해도 기억 저편으로 사라져 도로 불러올 수 도 없었다. 그때 분명히 가족의 화목한 시간이라는 게 존재 했지만, 자신은 그 속에 들어가기를 거부했다. 자신이라는 존재는 여기 있는 사람들과 다르다고 생각했기 때문이다. 생김새가 같아도 속은 전혀 다른 고고한 존재라고 믿었기 때문이다.

바보같은 이야기라고 미코시바는 이제 와서 생각했다. 확 실히 가족과 자신이 다른 존재라는 인식은 옳았다. 단 위아래가 반대였다. 자신은 고고한 존재가 아니라 깊은 땅속 심연에 사는 원생동물이었다.

아니, 감개에 젖어 있을 때가 아니다.

미코시바는 머리를 내저어 마음을 가다듬은 다음 부엌으로 들어가 주위를 둘러봤다. 전자레인지 옆에 수동 슬라이서 한 대가 놓여 있었다. 칼질이 서툰 주부가 애용하는 조리도구로, 이것 하나만 있으면 대개의 식품은 썰 수 있다고 들은 적이 있다. 아마 딸들도 간단한 요리를 할 수 있도록 아키코가 샀을 것이다. 그런데 싱크대 밑 수납공간에도 식칼이 한 자루도 보이지 않았다. 아키코 본인도 슬라이서를 애용했나 보다.

미코시바는 이어서 탈의실 쪽으로 이동했다. 부엌에서 탈의실까지 동선은 일직선으로 이어졌다. 부엌에서 날붙이를 든 아키코가 그대로 탈의실로 갔다는 미코시바의 이야기를 뒷받침해 준다.

탈의실은 널찍했다. 이 정도면 신고의 시체를 비닐 시트에 올려놓는 것도 가능했을 것이다.

욕실 문을 열었다. 참극이 벌어진 것은 반년 전이고 감식 뒤에 철저하게 세정했을 테니 혈흔 하나 남아 있을 리 없지만, 그래도 미코시바의 코는 비릿한 피 냄새를 맡았다. 콧구

멍이 기억한 감각은 이런 곳에 올 때마다 되살아났다.

욕조를 응시하며 아키코의 범행을 돌이켜 봤다.

등을 밀어 주겠다며 뒤에서 접근하는 아키코. 신고는 조금도 경계하지 않고 돌아보지도 않는다. 무방비하게 드러난 목. 아키코는 뒤에 감춰 들고 있던 커터로 목덜미를 찌른다.

한 번, 두 번, 세 번.

칼날은 정확히 경동맥을 찌른다. 이건 시체 검안서에 쓰인 대로다. 흉기를 뺐다 꽂았다 할 때마다 피가 대량으로 분출해 아키코의 얼굴과 손이 붉게 얼룩졌다. 텔레비전이나 영화에서 이런 장면을 찍을 때면 대개 피가 방사상으로 힘차게 뿜어져 나오는 것으로 묘사하는데, 실제로는 아주 가는 호스에서 간헐적으로 찍찍 튀어나오는 정도다. 그래도 가까운 거리에서는 얼굴에 튈 정도는 된다.

이윽고 신고는 숨이 끊어진다. 온몸에 피를 뒤집어쓴 아키코는 조금도 동요하지 않는다. 피와 지방으로 온몸이 미끌미끌하지만 화장을 지우는 듯한 느낌으로 씻어 낸다. 그리고 일단 옷을 입고 뒷문으로 나가 광에서 비닐 시트를 꺼낸다. 욕실로 돌아와 신고의 시체를 탈의실로 옮긴 다음, 피가 튄 벽을 샤워기로 씻기 시작한다.

미코시바는 가볍게 혀를 찼다. 검찰 측이 그린 그림에서 큰 모순은 찾을 수 없었다. 아니, 현장을 보면 볼수록 미사키의 주장이 사실을 정확하게 묘사한다는 생각이 들었다.

탈의실에서 복도로 나오니 거실 반대편에 방이 하나 있었다. 아마 여기가 신고의 방일 것이다.

들어선 순간 퀴퀴한 냄새가 났다. 거실에서 풍기던 달짝지근한 냄새와는 종류가 전혀 달랐다.

벽 앞 책상 위에는 데스크톱컴퓨터 한 대와 볼펜 몇 자루, 벽에는 플로차트 세 개가 가로로 나란히 붙어 있었다. 신고가 데이트레이딩에 빠져 있었던 시절의 잔재일 것이다. 컴퓨터 옆에는 페이퍼나이프가 끼워져 있는 계간지와 회사 정보, 그리고 구색을 맞추듯 주식 투자 입문서 한 권.

십중팔구 그 정도 자료로 충분하다고 생각했을 것이다. 자신이 타인보다 똑똑하다고 믿는 바보의 전형적인 장비다. 경험과 신중함을 꺼리고 감과 배짱으로 기선을 제압하는 게 승리로 가는 길이라고 호언장담한다. 착실한 연구와 끈기 있는 노력을 패자의 길이라고 비웃는다. 그리고 결국 그 자료 값조차 회수하지 못한다.

한편 책상 밑은 혼돈이 장악하고 있었다. 사방에 어지럽게 흩어져 있는 종이 쪼가리, 만화책, 잡지, 신문 스크랩, 과자 봉지, 컵라면 그릇, 잉크 카트리지, 하얀 컴퓨터 디스크,

코드류 묶음, 벗어 놓은 옷가지. 쓰레기통은 절반쯤 차 있었다. 이게 감식에서 모발이며 미세한 먼지를 채취한 다음이라고 생각하면, 신고의 생전에는 이보다 더 어질러져 있었을 것이다.

냄새의 정체도 대강 짐작이 갔다. 식품과 곤충 사체에서 발산되는 썩은 내와 그것을 억지로 가리려고 뿌린 방향제가 자아내는 냄새였다.

이 방에는 목적과 질서가 없었다.

목적을 가진 이의 방에는 질서가 있고, 질서가 있는 방에서는 목적이 보인다. 이 방의 주인은 혼미에 빠져 분개하고, 온전한 판단력을 잃고 그리고 정체돼 있었다. 쓰다 신고의 정신 상태는 이 방에서 보이는 그대로였을 것이다.

"뭐 알아냈어요?"

린코의 목소리에 미코시바는 정신이 들었다.

"너희 아빠가 따돌림당했다는 건 알았다."

"방에 아무도 못 들어갔거든요. 일하는 방이라고."

한 지붕 아래 있으면서 신고의 방은 완전히 독립돼 있었다. 아니, 격리돼 있었다고 하는 편이 타당하다. 그런 거리감이 가족과의 거리감과 직결됐다.

이 집에서 살인이 일어났다는 게 실감나기 시작했다.

하지만 한편으로 도무지 지울 수 없는 어색한 느낌도 남았다. 미코시바 자신도 명확하게 표현할 수 없는 뭔가가……

"선생님, 왜 그래요?"

"가만있어 봐."

뭔가가 맞지 않았다. 직소퍼즐 그림에 형태가 맞지 않는 조각이 딱 하나 있다.

그건…….

그건…….

갑자기 섬광이 스쳤다.

그래, 어색함의 정체는 그것이었나.

미코시바는 거실로 돌아와 앞서 이동했던 동선으로 다시 움직여 봤다. 그리고 2층 아키코의 방문을 열고 어떤 것을 확인한 다음 마침내 찾았다는 것처럼 고개를 끄덕였다.

"뭔데요, 선생님."

허리에 매달리는 린코를 알아차리고 미코시바는 몸을 낮춰 눈높이를 맞추었다.

"최근에 누가 병원에 갔나?"

"언니밖에 없어요."

"언니 말고는?"

"없는데요."

어쩌면 크게 착각한 건지도 모른다.

미코시바는 휴대전화를 꺼내 사무실에 있는 요코에게 전화를 걸었다.

"나야."

"무슨 일 있으세요, 선생님?"

"미안하지만 내일 아침 일찍 해 줘야 할 일이 있어."

"내일 아침은 자문료 명세서를 보내야……."

"그런 건 뒤로 미뤄. 쓰다 아키코의 호적 초본 부속서류를 급히 입수해 줘."

"……부속서류를요?"

"그래. 전출입 기록을 확인하고 싶어. 알았나, 그게 가장 시급해."

다음 날 아침, 사무실에 출근하자 요코가 서류를 갖춰 기다리고 있었다.

"떼 왔어요."

이따금 고용주에게 비난 어린 시선을 보낼 때는 있지만 지시한 업무는 신속하게 처리한다. 그 하나만으로도 요코를 채용한 것은 정답이었다.

미코시바는 서류를 확인했다. 출생지에서 고베 시내로 전입. 그곳에서 열여덟 살까지 거주하다가 도쿄로 전입. 이건 취직했기 때문일 것이다. 그 뒤 결혼해서 주소를 옮기고, 또 한 번 이사해서 현 주소에 이른다. 그것만으로 아키코가 지나온 궤적이 어렴풋이 보이는 듯했다. 현 주소로 옮긴 것은 작은딸 린코의 출생연도와 전후하니 가족이 늘어난 것을 계기로 세를 살다가 단독주택으로 옮겼을 것이다.

미코시바는 서류 중 한 부분에 주목했다. 어제 떠오른 힌트는 그 장소와 관계가 있을 가능성이 컸다.

"지금 바로 출장 가야겠어."

"지금 바로요?"

요코는 한숨 섞인 목소리로 대답했다. 이 횡포한 고용주가 어떻게 일하는지는 이미 잘 알고 있을 테니까 불평해도 들어줄 생각은 없었다.

"그동안 가능한 업무는 알아서 판단해서 하라고. 문제 있으면 연락하고."

"출장은 어디로 가시는데요?"

"고베. 아니, 경우에 따라선 쓰다 아키코의 생가에도 가야 할지 몰라. 귀사 예정은 미정."

미코시바는 그렇게만 말하고 바로 출장 준비를 시작했다.

요코는 더 질문할 게 있는 듯했지만, 고용주가 말없이 준비
를 하자 체념한 표정으로 한숨을 쉬었다.

3

수호인의 고민

1

"쓰다 아키코, 면회다."

교도관의 목소리에 아키코는 몸을 틀었다.

"가족이 왔어."

시아버지와 린코가 왔다고 했다. 만나고 싶은 마음과 만나고 싶지 않은 마음이 동시에 들었지만 몸은 자연히 교도관을 따라갔다.

독방에서 무기질적인 복도를 따라 면회실로 이동하자 아크릴판 너머에 이미 요조와 린코가 앉아 있었다. 도쿄 구치소로 이송된 뒤로 린코와 처음 얼굴을 마주하는 것이었던지라 역시 속에서 뭔가가 치밀어 올랐다.

지금 이 상황을 견디는 입장에서 어머니로서의 감정은 되레 방해가 된다. 아키코는 린코의 동행을 허락한 요조에게 순간 화가 치밀었다.

아키코를 본 린코가 아크릴판에 얼굴을 바짝 갖다 댈 것처럼 다가왔다.

오랜만에 듣는 딸의 목소리에 마음이 휘청했다. 그것을 견디며 자신도 자리에 앉았다.

"아키코 씨, 얼굴이 좀 안됐군."

요조가 걱정스레 얼굴을 쳐다봤다. 화장기 없는 맨얼굴을 보이는 것은 아무렇지도 않았지만 기운이 꺾일 듯한 표정을 보이기는 싫었던지라 자연히 얼굴을 숙이게 됐다.

"여기 식사, 칼로리가 별로 안 높아서……. 저, 미유키는요?"

"여전히 방에 틀어박혀 지내는 모양이야. 양은 적어도 세끼 식사는 꼬박꼬박 하는 모양이니까 건강에 염려는 없지만."

"린코가 음식 해 줘."

린코가 할 수 있는 음식이라고 해 봤자 전자레인지로 조리하는 것들뿐일 것이다. 그래도 아무것도 안 먹는 것보다는 낫다.

"뭐 필요한 건 없고? 음식이라든지 과자라든지. 직접 들여보낼 순 없지만 매점에서 살 수 있다고 들었는데."

이 안에서 필요한 물건은 먹을 것보다는 갈아입을 속옷이었지만, 그건 이미 자비로 구입했다. 뭣보다도 그런 것을 시아버지에게 부탁할 마음은 털끝만큼도 없었다.

"필요한 건 없어요. 아버님은 미유키랑 린코만 보살펴 주시면 돼요."

"에엥, 언니는 린코가 보살피는데!"

린코가 입술을 오므리며 항의했다. 평소와 다름없는 몸짓이건만 아크릴판이 둘 사이를 가로막고 있다는 게 몹시 비현실적으로 느껴졌다.

"미코시바란 새 변호사 선생 말이다만."

요조의 입에서 나온 말에 귀가 즉각 반응했다.

"그 선생은 먼젓번 사람하고 전혀 느낌이 다르더라. 직접 우리 집까지 오고 아주 열심이야. 아키코 씨, 그런 사람을 어떻게 찾아냈지?"

"제가 찾아낸 게 아니에요. 전임인 호라이 선생님하고 미코시바 선생님 사이에 무슨 이야기가 있었나 봐요……. 전 서류에 서명한 게 다예요."

"그래? 아키코 씨 연줄이 아니었군."

"전 몰랐어요."

아키코가 그렇게 대답하자 요조는 의아하게 눈살을 찌푸

렸다.

"어쨌거나 그 선생은 돈이 목적이 아니야. 아키코 씨나 내가 낼 수 있는 변호사 비용이야 빤하니 말이지. 그래서 어떤 보수를 원하느냐고 물었더니 광고 효과라고 하더군."

"네, 저한테도 그렇게 말했어요."

"하지만 그걸 잘 모르겠단 말이지. 아닌 게 아니라 이 사건은 신문이나 텔레비전에서 크게 보도했지만, 1심 판결 뒤로 다른 큰 사건이 일어나면서 이젠 거의 다루지 않게 됐는데. 지금 와서 변호인을 맡은들 별 광고 효과가 없을 것 같은데."

듣고 보니 맞는 말이라 아키코도 생각에 잠겼다. 면회실에서 만났을 때 받은 첫인상은 지금도 잊지 않았다. 집요하고 계산적인 눈이었다. 그런 눈을 가진 남자가 자비나 봉사정신으로 애써 줄 리 없다. 틀림없이 뭔가 다른 목적이 있을 것이다.

"변호사 비용 말고 다른 걸 요구하진 않고?"

"구체적인 건 아무것도 없었어요. 단 형사나 검찰관한테는 무슨 거짓말을 해도 좋으니까 자기한테만은 진실을 말하라고 했어요."

"변호를 맡은 이유가 선생 말처럼 광고 효과라면 그걸 달성하는 방법은 하나밖에 없어. 아키코 씨의 승소 판결을 따내는 거야."

요조는 사려가 느껴지는 시선으로 아키코를 봤다.

"지금 이대로 가면 이쪽의 패색이 짙지만, 항소심에서 역전 판결이 나면 이 사건이 또다시 스포트라이트를 받을 테지. 그럼 선생 말처럼 광고 효과란 것도 있을 테고."

"역전 판결……."

"그냥 감형 정도가 아니야. 그 선생이 광고 효과를 노린다면 역시 작정하고 무죄 판결을 따내려고 할 거다."

무죄 판결.

웬 농담을 하나 싶었지만 요조의 눈빛은 진지했다. 이 시 아버지가 근거도 없이 아무렇게나 말하는 사람이 아니라는 것도 알고 있었다.

"그 선생님을 믿으세요?"

"교원 생활을 오래 하면서 얻은 건 그렇게 많지 않다만 교육 위원회니 조합이니 학부모회한테 시달린 덕에 사람 보는 눈만은 생겼거든. 아키코 씨, 미코시바란 그 선생, 아주 유능한 사람이야. 인간성은 그렇다 치고 변호사로서의 수완은 충분히 믿을 만하다고 생각해."

"린코도 미코시바 선생님이라면 믿어."

린코가 즐거운 표정으로 말했다.

"린코가 그런 걸 어떻게 알아?"

"그 선생님, 린코를 절대 어린애 취급하지 않는걸. 거짓말도 안 하고."

생각지도 못한 말이었다.

린코는 아직 어린데도 묘하게 영리해서 상대방의 사람됨을 금세 파악하는 면이 있었다. 인간을 관찰하는 예리한 눈은 요조에게서 대를 건너뛰어 물려받았는지도 모르겠다.

시아버지와 딸은 미코시바를 신뢰한다고 하지만 자신은 반대로 경계심을 품고 있었다. 이유는 잘 안다.

셋 다 미코시바가 우수하다는 것을 이해하고 있다. 그렇기에 감출 게 없는 요조와 린코는 전폭적으로 신뢰한다. 반면 자신은 어떤 사실을 은폐하고 있기 때문에 전전긍긍하고 있다. 당연한 논리다.

예지는 날카로우면 날카로울수록 양날의 칼이 될 수 있다. 미코시바의 지혜가 자신에게 기사의 검이 될지, 아니면 사신의 낫이 될지 지금은 아직 판단하지 못하겠다.

"엄마."

"응?"

"미코시바 선생님은 좋은 사람이야."

"좋은 사람인지 아닌지는 단언하지 못해도 지금 상황에서 그 선생을 의지할 수밖에 없다는 건 맞아. 아키코 씨, 그 사람한테 한번 맡겨 보자고."

아키코는 하는 수 없이 고개를 끄덕였다. 그런데 그것을 본 요조는 납득하기는커녕 더욱 의심 어린 표정으로 쳐다봤다.

"아키코 씨, 혹시 나한테 뭐 숨기는 게 있나?"

"제가 어떻게……."

"미코시바 선생에 대해 뭔가 주저하는 게 있는 것 같은데, 그건 선생이나 나한테 말 못할 게 있어서 그런 거 아닌가?"

요조의 시선이 자신을 꿰뚫어 봤다. 속마음을 들킬 것 같아서 저도 모르게 얼굴을 숙였다. 하여간 이 시아버지 감 좋은 것 때문에 아슬아슬하다. 생각하면 결혼 당초부터 그랬다. 보지도 않은 신고의 언동을 잇따라 갈파했다. 친아버지니까 당연하다는 생각도 있었지만, 그 이상으로 인간을 보는 눈이 확실한 것 같다. 이 남자 앞에서 비밀을 지키려면 어지간한 포커페이스로는 안 될 것이다.

미코시바가 알면 안 되는 일은 요조도 알면 안 된다. 누구에게도 말할 수 없는 비밀이었다.

"아, 맞다, 미코시바 선생님도 같은 말을 했어요. 엄마가 뭔가 감추고 있대요."

아아, 역시 그 변호사는 방심할 수 없다. 겨우 한 번 접견하고 법정에 선 것만으로 자신이 안고 있는 것을 알아차린 모양이다.

"아버님한테 그렇게 보인다면 제가 아직 그 선생님한테 익숙하지 않아서 그럴 거예요. 아무것도 감추는 거 없어요."

"그럼 다행이다만."

"미코시바 선생님, 집에도 왔었어."

"집에?"

"린코를 데려다주러 온 거야. 언니랑도 인사하고, 집을 한 바퀴 빙 둘러봤어."

갑자기 불안이 소용돌이쳤다. 법정에서 유일한 자기편일 변호사가 경찰보다 더한 위협으로 느껴졌다.

"선생님이 집 보고 무슨 말 했어?"

"아빠가 따돌림당했다는 걸 알았대."

"그리고 또?"

"린코가 아빠 방은 일하는 방이라서 아무도 못 들어갔다고 말했어."

"다른 말은 뭐 없었어?"

"뭐더라, 엄마 호적 뭐라나 하는 걸 떼 오라고 사무실 요코 씨한테 시켰어."

"호적······."

의외였다. 미코시바는 자신의 과거를 캐려는 건가.

하지만 자신의 과거와 이번 사건은 직접적인 관계가 전혀 없을 텐데. 대체 왜 조사할 필요가 있는 걸까.

전에 누구에게 들은 적이 있었다. 호적은 원칙적으로 본인 및 가족만이 청구할 수 있지만, 예외로 변호사도 입수할 수 있다는 모양이다. 자신이 싫다고 막을 수 있는 일은 아니지만, 그래도 미코시바가 호적을 입수하는 것에 말할 수 없는 불안을 느꼈다.

"아무튼 2심 판결까지 아직 시간이 있어. 끝까지 끈기 잃지 말고 몸 잘 챙겨라. 되도록 자주 올 테니까."

"고맙습니다."

아키코는 머리를 깊이 수그렸다.

아무리 가족이라지만 아키코는 친아들을 죽인 범인이다. 원래라면 원수일 자신을 이렇게 챙겨 주는 요조에게는 아무리 고마워해도 모자랐다.

"엄마, 괜찮아. 엄마한테는 린코랑 할아버지랑 미코시바 선생님이 있으니까."

면회 시간이 끝나 가려는데 린코가 아크릴 판에 두 손을 대고 그렇게 말했다.

말보다 그 조그만 손에 아키코는 시선을 빼앗겼다.

두 사람에게 작별 인사를 하고 독방으로 돌아온 뒤로도 미코시바가 자신의 호적을 조사한다는 이야기가 머리를 떠나지 않았다. 사건에 관해서는 자기 나름대로 생각해서 증언도 했다. 담당 형사나 검사에게서 몇 번씩 같은 질문을 받은 덕에 사실의 추이를 시간표에 맞춰 상술할 수 있게 됐다. 그건 법정에서의 진술이 자신의 무기가 됐다는 뜻이기도 했다.

그런데 미코시바 레이지란 남자는 자신이 전혀 예상도 못한 장소를 파헤치려 하고 있었다. 마치 사람은 감지할 수 없는 냄새를 찾아내는 사냥개처럼.

그렇다면 그 코가 찾아낸 것은 대체 무엇인가.

아키코는 불안을 억누르지 못한 채 벽에 등을 기댔다. 설마 자신의 변호인을 이렇게 두려워하게 될 줄은 몰랐다.

이 사건과 과거를 잇는 것. 도무지 그런 게 있을 것 같지 않다. 하지만 미코시바가 조사하고 있다면 아마 아키코 자신도 모르는 조각이 그곳에 있을 것이다.

어차피 생각할 시간은 무한히 있다.

아키코는 천천히 기억을 되살려 보기로 했다.

적어도 과거의 영상과 목소리가 명확해지는 지점까지는 회상해 보자.

　기억 가장 깊은 곳에 있는 것은 빨간 책가방이다. 그렇다면 초등학교에 입학한 다음일 것이다. 그 이전으로는 거슬러 올라갈 수 없었다. 흡사 칠흑 같은 벽에 가로막힌 양 사고가 도달하지 못했다. 분명 거기가 기억의 한계일 것이다.

　나중에 알았는데 자신은 후쿠오카 시에서 태어난 모양이다. 입사 지원서를 낼 때 뗐던 주민등록 등본에도 본적지가 명기돼 있었지만, 그 시절의 기억은 일절 없다.

　"여기가 새집이야."

　어머니는 어린 아키코의 손을 잡고 연립주택으로 들어갔다. 안에서는 아버지가 이삿짐을 풀고 있었다.

　부엌과 거실, 그리고 방 두 개가 있는 집이었는데, 두 방 다 세 평 정도였으니 그리 넓지는 않았다. 그래도 부모와 어린 아키코 셋이 살기에는 충분했다.

　"새집에서 새 생활을 시작하는 거야."

　어머니는 씌었던 게 떨어져 나간 듯한 얼굴로 아키코에게 말했다. 그 모습에서 이사 이전의 생활이 가족에게 쾌적한 게 아니었음을 짐작할 수 있었다.

해방감을 느낀 것은 아키코도 마찬가지였다. 이전의 기억은 없지만 새 방에 들어선 순간 무거운 코트를 벗은 느낌이 들었다.

"얼른 친구가 생기면 좋겠네."

짐을 풀던 아버지가 작업을 중단하고 아키코의 머리에 손을 얹었다. 굵은 손가락으로 머리카락을 뒤적여 주는 게 묘하게 기분 좋았다.

어머니가 말한 새로운 생활은 비유도 뭣도 아니었다. 부모는 신천지에서 새로 일을 시작했다. 아버지는 외식 체인점 점장, 어머니는 전처럼 보육사로 일했다.

"얼마 동안 너 혼자 집을 봐야 하지만 참아 줄래? 아버지도 어머니도 새 직장에 익숙해질 때까지 시간이 좀 걸릴 것 같으니까."

"응."

아버지가 미안한 표정으로 부탁하면 불안해도 고개를 끄덕일 수밖에 없었다. 그래도 얼굴을 보여 주고 싶지 않아서 내내 숙이고 있었다.

두 사람 다 일찍 출근해서 늦게 퇴근했다. 어머니는 저녁 여덟 시 지나야 돌아왔고, 아버지는 아키코가 잠든 다음에 올 때가 잦았다. 그 때문에 아키코는 초등학교에서 돌아오면 네 시간 동안 혼자 집을 봤다.

외롭지 않았다고 한다면 거짓말일 것이다. 전학 온 지 얼마 안 됐으니 친구도 없고, 동네에도 죄 모르는 사람들뿐이다. 게다가 하나같이 귀에 선 간사이 사투리로 이야기하다 보니 좋든 싫든 고립감이 심해졌다. 꼭 낯선 이국에 혼자 남겨진 기분이었다.

그리고 내내 뭔가가 결여됐다는 느낌이 들었다. 전에는 늘 누가 가까이에 있었던 것 같다. 어디의 누구인지도 모르는, 이름도 관계도 알 수 없는 사람이지만 분명히 그런 존재가 있었을 터였다. 그런데 기억의 시작점에서는 그림자도 찾아볼 수 없으니 아키코는 당혹할 수밖에 없었다.

고독감과 결여감은 불안을 한층 고조시킨다. 아키코는 학교 갔다 집에 오면 바로 문을 이중으로 잠그고 어머니가 돌아올 때까지 네 시간 동안 텔레비전도 켜지 않은 채 숨죽이고 지냈다. 아버지가 사다 준 책을 읽으며 이야기의 세계에 몰입했다. 그러지 않으면 울 것 같았다. 울 수는 없었다. 어머니가 올 때까지 울지 않고 꾹 참는 게 자신의 의무라고 생각했다. 부모도 아키코 앞에서 그런 말을 한 적은 없었지만, 좋아서 이사한 게 아니라는 것은 분위기로 짐작할 수 있었다. 기쁜 마음으로 새 직장에 들어간 게 아니라는 것도 표정으로 알 수 있었다. 부모가 참는데 자신도 참는 게 당연하다고 생각했다.

집에만 있는 게 습관이 돼서 주말에도 밖에 나가려 하지 않자 어머니가 걱정했다. 어머니라서 그런 건지 아니면 보육사라는 직업 때문인지, 아키코의 마음이 병들기 시작했다는 것을 바로 알아차리고는 밖으로 데리고 나왔다.

그들의 새집은 고베 시 나가타 구라는 지역에 있었다. 역 주변의 중심가에는 세련된 외관의 가게들이 늘어서 있고 길을 오가는 손님들도 차림새가 말쑥했다. 항구가 근처에 있기 때문인지 외국인도 많이 보였다.

"예쁜 곳이네."

어머니는 들뜬 목소리로 말했다. 어린 아키코의 귀에도 비위를 맞추는 듯한 말투였다. 원아나 그 부모들과 이야기 하면서 옮았는지 간사이 억양이 섞이기 시작했다.

"전에 살던 데랑은 전혀 다르고 말이야. 엄마 여기가 아주 맘에 드는걸. 아키코는 어때?"

물어본들 대답할 도리가 없었지만 거리가 예쁘다는 것에는 동감이었던 터라 고개를 끄덕였다.

"다행이다. 얘, 우리 앞으로도 일요일엔 항구에 오자. 아빠도 같이."

어머니는 아키코의 반응도 확인하지 않고 말을 이었다.

"아까 지나왔던 공원에 셋이 가는 것도 좋겠다. 거기 세련된 레스토랑에서 식사를 해도 좋겠고. 맞다, 포트아일랜드! 엄마 거기 한번 가 보고 싶었거든. 오사카에서도 가까우니까 싸고 맛있는 거 잔뜩 먹자. 그런 식으로 즐거운 일이랑 기쁜 일을 많이 하자. 그럼 괴로운 일이랑 슬픈 일도 꼭 잊을 수 있을 거야."

중간부터 말이 토막토막 끊어졌다.

"지, 진짜로 말이야, 그런 심한 일이 있었는데 앞으론 좋은 일만 있어야지, 안 그러면 손해지?"

그 말을 듣고 아키코는 몹시 동요했다.

이곳으로 이사 오기 전에 무슨 일인가가 있었다. 그게 어떤 일인지 아키코는 확실히 알 수 없었지만, 가족을 멀리 고베까지 쫓아 보내기에 충분한 사건이었던 모양이다. 그리고 그건 전능한 수호자라고 생각했던 어머니를 철저하게 때려눕힐 정도의 사건이었던 것이다.

갑자기 불안이 검은 날개를 펼치고 날아 내려왔다. 전능한 줄 알았던 어머니는 연약한 존재고 자신을 보호해 주는 피막이 실은 취약한 것이었다는 게 무서운 현실로 눈앞을 가로막았다.

아키코는 참지 못하고 울음을 터뜨렸다. 지금까지 버티고 있었던 둑이 단숨에 터진 것처럼 뜨거운 덩어리가 쏟아져 나왔다. 어머니 앞에서 울었다는 게 분하고 한심해서 또 눈물이 났다.

"아키."

어머니는 달래려 하지 않았다. 야단치려 하지도 않았다. 그저 아키코를 품에 꼭 끌어안고 오열이 밖으로 새어 나가는 것을 막아 주었다.

두 사람은 길 가는 이들에게서 호기심 어린 시선을 받으며 얼마 동안 포장도로 구석에 웅크리고 있었다.

4월에 아키코는 5학년이 됐다.

"아키코라면 꼭 새 친구가 많이 생길 거야."

새 직장 일로 바쁜 아버지는 여전히 아키코와 접할 시간을 갖지 못했다. 그런 상황에서는 아키코의 심정을 이해하는 것도 불가능하니 말은 피상적일 수밖에 없었다.

짧은 기간이었어도 역시 4학년 때 친구를 사귀어 놓았어야 했다. 반이 바뀐 직후에는 지난해의 교우 관계를 중심으로 집단이 형성된다. 아키코는 어느 집단에도 들어가지 못했다.

같은 초등학교 5학년이라도 남자애와 여자애는 정신 연

령이 크게 차이가 난다. 남자애는 아직 남자애지만, 여자애
는 2차 성징의 발현과 더불어 자신의 취약함을 본능적으로
깨닫고 몸을 지키기 위해 적과 아군을 선별해서 파벌을 만
들기 시작한다.

파벌 멤버의 조건은 지극히 단순하다. 예쁜 애, 성적이 뛰
어난 애, 집안이 좋은 애는 여기저기서 데려가려고 한다. 반
대로 그렇지 않은 애는 집단에서 배제되기 쉽다. 그리고 집
단에서 배제된 애는 집단 괴롭힘의 대상 후보가 된다.

외모와 성적은 평범, 부모가 맞벌이를 하는 아키코는 어
느 집단에서도 데려가지 않았고, 더욱이 간사이 사투리에
익숙하지 않은 탓에 말수도 여전히 적었다.

아키코는 눈 깜짝할 새에 고립됐다.

어린애는 세상물정을 모르는 만큼 순수하고 그리고 잔인
하다. 어느 파벌에도 속하지 못한 아키코는 결국 단짝이라
할 만한 친구를 사귀지 못했다. 하지만 나중에 와서 생각해
보면 그건 온당한 대우였다고도 할 수 있었다. 특정 그룹에
들어가지 못했을 뿐 다른 아이들과 대화는 성립됐고, 딱히
박해를 받은 것도 아니었다. 단순히 관심 대상 밖에 있었다
는 것뿐이다.

그런데 2학기를 경계로 사태가 급변했다.

이 무렵에는 남자애 그룹에도, 여자애 그룹에도 보스에 해당하는 아이가 있었다. 그리고 여자애 그룹 중에서 멤버가 가장 많은 게 마리카의 일파였다.

학급 등수는 언제나 3등 이내, 얼굴은 인형처럼 예쁜 마리카는 남 앞에서 시끄럽게 떠드는 일도 없고 교사의 신뢰도 두터웠다. 우등생이란 그 애를 위한 말이었다.

그러나 마리카는 항상 제물을 필요로 했다. 자기보다 외모가 떨어지는 애, 집이 유복하지 않은 애, 그리고 자기 눈에 거슬리는 애를 찾아내 철두철미하게 괴롭히고, 멸시하고, 욕을 퍼부었다. 꼭 그렇게 해서 정신의 균형을 유지하는 것처럼 보였다. 실제로 1학기에 괴롭힘을 당했던 여자애가 학교에 나오지 않게 됐을 때, 마리카는 한동안 기분이 좋아 보였다.

그런 마리카의 다음 먹잇감으로 선택된 게 도모미였다. 얌전하고 눈에 띄지 않는 존재인 도모미는 우등생인 마리카의 눈에 딱 좋은 장난감으로 보였던 모양이다.

마리카 그룹의 태도로 그것을 눈치챈 아키코는 마음이 괴로웠다. 단짝 친구라고까지는 할 수 없어도 도모미는 몇 안 되는 말 상대 중 하나였기 때문이다.

최소한 마리카 그룹에 가까이 가지 말라고 경고만이라도

해 주자. 그렇게 결심하는데 눈앞에 마리카와 그 그룹 애들
이 서 있었다.

"아키코, 늘 너 혼자 있던데 우리 그룹에 들어오고 싶어?"

들어가고 싶지는 않았다. 하지만 거절하면 마리카의 노여
움을 살 것은 불을 보듯 뻔했기 때문에 고개를 끄덕이는 수
밖에 없었다.

"그럼 입회 시험을 쳐."

"입회 시험?"

"쉬워. 도모미를 잠깐 놀려 주면 돼."

"어떻게 그런……."

"아, 거절하는 거야?"

거절하면 너를 표적으로 삼아 주겠다.

마리카의 눈이 그렇게 고하고 있었다. 이 반에 아키코를
지켜 줄 사람은 아무도 없다. 어느새 겨드랑이 밑이 땀으로
끈적하게 젖어 있었다.

마리카의 지시에 따라 더러운 물이 반쯤 든 양동이를 들
고 음악실로 갔다. 졸개 둘이 옆에 붙어 있으니 도망칠 수도
없었다. 예상대로 도모미는 그곳에 있었다. 교실에서는 눈
에 띄지 않는 도모미가 유일하게 빛을 발하는 곳이 여기였
다. 다섯 살 때부터 배웠다는 피아노는 아키코가 들어도 잘

쳤다.

이 피아노 실력이 마리카의 역린을 건드렸다. 마리카도 피아노를 배웠지만 이것만은 재능이 있고 없고에 따라 차이가 난다. 자기보다 뛰어난 것을 도모미가 갖고 있다는 게 분명 마리카는 용납되지 않는 것이다. 도모미를 괴롭히면서 자기 손을 더럽히지 않는 것도 마리카다웠다.

도모미는 아키코도 알 수 있을 만큼 유명한 곡을 치고 있었다.

쇼팽의 야상곡 제2번.

서두의 인상적인 프레이즈가 장식을 더해 가며 반복된다. 기분 좋은 멜로디에 아키코는 저도 모르게 걸음을 늦추었다.

건조한 아침 바람이 불었다. 변화하는 네 소절의 프레이즈를 듣고 있으려니 꼭 따뜻한 양수에 몸을 담그고 있는 기분이 들었다.

아키코는 급기야 우뚝 섰다.

문득 지나가 버린 것, 잃어버린 것에 대한 추억이 되살아났다. 그게 뭔지 명확히는 알 수 없었지만 가슴이 죄어들었다.

때로는 망설이듯, 때로는 가파르게 멜로디가 오르내렸다.

"뭐 해? 얼른 걸어."

감시자 중 한 명이 채근했지만 발이 석고로 굳힌 것처럼 꼼짝도 하지 않았다. 야상곡이 자아내는 애수와 후회의 정감이 팔다리의 자유를 앗아갔다.

다음 순간, 아키코는 그제야 깨달았다.

도모미가 공격을 받게 해서는 안 된다. 이 애는 자신이 지켜 줘야 한다.

지금 당장 몸을 돌려 두 줄개를 쫓아 버리자. 그리고 마리카에게 도모미를 건드리지 말라고 통고하는 것이다.

그런데 갑자기 뒤에서 확 떠밀었다.

"가라니까!"

휘청거리면서 주문이 풀렸다. 그래, 지금 자신은 포로 신세다. 마리카 그룹의 말을 듣지 않으면 학교에 자신이 있을 자리가 없어진다. 아니, 그뿐 아니라 심신이 너덜너덜해질 때까지 괴롭힘을 당할 것이다.

몸과 마음이 다르게 움직였다. 자세가 허물어지면서 아키코는 비슬비슬 걷기 시작했다.

음악실 입구는 두 개였다. 미리 계획한 대로 감시자 둘은 피아노의 정면, 그리고 아키코는 뒤쪽에 해당되는 입구로 향했다.

"도모미, 오늘도 열심이네."

두 애가 도모미에게 말을 걸었다. 도모미가 그쪽으로 주의를 돌린 틈을 타서 아키코가 뒤로 다가갔다.

하지 말라고 마음이 명령했다.

그런데도 두 손이 양동이를 들었다. 꼭 다른 사람의 손 같았다.

순간 눈을 감았다.

그러나 쏟은 물이 표적을 맞힌 것을 알 수 있었다.

머뭇머뭇 눈을 떠보니 머리 꼭대기부터 쫄딱 젖은 도모미의 뒷모습이 보였다. 옷에서도, 피아노에서도 물이 뚝뚝 떨어졌다.

아키코는 빈 양동이를 팽개치고 냅다 도망쳤다. 뒤에서 뭐가 쫓아오는 것 같아서 한 번도 돌아보지 않고 죽을힘을 다해 뛰었다.

교실에 이르러 겨우 멈춰 섰다. 교실 안에서는 두 아이에게 보고를 받은 듯한 마리카가 만족스레 웃고 있었다.

가슴속 깊은 곳에서 어두운 앙금이 느껴졌다.

마리카 이상으로 자신이 미웠다. 지켜야 할 사람을 반대로 괴롭히고 말았다.

아키코는 견디지 못하고 울었다. 싸늘한 감촉이 뺨을 타고 흘러내렸다. 지금까지 이렇게 불쾌한 눈물을 흘린 적이 없었다. 분하고 자신이 한심해서 차라리 이대로 없어지고 싶었다.

도모미는 그날 끝내 교실로 돌아오지 않았다. 피아노가 물을 흡수해 못쓰게 된 책임도 져야 했다고 한다. 이틀 뒤에는 등교했지만 생기가 전혀 없었고, 음악실에서 피아노가 사라진 것도 거들어 도모미의 존재감은 점점 희박해졌다.

하지만 희박해진 것은 반 안에서 그랬을 뿐, 오히려 아키코의 마음속에서는 엄청나게 큰 존재가 됐다.

도모미는 아키코의 죄책감 그 자체였다. 도모미를 볼 때마다, 도모미 생각을 할 때마다 자신의 추악함과 보잘것없음을 실감했다. 도모미와 한 교실에 있는 시간은 고문이나 다름없었다.

그게 최소한의 저항이라고 생각했는지, 도모미는 자신의 존재 가치를 빼앗겨도, 매일 마리카 그룹에게 멸시를 당해도 계속해서 학교에 왔다. 하지만 그걸 가장 고통스럽게 느낀 사람은 아키코였을 것이다. 도모미와는 6학년이 되면서 반이 달라져 모습을 볼 일이 줄었지만, 그 애는 아키코의 마음에 씻을 수 없는 큰 상처를 남겼다.

아키코는 그날 이후 쇼팽의 야상곡 제2번을 냉정한 기분으로 들을 수 없게 됐다.

상업고등학교에 가서 부기 자격증을 따고 졸업 후 바로

도쿄의 회계 사무소에 취직했다. 부모는 대학 진학을 권했지만 그렇게 되면 경제적인 이유로 지역 대학에 가야 했다. 하지만 아키코는 한시라도 빨리 도모미에 대한 죄책감과 자기혐오로 물든 땅에서 벗어나고 싶었다. 도쿄를 고른 것은 고베 외의 대도시라는 것 외에 별다른 이유는 없었다.

10년 가까이 고베에 살면서 간사이 사투리가 몸에 익었는데, 도쿄로 옮겨 온 순간 또 사투리를 고쳐야 하는 신세가됐다.

도쿄는 다양한 지방 출신자들이 모여 있는 곳이다. 그리고 대다수 사람이 표준어를 쓰려고 애쓰는 데 비해 왜 그런지 간사이 출신자만은 그에 따르려 하지 않아서 주위에서 경원하는 경향이 있다. 아키코는 고립되기 싫어서 적극적으로 말씨를 교정했다. 그럼으로써 과거가 불식되는 듯한 안도감도 있었다.

이웃의 간섭이 없는 도쿄는 아키코에게 아주 마음 편한 곳이었다.

이곳에는 보호해야 할 사람도, 보호를 받아야 할 사람도 없다. 자신만 잘 간수하면 괜한 짐을 지지 않아도 된다. 화려하면서 어딘지 모르게 잡다한 거리도 취향에 맞았다.

일도 순조로웠다. 공인 회계사를 보조하는 역할로 일관하면 칭찬을 받지도 욕을 먹지도 않고 상응하는 급료를 받을 수 있었다. 눈에 띄지 않게 지내면 아무도 뭐라 하지 않았다. 가슴 뛰는 재미는 없는 대신 아키코가 바라 마지않는 평온이 약속됐다.

그러나 그것도 오래가지 않았다.

1995년 1월 17일.

출근 전 텔레비전에 비친 영상에 아키코는 가위 눌린 것처럼 꼼짝도 하지 못했다. 자신의 제2의 고향이 파편 더미가 돼 있었기 때문이다.

러시아워 전에 발생한 지진. 그래도 진도 7이 가져온 피해는 막대해 현기증이 날 듯한 참상이 벌어졌다.

아키코는 황급히 본가에 연락했다. 하지만 몇 번을 걸어도 통화가 되지 않았다. 회사에 사정을 설명하자 바로 며칠 휴가를 주었지만, 교통망이 끊겨 현지 근처에도 갈 수 없었다. 정보원은 텔레비전 뉴스뿐이었는데, 시간이 흐를수록 피해 상황이 점점 확대됐다.

자신의 본가 부근이 나오지 않나 몇 번씩 채널을 돌려 봤지만, 눈에 들어오는 광경은 하나같이 폭격을 당한 듯한 상태라 자신이 아는 장소인지 아닌지조차 확실히 알 수 없었다.

잿더미가 된 건물, 여기저기 함몰된 도로, 절단된 입체교

차로, 붉은 불과 검은 연기로 햇빛이 차단된 하늘. 그 바로 밑에 본가가 있다. 지옥을 그린 그림 속에 부모가 있다. 그렇게 생각하면 아키코는 돌아 버릴 것 같았다.

아나운서가 감정을 억누른 목소리로 담담하게 전하는 사망자와 행방불명자의 숫자가 계속 늘어났다. 그중에 자신의 부모가 없기를 일심불란하게 기도하며 아키코는 깨달았다.

자신이 지켜야 할 사람은 확실히 존재하고 있었다. 슬슬 몸이 예전 같지 않던 부모. 가까이에 없다고 잊은 척했을 뿐이다.

또? 또 나는 지켜야 할 사람을 버리려고 하나.

뜬눈으로 밤을 새우고 나니 도카이도 신칸센도 오사카까지는 운행이 가능해졌다. 오사카에서 고베까지 60킬로미터 정도. 걸어서 못 갈 거리는 아니다. 자전거를 조달하는 방법도 있다.

아무튼 가급적 집 근처까지 가자. 그렇게 결심하고 배낭을 싸기 시작했을 때였다.

휴대전화 벨이 울렸다.

아키코는 전화기에 달려들어 액정 화면을 열었다.

"……여보세요?"

어머니의 목소리를 들은 순간 안도감과 후회가 치밀어

올랐다.

"엄마! 아아, 무사했구나."

"집은 무너졌지만 난 마침 밖에 있을 때라."

수화기 너머에서 어머니가 흐느끼기 시작했다.

"몇 번을 전화해도 통화는 안 되고……."

"아버지는? 아버지도 무사하지?"

대화가 끊겼다.

등골이 오싹했다.

"아, 아버지 가게가 1층이라서……. 내가 갔을 땐 이미……."

그다음 말은 전혀 실감이 나지 않았다.

아버지가 죽었다.

어머니의 말이 한 귀로 들어와 한 귀로 빠져나갔다.

온몸의 힘이 빠졌다.

어느새 아키코는 바닥에 엎어져 한 손으로 상체를 지탱하고 있었다.

며칠 뒤, 피난소에 있는 어머니와 함께 아버지의 유해를 확인했다. 원래도 노령화된 건물 1층에 위치했던 터라, 중간 블록을 뺀 장난감 같은 상태로 점포가 밑에 깔렸다. 아버지는 입은 옷으로 간신히 알아봤지만 전혀 인간의 형태가 아니었다. 이렇게 혼란스러운 상태에서도 장의사에서 최소한의 일을 해 준 덕에 합동 장례식이라는 형태로 그럭저럭 장례를 치를 수 있었다.

그러나 그로써 평온을 되찾은 것은 아니었다. 가슴속에는 이루 정리할 수 없는 감정이 소용돌이를 쳤고, 시간 감각이 없어졌다.

어째서 부모와 함께 살려 하지 않았나.

어째서 자기만 마음 편한 장소에서 평온하게 살았나.

멀리 떨어진 곳에서 혼자만 화를 면했다는 사실이 죄책감이 돼서 등을 무겁게 짓눌렀다.

급조된 제단 앞에서 합장하는데, 주위의 흐느껴 우는 소리와 탄식 소리에 섞여 피아노 소리가 들려왔다.

그 곡이다.

절대로 잊으려야 잊을 수 없는 선율. 쇼팽의 야상곡 제2번.

아키코는 즉시 곡이 흘러나오는 쪽을 돌아봤다. 늘어 놓인 관들 너머에 그 인물이 있었다.

자신과 마찬가지로 관을 향해 합장하는 여자. 그로부터 10년이 지났어도 못 알아볼 리 없었다.

도모미였다.

야상곡은 관 위에 놓인 녹음기에서 나오는 듯했다. 제2번은 도모미가 좋아하는 곡일까, 아니면 관 속에 잠든 가족이 좋아했던 곡일까.

아니, 그런 것은 아무래도 상관없다. 어쨌거나 아키코에게는 견딜 수 없는 곡이었다.

나한테 복수하는 거야?

목구멍까지 치민 외침은 입 밖으로 나오지 않았다. 도모미에게 다가가고 싶어도 발이 움직이지 않았다.

쇼팽의 선율이 영혼의 무른 부분을 날카롭게 후벼 팠다. 온화한 네 소절이 예리한 칼이 돼서 감정을 난도질했다.

아키코는 견디지 못하고 임시 장례식장에서 뛰쳐나왔다. 눈물과 콧물, 그리고 공포로 얼굴 꼴이 말이 아니었겠지만, 그건 밖에 모여 있는 유족들도 마찬가지였다.

장례를 마치고 어머니와 이야기해 봤지만, 같이 산다는 결론에는 이르지 못했다. 어머니는 고베에, 아키코는 도쿄에 생활 거점이 있다. 같이 산다는 것은 어느 한쪽이 거점을 단념한다는 뜻이기 때문이었다.

"엄마 걱정은 안 해도 돼."

어머니는 의연하게 웃어 보였다.

"가설 주택에 들어갈 수도 있고, 엄마 혼자면 어떻게든 될 거야."

분명 그게 어머니의 자존심이었을 것이다. 발이 떨어지지 않는 아키코를 억지로 오사카까지 배웅해 신칸센에 태웠다.

"나, 아버지를 못 지켰어."

아키코는 중얼거렸다.

"내가 가까이 있었어야 하는데 혼자 도망쳤어."

"자식이 돼서 무슨 소리를 하는 거니." 어머니는 얼굴을 바짝 갖다 대고 말했다. "언젠가 너한테 정말로 지켜야 할 게 생길 거야. 그때까지 그 마음은 소중히 간직해 두렴."

도쿄로 돌아와 집에서 무릎을 끌어안고 있으려니 혼자 있는 게 갑자기 무서워졌다.

자유는 고독하다는 것을 알았다.

속박은 보호의 다른 이름이라는 것을 알았다.

전환의 계기가 찾아온 것은 그로부터 1년 뒤였다.

결산기가 되어 회계 사무소가 자문을 맡은 소프트웨어 개발 기업에서 세무 서류의 처리에 관해 확인하고 싶은 게 있다고 연락이 왔다. 아키코가 응대했는데, 전화나 이메일로는 설명을 해도 해결이 되지 않았다. 하는 수 없이 저쪽 담당자를 직접 만나기로 했다.

그 담당자가 쓰다 신고였다. 사팔눈인지 의심 많아 보이는 눈이 무척 인상적이고, 양복은 센스가 없고, 풍채도 신통치 않았다.

설명은 시작부터 진통을 겪었다. 소프트웨어 개발 회사에서 일하니 숫자에 강할 것이라는 아키코의 생각은 완전한 착각이었다. 결국 회계 부기의 의미부터 가르쳐야 했다. 그래도 역시 우수한지, 신고는 아키코의 이야기를 이해했고 그리고 납득했다.

의외였던 것은 납득했을 때 신고가 보인 얼굴이었다. 마치 씌었던 게 떨어져 나간 것처럼 표정이 개운했다.

"당신을 만나길 잘했군요. 애매했던 게 전부 확실해졌습니다. 설명 잘하시는데요."

웃는 얼굴이 소년 같았다.

"죄송합니다. 옛날부터 납득할 수 있을 때까지 철저하게 파고드는 성격이라서요. 해결될 때까진 언짢은 얼굴인 모양이더군요. 그것 때문에 외부 사람들이 얼마나 절 싫어하는지."

"전 그런 거 좋던데요." 아키코는 황급히 말했다. "모르면서 아는 척 웃는 건 상대방을 업신여기는 거잖아요. 자기가 납득할 수 있을 때까지 물러서지 않는 게 진짜 성의라고 생각해요."

그러자 신고는 놀란 얼굴로 아키코를 봤다.

"그런 바른말은 오랜만에 듣는데요."

얼굴에서 불이 날 것 같았다. 지론은 아니었다. 그저 눈앞에 있는 그를 변호해 주고 싶은 마음에서 그런 말을 한 것뿐이었다.

"저, 혹시 또 서류에 확실하지 않은 점이 있거나 하면 당신이 담당해 주시지 않겠습니까?"

"네?"

"새 사람을 만날 때마다 이런 습성을 설명하기는 번거롭고, 저…… 당신하곤 마음이 맞을 것 같아서요."

업무와 관련된 요청이니 아키코가 거부할 이유는 없었다. 기꺼이 승낙하자 신고는 정말로 그 뒤로도 여러 번 아키코를 불러냈다.

둘 다 미남미녀는 아니었지만 묘하게 이끌렸다. 만나는 장소가 회사에서 찻집, 이야기 내용이 세무 관계에서 개인적인 일로 바뀌기까지 얼마 걸리지 않았다.

약 2년을 사귄 끝에 아키코는 신고와 결혼했다.

그때 아키코는 스물한 살. 결혼한다고 말하자 동료들은 모두 너무 빠르다며 놀랐지만 어머니의 반응은 달랐다.

"그래, 축하한다. 잘됐네."

"엄마는 너무 빠르다고 안 해?"

"나도 너희 아버지랑 결혼한 게 20대 중반이었는걸. 게다가 년 얼른 가정을 꾸리는 게 좋아. 슬슬 혼자 사는 게 힘들어진 거 아냐?"

역시 어머니에게는 못 당하겠다. 자신의 속마음을 전부 꿰뚫어 보고 있었다. 시기상조라는 마음도 확실히 있었지만, 그보다 혼자 생활하는 것을 더는 견딜 수 없었다. 누구 다른 사람과 같이 있고 싶다, 강한 유대로 맺어져 있고 싶다는 욕구가 자유로운 독신 생활을 몰아냈다.

신고도 그러라고 해서 회사는 그만두었다. 신고의 벌이만으로 충분히 먹고살 수 있었기 때문이다. 회사 업적이 호조인 데다 신고의 승진이 빨랐던 덕도 있었다. 신고의 연봉은 비슷한 연령의 직장인과 비교해도 꽤 높았다.

신접살림은 하치오지에 있는 아파트에 차렸다. 처음에 신고는 롯폰기의 고급 아파트에 살자고 했지만 아키코가 반대했다.

"이유가 뭐야. 이 정도 집세는 매달 얼마든지 낼 수 있다고."

"안 돼. 지금부터 그렇게 비싼 집에 살면. 앞으로 식구가 늘었을 때를 생각해서 저축해야지."

"애 하나에 돈이 뭐 그렇게 많이 들겠어? 좀 더 부부 둘만의 생활을 즐겨야지. 양육비 걱정은 애가 생기고 나서 해도 되지 않아?"

"그럼 늦는걸. 애 옷은 대량 생산이 아니니까 잘못하면 어른 옷보다 더 비싸단 말이야."

"그래도 그렇지, 애가 그렇게 빨리 생기겠어?"

그러나 신고의 예상은 보기 좋게 빗나갔다. 이듬해 큰딸 미유키가 태어났다.

부부 둘이 살 때는 넓게 느껴졌던 집도 미유키가 있으니 좁았다. 아기 침대와 아기 옷을 넣을 가구, 그리고 당연히 밤에 울 것을 생각하면 미유키 방이 따로 있어야 했다.

당시 신고는 개발부 부장으로 승진해서 급료도 올랐지만 야근 시간은 더 늘었다. 밤늦게 집에 들어오면 피로한 얼굴은 미유키의 울음소리에 더욱 일그러졌다.

아무래도 남편은 자기만큼 아이를 좋아하는 것 같지 않다고 깨달았지만, 아키코는 현재 상황에 매우 만족하고 있었다. 어쨌거나 이곳에는 자신이 지켜야 할 게 있다. 그리고 유대가 있다, 배내옷에 싸인 미유키를 안고 있으면 어머니로서의 자각이 몸속 깊은 곳에서 샘솟았다. 무슨 일이 있어도 미유키만은 지키겠다는 결의가 차올랐다.

자신은 과거에 지켜야 할 사람을 지키지 못했다. 미유키에 대한 애정이 회한에서 비롯된다는 것은 스스로도 잘 알고 있었지만 자제할 수 없었다. 나약한 자를 지킨다는 의식이 심지어 자신의 존재 의의가 돼 있었다. 낮에는 미유키와 둘이서만 지냈으니 그런 생각은 점점 더 강고해졌다.

평일의 격무에 대한 반동으로 휴일이면 신고는 침대에서 보내는 시간이 길어졌다. 자연히 접촉도 대화도 줄었지만 아키코는 개의치 않았다. 그 무렵에는 신고가 가족에 관심이 별로 없다는 것을 알고 있었고, 아버지가 한창 일할 나이의 가정에서는 그게 일반적이라고 생각했다. 실제로 자신도 어렸을 때 아버지에게 관심을 받아 본 기억이 별로 없다. 남아 있는 기억은 자신이 초등학교 4학년 때부터였던 터라, 신고도 그때부터 스킨십을 늘려 주면 된다는 정도로만 생각했다.

경기의 거품이 꺼진 뒤로 10여 년, 일본 경제는 길고 어두운 터널 안에 있었지만 신고의 회사는 동남아시아로 판로를 확대하는 전략 덕에 견실하게 규모를 키워 가고 있었다. 우후죽순으로 생겨났던 관련 기업이 줄줄이 쓰러져 가는 가운데 신고의 회사는 특이한 존재라 할 수 있었다.

하지만 그런 특이성은 오래가지 못했다. 이미 부품 조달은 중국, 소프트웨어 개발은 인도, 이 두 대국이 저렴한 인건비와 원재료로 시장에 쏟아져 들어오고 있었다. 그러나 국내에서의 경쟁에서 살아남았다는 안심이 임원진의 경계심을 빼앗았다.

그런 물밑 사정을 개발 분야에서만 일해 온 신고가 알 리 없었다. 쓰다 일가의 장래는 겉으로 보기에 순풍에 돛을 단 배 같았다.

작은딸 린코는 그 무렵에 태어났다. 식구가 넷으로 늘자 지금 사는 집으로는 아무래도 너무 좁았다. 그런 때 신고가 세타가야 구에 값싼 토지가 나왔다는 이야기를 가져왔다. 출처는 시아버지인 요조였다. 상속세 때문에 곤란해진 상속 자가 물납을 하느니 차라리 팔겠다며 내놨다고 했다.

세타가야 구는 특히 인기 있는 주택지가 모인 지역이다. 이곳에 단독 주택을 갖는다는 것을 동경하는 사람도 많다. 신고도 그중 한 사람이었던 터라 바로 살 마음이 났다. 본가 근처로 이사 온다면 도와주겠다며 요조가 계약금을 마련해 주었다. 여기에 신고의 저축을 더해 2천만 엔. 업자의 견적 으로는 건축비를 포함한 총 금액에 4천만 엔 정도 모자랐지 만, 신고는 대출을 받으면 된다고 장담했다.

"대출을 받다니…… 35년 만기 거치식 상환이란 말이야. 만기 예정일엔 일흔다섯 살인데."

"예순다섯에 퇴직금이 나와. 그걸로 잔금을 내면 되지."

"퇴직금으로 빚을 갚으면 그때부터 뭘 먹고 살게?"

"바보 같긴. 누가 예순다섯에 은퇴한다고 그랬어? 재취업을 할 거야. 그야 지금보다 수입은 줄겠지만 부부 둘이선 편하게 살 수 있어."

신고의 이야기를 들으며 아키코는 그의 태평함에 기가 막혔고 그리고 겁이 났다. 아버지가 프랜차이즈 가맹점을 꾸렸던 터라, 벅찬 주택 대출이 얼마나 무서운지 잘 알고 있었다. 장기 상환이 통용됐던 것은 옛날 일이고, 현재의 경기 관측으로는 35년 뒤를 계산하는 것은 귀신 정도가 아니라 일본 은행이 웃을 일이다.

그렇건만 신고는 자신만은 정년까지 급여도 상여금도 계속 나올 것이라는 전제 하에 주판알을 튕기고 있었다. 그리고 확실하게 재취업할 수 있다고 믿고 있었다. 요새 얼마나 많은 직장인이 구조조정을 당하는지, 얼마나 많은 회사가 퇴직금도 변변히 못 주고 도산하는지, 그리고 얼마나 많은 고령자가 고용 안전 센터 창구에서 어쩔 줄 모르고 있는지 남편은 모르는 걸까.

하지만 아키코가 아무리 불안 요소를 말해도 신고는 근거 없는 반론을 들어가며 부정했다. 이야기하는 과정에서 남편은 네 식구가 살 수 있는 집이 아니라 고소득자의 지위로서 '세타가야의 단독 주택'을 원한다는 것을 깨달았다. 그렇다면 무슨 말을 해 봤자 쇠귀에 경 읽기다.

결국 신고가 밀어붙여 집을 짓기로 했다. 신고와 미유키는 들떠 있었지만 작은딸을 안은 아키코는 불안해서 견딜 수 없었다.

그리고 새집으로 이사 와서 3년째 봄. 신고의 회사는 2년 연속으로 적자를 낸 은행의 관리를 받게 됐다. 은행이란 유대인 고리대금업자 샤일록의 후예로, 신고의 회사에 심장 근처의 살 1파운드 대신 사원의 3분의 1을 자르라고 통고했다.

명단에는 신고의 이름도 있었다. 자존심이 몹시 상한 신고는 인사 담당자에게 거친 말을 내뱉고 퇴사한 모양이다. 몇 달 뒤 입금된 퇴직금은 1년치 급여에 불과했다.

순풍에 돛 단 배였을 쓰다 일가는 돌연히 폭풍우에 휘말렸다. 하지만 선장인 신고에게는 거친 바다를 헤쳐 나갈 기술도 경험도 없었고, 있는 것이라곤 과도한 자기 과시욕과 근거 없는 자신감뿐이었다. 고장 난 나침반을 든 선장이 지휘하는 배가 정상적으로 항행할 수 있을 리가 없다.

그래, 모든 건 그때부터 망가지기 시작했다.

2

미코시바의 눈앞에 쓰다 아키코의 호적 초본 전출입 기록과 모자母子 수첩이 있었다.

호적 초본 전출입 기록에는 그 사람의 주소 이전이 시간 순으로 기재된다. 그리고 모자 수첩에는 임신 기간 중의 통원 이력이 기록된다. 산부인과가 아닌 병원에 간다면 단골 병원이나 근처 병원을 선택할 가능성이 높다.

미코시바는 두 개의 자료를 조합해 아키코의 과거를 거슬러 올라가 보려 하고 있었다. 십중팔구 이번 사안에서 돌파구가 될 재료는 과거 어딘가에 묻혀 있다. 심리審理에서 이기려면 그것을 파헤치는 수밖에 없었다.

린코의 증언에도 불구하고 일단 현재 주소인 세타가야구 다이시도 부근의 병원을 반경 1킬로미터 범위로 조사했다. 결과는 신통치 않았다. 쓰다 일가가 이 지역에 단독 주택을 지은 2005년부터 현재에 이르기까지 쓰다 아키코의 통원 기록은 다섯 건. 모두 사건 발생 4개월 전까지 진료가 완료됐다. 흥미로운 사실은 이 다섯 건이 전부 정형외과라는 것이었다. 하지만 이건 미코시바가 원하는 종류의 기록이 아니었다.

다만 확인하는 과정에서 새삼 한 가지 실감한 게 있었다. 의료 기관에서의 개인 정보 보호법의 벽이다.

개인 정보 보호법이란 법률은 개인 정보를 취급하는 사업자에게 적용된다. 그중에서 의료 기관은 특히 중요한 기밀 사항을 다루는 경우가 많기 때문에 정보 관리에 신경질적이다.

본인의 법적 대리인이라도 전화 통화만으로 정보 개시開示에 쉽게 응해 주지 않는다. 해당하는 정보가 없어도, 없다는 것조차 바로 가르쳐 주지 않는다. 창구까지 가서 위임장을 보여 준 다음에야 겨우 본론에 들어갈 수 있다. 이런 때만은 경찰이 부럽다.

다음으로 미코시바는 쓰다 일가가 세타가야로 이사하기 전에 살던 하치오지 시를 찾아갔다. 모자 수첩에는 미유키와 린코를 출산한 병원으로 하치오지 시 메디컬 센터가 기재돼 있었다. 두 번째 출산을 초산과 같은 병원에서 한 것은 병원을 신뢰하기 때문일 것이다.

접수처에서 방문 목적을 밝히고 변호사 선임 신청서 사본을 보여 주자 바로 응접실로 안내됐다. 경찰만큼은 아니지만 변호사라는 직함은 역시 만나러 온 사람을 빨리 만나게 해 주는 정도로는 유효한지 모르겠다.

5분쯤 지나 구레바야시라는 마흔 전후의 산부인과 의사가 나타났다. 짧은 머리를 뒤로 빗어 넘긴 모습은 분명 환자들에게도 인기가 많을 것이다.

바로 쓰다 아키코의 이름을 대며 얼굴 사진을 보여 줬지만, 구레바야시는 별다른 반응을 보이지 않았다.

"기억나지 않는데요……. 마지막으로 진찰을 받은 게 언제입니까?"

"6년 전입니다."

"6년 전……. 그럼 진료 기록부가 남아 있을지 아닐지 그것도 모르겠는데요. 보고 올 테니까 잠깐 기다리시죠."

구레바야시는 얼마 지나 파일 한 권을 들고 돌아왔다.

"찾았습니다, 진료 기록부."

그렇게 말하고는 바로 파일을 넘기기 시작했다.

"이름이나 사진보다는 진료 기록부를 보는 게 더 쉽게 생각나거든요……. 쓰, 쓰, 쓰다 아키코, 쓰다 아키코……. 아, 이거다."

해당 페이지를 훑어본 뒤 구레바야시는 얼굴을 들었다.

"생각났습니다. 첫애도 둘째도 제가 받은 환자군요. 그래서 뭘 알고 싶으신 건지?"

"초진에서 분만까지 뭔가 특이한 점은 없었습니까?"

"특이한 점이라고요?"

"명백히 다른 임부와 다르다는 의미입니다."

구레바야시는 또다시 진료 기록부를 내려다보며 생각에 잠겼다.

"아아, 그러고 보니 유난히 마취에 관해 물었죠."

"마취?"

"네. 분만 직전에 마취도 하느냐고 무척 신경을 쓰더군요. 아픔에 내성이 없는 환자구나 싶었죠. 두 번 다 그랬기 때문에 생각났습니다."

"그 밖에는요?"

다시 물어봐도 구레바야시는 고개를 흔들 뿐이었다. 혹시나 해서 다른 과의 진료 기록도 확인했지만 그쪽은 해당되는 게 없었다.

"쓰다 씨를 변호하신다고요? 쓰다 씨가 대체 무슨 일을 했기에……."

보아하니 아키코의 사건을 모르는 모양이다. 분명 뉴스를 봐도 기억나지 않았을 것이다. 사건 내용을 밝히자 구레바야시는 미간에 주름을 잡았다.

"그것 참……."

놀랐는지 슬퍼하는 건지 뒷말을 잇지 않았다. 진료 기록부를 덮고 가볍게 한숨을 쉬었다.

"이야기하는 사이에 이것저것 생각났습니다. 미유키가 태어났을 때 남편분과 시아버지가 곁을 지키고 고베에 사는 친정어머니도 보러 와서, 좁은 병실에 사람이 가득했죠. 그렇게 사이가 좋았던 부부한테 그런 일이 벌어질 줄이야……."

자신의 환자가 피고인이 되면 어떤 심정이 들까. 십중팔구 그게 구레바야시의 직업윤리겠지만, 미코시바는 지금 거기에는 관심이 없었다.

"따님들이 가엾군요."

어라, 그쪽인가 싶어 구레바야시를 봤다. 아직 젊은 의사는 울적한 표정이었다.

"저만 그럴지도 모르지만, 어머니보다 제가 받은 아이들의 앞날이 걱정되는 편이라 말입니다. 그 애들도 아주 낙심이 크겠습니다."

린코의 얼굴이 떠올랐다. 미코시바 앞에서는 짐짓 멋대로 행동하는 척하지만 어린애의 허세라는 게 뻔했다. 하지만 그것을 구레바야시에게 말해 줄 이유도 없다.

하치오지 메디컬 센터에서 나온 미코시바는 반경 10킬로미터 내의 병원을 검색해 한 곳씩 확인했다. 특정 과가 있는 병원이 대상이기 때문에 별로 많지는 않았지만, 일일이 창구까지 가서 확인해야 하니 번거롭다.

결국 하치오지 시에서는 아무런 수확도 거두지 못했다. 이곳 병원에서 미코시바가 찾는 것은 발견할 수 없었다. 하지만 처음부터 예상했던 결과였으므로 낙담하지는 않았다.

미코시바는 다음으로 도내 에도가와 구로 향했다.

에도가와 구 니호리 1가. 이곳에 아키코가 결혼 전에 살았던 연립주택이 있다. 아니, 있었다고 해야 하나.

미코시바가 찾아갔을 때 그곳에 연립주택은 보이지 않고 대신 임대 주차장이 들어서 있었다. 동네 주민에게 물어보니 연립이 낡아지자 집주인이 주차장으로 바꾸었다고 했다. 아키코가 살던 시기부터 계산하면 16년이 지났으니 틀린 판단은 아니다. 임대 물건을 잘못 신축하느니 주차장으로 이용하는 편이 건축 비용도 들지 않고 관리 비용도 적다.

아직까지도 아키코의 속마음을 읽지 못하는 미코시바는 주차장 한가운데에 서 봤다. 과거의 아키코와 같은 장소에 있으면 심리를 공유할 수 있을지도 모른다. 평소의 미코시바답지 않은 행동은 살인을 저지른 사람끼리 느끼는 친근감에서 비롯된 것이었다.

그때 바람이 불기 시작했다.

피부가 아니라 가슴속에.

소년 시절, 사람을 죽였을 때부터 가슴에 불던 바람. 황야
에 불어 체온을 송두리째 앗아가는 듯한 바람이 지금 또다
시 소용돌이치고 있었다. 아키코의 심상에 자신이 동조했기
때문인가. 미코시바는 허둥지둥 머리를 내저었다.

익숙지 않은 일은 하는 게 아니다. 역시 자신은 의뢰인의
심리를 공유하기보다 냉철한 논리로 상대방의 논리를 분쇄
하는 쪽이 성미에 맞는다.

몸을 돌려 연립주택 옛터를 떠났다. 다음에 들른 곳은 보
험조합 사무소였다.

아키코는 취직해서 결혼과 함께 퇴직할 때까지 4년간 지
요다 구에 있는 다키모토 회계 사무소에서 근무했다. 당시
에도 공인 회계사 일곱 명과 직원 스무 명 이상을 두었던 그
곳은 세무회계감사 사무소 건강보험 조합에 가입돼 있었는
데, 이번에 그게 큰 도움이 됐다.

직장이 건강보험 조합에 가입돼 있으면 진찰을 받을 때
병원에서 조합으로 진료 보수 명세서를 보낸다. 조합은 내
용을 체크하고 나서 사원에게 의료비 통지와 보험급부금
지급 결정 통지서를 준다. 이 문서에는 의료비 내역은 물론
진료 기관도 명기되기 때문에 미코시바의 조사에 안성맞춤

이었다. 아키코가 진찰을 받았다면 건강보험을 이용하지 않았을 것 같지 않다. 게다가 세무회계감사 사무소 건강보험은 보험요율이 7.2퍼센트, 본인 부담금은 그 절반인 3.6퍼센트로 꽤 싸다.

보험조합 창구에 명함을 내놓자 바로 담당자가 파일을 들고 달려왔다. 사전에 아키코의 보험급부금 지급 결정 통지서 4년분을 청구했는데 이번에는 준비된 모양이다.

"여기까지 일부러 오시지 않아도 우편으로 보내드렸을 텐데요."

아마 변호사가 온다는 말을 듣고 우선해서 서류를 찾으라는 지시를 받았을 것이다. 은근히 항의 어린 목소리였다.

"공판이 얼마 남지 않아 시급을 다투는 일이라 말입니다."

미코시바도 비아냥거리는 것을 잊지 않았다.

우편으로 연락을 주고받았다간 일이 해결되지 않는다. 다른 안건으로 보험조합에 비슷한 문서를 청구했을 때 2주나 기다려야 했던 적이 있다. 그때 경험으로 학을 뗐다. 결국은 공익법인이다. 공무원의 업무 우선순위에 비집고 들어가려면 다소 세게 밀고 나갈 필요가 있다.

아직 할 말이 더 있는 듯한 담당자를 "감사합니다"라는 말로 쫓아 버리고, 미코시바는 바로 4년분 기록을 훑어보기 시작했다. 몸이 건강했는지 아키코는 4년 동안 달랑 네 번 병원에 갔으며, 네 번 모두 같은 병원이었다. 운이 좋았다. 수고를 많이 덜게 됐다.

에도가와 호리베 내과. 이름으로 볼 때 아키코가 독신 시절에 살던 연립 근처에 있을 듯했다.

스마트폰으로 검색하니 에도가와 호리베 내과가 한 곳 나왔다. 정말로 아키코가 살던 곳에서 몇백 미터 거리에 있었다.

문제는 16년 전 진료 기록부가 남아 있느냐, 그리고 당시 담당 의사가 아직 있느냐였는데, 개인 병원이라면 기대해볼 수도 있을 것이다.

그러나 그곳에 도착한 미코시바는 불안해졌다. 이름과 달리 에도가와 호리베 내과는 3층 건물에 자리한 규모가 꽤 큰 곳이었다. 간판을 보고 납득했다. 내과 간판 밑에 다른 과들도 있었다. 아마 오래전부터 있었던 병원 이름을 써서 업종 확대를 했을 것이다.

접수 데스크에서 여자 직원에게 사정을 설명하니 "죄송합니다"라고 했다.

"저희 병원에선 진료 완결로부터 6년이 경과한 기록은 파기해서요……."

말투는 공손했지만 환자도 아닌 손님은 얼른 가라는 눈빛이었다.

"그럼 당시 재직했던 선생님은 안 계십니까?"

"그것도 죄송합니다. 전엔 선대 원장 선생님께서 혼자 환자를 보셨는데, 10년 전 지금 원장 선생님으로 바뀌면서 스태프 전체를 교체했다고 들었어요."

"전체를? 그럼 당시 원장 선생님은 계십니까?"

"돌아가셨어요."

미코시바는 가볍게 혀를 찼다. 이로써 아키코의 열여덟 살 이후 기록은 확인이 불가능해졌다.

예상했던 일이지만 역시 시간이 지날수록 정보는 불분명해진다. 이제 의지할 것은 열여덟 살 이전의 기록뿐인데, 그쪽은 내용이 더욱 희박할 터다.

하지만 푸념한다고 일이 해결되지는 않는다. 원래 건초더미에서, 그것도 있는지 없는지도 확실치 않은 바늘을 찾는 것 같은 직업이다. 하루이틀 정도 조사해서 성과를 거둘 수 있다고 생각하지는 않는다.

미코시바는 요쓰야의 자기 아파트에 들렀다가 도쿄 역에서 신칸센에 급히 올라탔다. 저녁 일곱 시가 지난 시간이었다. 지금 가도 의료기관은 어디나 닫혀 있을 것이다. 아침부터 돌아다닐 생각을 하면 오늘 밤은 현지에서 1박 하는 편이 낫다.

출발 시간이 다 돼서 아슬아슬하게 승차했는데도 일등석은 한산했다. 어린애를 데리고 있는 승객도, 큰 소리로 이야기하는 회사원도 없다. 미코시바는 비로소 차분히 생각할 수 있었다.

존재하는지 아닌지도 알 수 없는 바늘. 이건 도박에 가깝다. 하지만 그 바늘 하나로 법정을 뒤엎을 수 있다면 도박을 할 가치는 충분하다.

제2회 공판은 열흘 뒤로 다가와 있었다. 그때까지 미코시바가 바라는 물적 증거가 나오면 좋겠지만, 실패로 끝날 경우 다른 방책을 생각해야 한다. 그것을 상상하자 저도 모르게 미간에 주름이 잡혔다. 아키코 본인에게 묻거나 강제로 진찰을 받게 하는 수도 있지만, 변호인인 자신에게 뭔가를 감추고 있는 아키코가 순순히 협조할 것 같지는 않았다. 피고인의 협조 없이 증거를 제출하면 채용되지 않을 가능성도 있다.

나쁜 연쇄 작용으로 미사키 검사의 얼굴이 떠올라 미간의 주름이 더욱 깊어졌다. 지난번 구두 변론은 완패였는데, 패인은 전적으로 미사키의 능력을 얕본 자신에게 있었다.

실무가의 무기는 첫째도 둘째도 경험이다. 집중력과 판단력이 쇠해도 과거에 축적한 재산으로 문제를 해결한다. 그런데 그 남자는 거기에 학습 능력과 강렬한 투쟁심까지 갖추었다. 수사 자료를 구석구석까지 빠짐없이 읽고 그것을 바탕으로 가해 온 파상공격은, 흡사 먹잇감의 힘을 철저하게 빼 놓고 나서 덤벼드는 호랑이 같았다.

지금까지 여러 검사를 상대해 왔지만 그런 타입은 처음이었다. 아무리 노련해도 미코시바에게 한 번 지고 나면 피하고 싶은 마음이 생겨 소극적으로 임하거나, 반대로 승리에 집착한 나머지 자멸한다. 그런데 미사키는 패인을 분석하고 뜻밖에도 그것을 이용해 미코시바가 방심하도록 유도했다.

지난번 논전으로 자신의 전술은 상대방에게 알려졌다. 만약 자신이 검찰 측이라면 앞서 자신이 논증하지 못한 점, 다시 말해 정당방위를 주장하는 근거로서 침해의 현재성에 관해 추궁할 것이다. 미코시바는 살의 부재의 논거로 정당방위를 주장했지만, 결과적으로는 스스로의 목을 조른 꼴이 됐다.

위험하다.

어느새 부정적인 사고 회로에 빠져들었다. 이대로 생각을 계속해 봤자 신통한 결론은 못 내린다.

미코시바는 사고 회로를 차단했다. 일단 차단하면 의식할 때까지 외부에서 어떤 자극을 받아도 회로가 열리지 않는다. 이건 의료 소년원 시절에 습득한 기술이었다.

얄궂게도 담장 안에서 배운 것은 밖에서 배운 것보다 훨씬 유익했다.

다음 날 아침, 미코시바는 호텔에서 아침을 먹고 나서 즉시 행동을 시작했다.

먼저 고베 시 나가타 구청으로 갔다. 의사를 찾기 전에 당시 상황을 파악해야 한다.

이곳은 아키코가 아홉 살 때부터 고등학교를 졸업할 때까지 살았던 곳인데, 그녀가 도쿄로 전출한 이듬해에 지진으로 막대한 피해를 입었다. 완전히 무너지거나 불탄 건물도 많았거니와 토지 형태까지 바뀌었다고 들었다. 당연히 현재 상황과 비교하는 것부터 시작해야 할 것이다.

"지진 이전의 지도와 현재 지도를 비교하고 싶습니다만."

미코시바가 그렇게 말을 꺼내자 창구의 여자 직원은 곤혹스러운 표정을 지었다.

"저, 그런 옛날 지도는 저희가 가지고 있지 않은데요."

"가지고 있지 않다고요? 지진 자료 아닙니까."

"잠깐 기다려 주세요."

얼굴로 보건대 이십 대 초반. 십중팔구 아직 구청 전반을 잘 알지는 못할 것이다. 내선으로 잠깐 통화를 하더니 안도한 얼굴로 돌아봤다.

"젠린 주택 지도라면 지진 전과 현재 지도가 3층 지역활성화 과에 있다고 합니다."

결국 시중에 파는 지도밖에 없다는 대답에 다소 머쓱해졌다. 지진 전후로 거리가 어떻게 변모했는지, 피해 지역의 구청이라면 상세한 자료가 있을 것이라고 멋대로 믿었다.

3층으로 올라가 예전과 현재 지도를 챙겼다. 당시 아키코가 살던 곳은 나가타 구 고미야마 3가 2-2. 1994년, 즉 지진이 있기 전해에 작성된 지도로는 '글로리어스 나가타'라는 연립주택 2층이었다. 건물 앞 도로는 다소 구불구불하고 폭도 좁았다. 그 도로를 사이에 두고 협소 주택과 연립주택, 그리고 가죽 공장이 늘어서 있었다.

미코시바는 아키코의 연립을 중심으로 반경 5킬로미터 범위를 훑어봤다. 구사카베 의원, 나가타 제2병원, 히사카 소아과, 이노우에 내과. 주택 밀집 지역을 벗어나자 병원이 드문드문 나타났다. 이 가운데 아키코가 다닌 병원이 있을 확률은 매우 높다. 자, 이중에서 지금도 진료를 하는 병원이 대체 얼마나 될까.

이어서 미코시바는 현재 지도를 펴고 다시 고미야마 3가를 찾아봤다.

순간 잘못 봤나 했다.

황급히 측면의 색인을 확인했지만 역시 고미야마 3가가 맞았다. 얼마 동안 양쪽을 번갈아 보며 너무나도 달라진 모습에 아연했다.

좁고 구불구불한 도로는 모습을 감추고 대신 폭이 넓은 직선 도로가 종횡으로 뻗었다. 주택은 하나같이 질서 정연하게 자리하고, 공동 주택은 수가 적은 대신 면적을 알맞게 차지했다. 공장 표시도 눈에 띄게 줄었다. 반대로 두드러지는 것은 공원과 공공 건축물이다.

그건 부흥이라는 이름의 구획 정리였다. 본래는 주민의 반대와 퇴거 협상에 시간과 비용이 드는 대규모 구획 정리가 지진 때문에 가능했다. 건축물, 토지, 도로, 그 모든 게 잿더미가 되면 철거도 이전도 비용이 필요 없고 청사진도 자유롭게 그릴 수 있다.

미코시바는 예전 지도에 있던 병원을 찾아봤다. 그러나 이전의 위치 또는 그 주위에 해당 이름은 하나도 없었다.

"지진 전에 있던 병원이 어디로 이전했는지 데이터베이스 같은 건 없습니까?"

창구 직원에게 물어봤지만 직원은 미안하다는 듯 말끝을 흐렸다.

"개별 이전 장소는 따로 데이터베이스화되지 않았어요. 가족이 전부 돌아가신 데도 있어서……."

지진 피해 관련 자료가 있는 곳을 묻자 7층의 지진 자료실을 가르쳐 주었다. 실망감이 밀려왔지만 그래도 7층으로 올라갔다. 그곳에서 피해 상황도라는 항공사진을 본 미코시바는 이번에야말로 낙담했다.

허허벌판이었다. 조감으로 찍힌 피해 지역에 원형이 남아 있는 것은 아무것도 없었다. 혹시나 싶어 예전 지도 사본과 대조해 봤다. 찍어 뒀던 병원은 하나같이 공터가 돼 있었다.

각 병원은 모두 개인 병원의 범위를 넘지 않는 규모였다. 자택과 진료소를 겸한 곳이 대부분일 것이다. 지진이 발생한 시간은 새벽 5시 46분 52초. 진료소에서 생활하던 의사는 가옥과 더불어 무너진 건물에 깔렸을 가능성이 높다. 그리고 새 지도에 기존 병원의 이름이 없다는 사실은 이전의 땅 주인이 살아 있지 않다는 것을 시사했다.

미코시바는 어느새 찌무룩한 표정을 짓고 있었다.

과거로 거슬러 올라갈수록 정보가 희박해질 것은 각오하고 있었다. 하지만 이렇게까지 파괴적인 증거 인멸은 상상도 하지 못했다.

정보는 사람과 문서에 의해 전달된다. 그러나 매그니튜드 7.3의 지진은 그 둘을 한꺼번에 소멸시킨다.

여기 더 있어 봤자 이 이상의 진전을 바랄 수 없겠다고 판단한 미코시바는 나가타 구청을 뒤로했다. 남은 가능성은 일가가 고베 시로 이사 오기 전, 즉 규슈에 살던 무렵밖에 없었다.

JR 신고베 역에서 하카타행 신칸센을 탔다. 하카타까지 2시간 26분. 오후 일찍 현지에 도착할 것이다.

가 본들 신통한 성과를 거둘 수 있을지는 자신 없었다. 아키코의 가족이 후쿠오카에 살았던 것은 사반세기도 더 전이다. 겨우 16년 전 살았던 에도가와 구에서조차 증인을 찾지 못했다. 고베에 이르러서는 장소 자체가 소멸되고 없었다. 그보다 더 과거로 거슬러 올라가서 뭔가 증거가 나올 가능성은 십중팔구 제로에 가까울 것이다.

초조감과 피로, 실망감이 어깨를 짓눌렀다. 다른 변호사였다면 슬슬 속이 따끔거리기 시작할 것이다.

다른 사건이었다면 미코시바의 반응도 조금 달랐을 것

이다. 막다른 곳에 몰린 느낌을 어딘가 즐기곤 했다. 전에도 변호 과정에서 이런 국면을 여러 번 경험했지만, 그때마다 개미가 기어 나올 듯한 작은 구멍을 찾아내 검찰 측의 둑을 무너뜨렸다. 초조감과 피로도 그 징후라는 생각까지 했다.

그러나 이번에는 상황이 달랐다. 발버둥 치면 칠수록 골 지점이 멀어졌다. 도무지 이길 성싶지 않았다.

오후 1시 20분에 JR 하카타 역에 도착했다. 여기서 가고시마 본선으로 갈아타 시내로 향했다. 목적지는 아키코의 본적지인 후쿠오카 시 미나미 구 오하시. 그곳에 사반세기도 더 지난 과거가 있었다.

아키코의 생가가 있었던 곳에는 전화 회사 영업소가 있었다. 상업 지역답게 맞은편도 옆도 상점이며 음식점이었다.

고베에서의 경험을 통해 당시와 현재 지도 사본을 미리 확인하고 지역의 변천을 조사해 두었다. 동네 지명은 아키코가 출생한 이후 변경돼서 지금에 이른다. 전에는 논밭이 드문드문 보이는 미지정 지역이었는데, 근처에 대형 전기제품 제조업체의 공장이 유치되면서 단숨에 개발이 진행됐다.

두 지도를 비교해 보건대 아키코의 집을 포함한 일반 주택 대부분이 모습을 감추었다. 병원에 이르러서는 예전 지도에는 해당 페이지에 한 곳도 없었는데 새 지도에는 다섯 곳이나 있었다. 어쨌거나 지도에서 얻을 수 있는 정보는 여기까지다.

그보다 유익한 정보를 파출소 순경에게서 들었다. 상점가 외곽에 사는 다카미네 노인 86세. 당시 반상회장이었으며 노인들이 으레 그러하듯 현재보다 당시를 더 잘 기억한다고 했다.

딱 자신이 원하던 게 아닌가.

다카미네 노인은 낡은 목조 주택에 혼자 살고 있었다. 그래도 이웃 사람들과 교류가 잦고 찾아오는 사람도 많은지, 보기보다는 정정했고 말도 또렷했다.

"아키코, 기억하지. 가족들이 사이가 좋았어. 세타가야 남편 살해 사건이란 건 뉴스에서 봤네만 설마 그게 아키코일 줄이야……. 하여간 비극하고 연이 끊어지지 않는 아이로군. 예전 사건은 아시는지?"

"네. 아키코 씨가 아홉 살 때까지 가족이 이곳에 살았죠?"

"사건이 있었으니 말이야. 정말 딱했다네. 피해자 측인데도 동네 사람들과 언론의 비방 중상에 시달려야 했으니."

다카미네 노인의 목소리는 조용하면서 가시가 돋쳐 있었다.

"그건 이 동네도 예외가 아니었어. 사람은 자기 신원만 드러나지 않으면 정말이지 한없이 악랄하고 무례해질 수 있는 존재로군. 불행한 일을 당한 가족에게 지금 기분이 어떻냐느니, 동정 좀 받는다고 기고만장하지 말라느니 그런 전화며 편지가 줄을 이었다고 들었네. 가족은 호기심 어린 시선을 견딜 수 없어서 장보기도 밤에 해야 했다더군."

미코시바는 말없이 고개를 끄덕였지만 별반 새로운 이야기는 아니었다. 타인의 불행은 꿀맛이다. 그게 가까운 곳에 존재한다면 마음이 동하는 것은 당연할 것이다.

"그렇지만 제일 가엾은 건 아키코였어. 사건이 있은 뒤로는 늘 겁에 질려 있는 것 같았지. 학교 갈 때도 부모가 같이 갔는데, 전엔 곧잘 웃던 애가 그 뒤로 웃음을 잃었어."

"그 아키코 씨 말씀입니다만…… 그때 다녔던 병원은 없었습니까?"

"병원? 아아, 있었을 거야. 그런 어린 나이에 그런 비극을 당했으니 말이지, 의료 면에서 조처를 취할 필요가 있었네."

미코시바의 수신기에 반응이 왔다.

이거다.

드디어 꼬리를 잡았다.

"병원 이름은 아십니까?"

"알고 자시고…… 이 근처에서 병원 하면 미조하타 선생님이었네. 어린애부터 노인까지 거의 모든 주민이 그 선생님 환자였지."

"미조하타 선생님이란 분은 지금 어디 계시는지요? 최근 주택 지도엔 이름이 없었습니다만."

"미조하타 선생님도 헤이세이(일본이 현재 쓰고 있는 연호로 1989년부터 해당한다-편집자주) 들어서 이사 갔으니 말이지. 병원은 그만두고 부부가 아들네 집에 갔다던가. 지금은 어디서 뭘 하는지…… 이런, 옛날이야기를 시작하면 다른 것까지 계속 나오는군. 옛날이야기는 늙은이한테는 가혹해."

다카미네 노인은 눈앞의 안개를 걷어내는 듯한 몸짓을 했다.

"당시 아키코 씨는 어디가 아팠습니까?"

"거기까지야 모르지. 부모한테 들은 것도, 소문에 귀를 기울인 것도 아니니까. 간섭하지 않는 게 가장 큰 예의일 때가 있어."

미코시바는 속으로 콧바람을 불었다. 처세술로서는 훌륭하지만, 범죄 수사와 관련해서는 방해가 되는 미덕이다. 언제 어디서나 호기심과 악의가 감추어진 진실을 끌어낸다.

"미조하타 선생님과 연락을 꼭 취하고 싶습니다만 무슨 방법이 없을까요?"

"그 선생님은 나보다도 더 나이가 많았으니 말이야. 아직 살아 있을지."

"십중팔구 그분 증언을 얻을 수 있느냐 없느냐로 아키코 씨의 운명이 결정될 겁니다."

"그렇게 중요한가?"

"다카미네 씨가 생각하시는 것 이상으로."

"하지만 아까도 말한 것처럼 미조하타 선생님하고 연락이 안 되는데."

"지금 당장이란 게 아닙니다."

미코시바는 노인에게 얼굴을 바짝 들이댔다. 자신의 잔인해 보이는 얼굴과 단정적인 어조가 주는 일종의 위협 효과를 그는 잘 알고 있었다. 이 전 반상회장이 마음만 먹으면 사람 찾기에 동분서주할 성품이라는 것도.

"공판은 아직 더 남았습니다. 최종 변론 전에만 맞출 수 있으면 이쪽에도 승산이 있습니다. 하지만 그게 지나고 나면 더는 희망이 없습니다. 아시겠습니까, 다카미네 씨? 다카미네 씨가 아키코 씨의 생사여탈을 쥐고 계신 겁니다."

노인의 목에서 꿀꺽 소리가 났다.

3

항소심 제2공판.

미사키는 개정 10분 전에 822호 법정에 들어섰다. 아직 재판관은 고사하고 변호인도 피고인도 없는 법정에 있으면 묘하게 생각이 정리된다. 간류 섬에서는 나중에 온 무사시가 압도적인 승리를 거두지만, 법정에서는 대개의 경우 반대다. 용의주도하게 준비를 하고 상대방을 탐색하고 작전을 확실하게 짜고 나서 기다리는 쪽이 훨씬 유리하다.

방청석이 다 찰 즈음 미코시바가 나타났다. 미사키는 곁눈으로 그의 옆얼굴을 살폈지만 여전히 가면처럼 무표정해서 생각이 읽히지 않았다. 이전 사안에서 보기 좋게 감형을 얻어 냈을 때도, 지난번 변론에서 열세에 몰렸을 때도 이 남자의 얼굴은 늘 똑같았다. 아니, 변론 중에도 표정에 변화가 전혀 없었다.

법정에서는 감정론보다 논리성이 우선된다. 감정을 우선해서 죄의 경중을 논하지 않는다는 전제가 엄연히 존재하기 때문인데, 그럼에도 불구하고 흉악한 범죄자나 뻔뻔한 피고인에 대해 타고난 정의감으로 말투가 거칠어지는 검사도 적지 않다. 미사키도 그중 한 사람이다. 이전 사안에서는 미코시바에게 그 결점을 이용당해 패배했던 터라, 이번에는 되도록 표정을 드러내지 않으려고 노력 중이었다. 그래도 미코시바에 비하면 아직 멀었다.

미코시바에게 감정이란 게 있기는 할까. 잔인해 보이는 이목구비 탓에 감정이 격해진 얼굴은 상상이 되지 않았다. 쾌활하게 웃는 얼굴은 더 쉽지 않았다. 게다가 그 얼굴을 보고 있으면 묘하게 마음이 불편했다. 이 불편한 마음의 정체는 무엇인가. 미사키는 얼마간 생각한 끝에 결론을 내렸다.

도박이다. 포커든 내기 마작이든, 상대방의 표정에서 심리를 읽어 내는 게임에 강제로 참가하게 된 기분인 것이다. 본래 증거와 논리로 다투는 법정에 미코시바는 속임수와 심리전을 끌어들인다. 그게 미사키의 마음을 불편하게 하는 원인이었다.

이윽고 아키코가, 마지막으로 산조를 비롯한 재판관들이 입정했다. 법정에 있는 이들이 일제히 기립했다.

"개정하겠습니다."

일동이 착석하자 산조는 곧바로 미코시바를 돌아봤다.

"변호인, 바로 지난번에 하던 이야기로 돌아가서, 변호인은 피고인의 정당방위를 주장했죠. 성립 요건 중 침해의 현재성을 오늘까지 입증하겠다고 했는데 어떻게 됐습니까?"

미사키는 내심 웃었다. 산조도 꽤 심술궂다. 지난번 변론에서 미코시바가 맨 처음 어물거렸던 지점을 똑똑히 기억하고 있었다. 미코시바가 본인의 페이스로 변론을 시작하기 전에 기선을 제압할 생각인가.

그런데 미코시바는 변함없이 무표정하게 산조의 시선을 받아 냈다.

"그 점을 입증하기 위해 변호인은 이번에 변 4호 증을 제출하겠습니다. 개정 직전에 가까스로 준비했기 때문에 사전에 나눠 드리지 못했습니다."

법정 경위가 미코시바가 지참한 A4 용지의 문서를 재판관들과 미사키에게 나눠 주었다.

또 기습 공격인가. 미사키는 넌더리를 내며 변 4호 증을 봤다.

쓰다 아키코와 린코, 이 두 사람의 진료 기록부 사본이었다.

"사건 발생 직전까지 피고인 가족의 진료 기록입니다. 모녀가 모두 같은 지역에서 개업 중인 도모이 의사의 진찰을 받았습니다."

그러자 아키코가 의아한 표정을 지었다. 미코시바는 본인에게도 알리지 않고 이 증거를 제출한 모양이다.

"진료 기간은 2009년 10월부터 2011년 1월까지 대략 1년

3개월. 이 기간과 진료 내용을 확인해 주시기 바랍니다. 보시다시피 피고인이 다섯 번, 작은딸 린코는 두 번 진료를 받았습니다만, 어느 것이나 외상 때문입니다. 뺨, 어깨, 옆구리, 정강이 등 부위는 다양합니다만 타박상이라는 점에서는 같습니다. 변호인은 이 사실에 입각해 피고인에게 질문을 하고 싶습니다만."

"하시죠."

미코시바가 돌아서자 아키코가 놀란 듯 움찔했다.

그 모습을 보고 미사키는 또다시 기묘한 인상을 받았다. 미코시바는 마치 자기 의뢰인까지 적으로 간주하는 듯 보였다.

"피고인, 이 일곱 번의 외상은 모두 길게는 전치 3주, 짧아도 전치 5일입니다. 하나같이 멍이 들 만큼 심한 타박이었는데, 모두 피해자인 신고 씨에 의한 것이죠?"

"……네."

그래, 그걸 입증하려는 건가.

미사키는 이해했다.

"타박상은 피부 표면에 상처가 난 것부터 충격이 뼈에 이른 것까지 있습니다. 전치 3주라면 꽤 크게 다친 겁니다. 단순히 계산해도 두 달에 한 번꼴로 폭력이 행사됐다는 뜻입니다."

미코시바는 다시 산조를 돌아봤다.

"그 정도면 폭력이 일상적으로 행해졌다고 할 수 있겠죠. 지난번 변론에서 검사는 직전에 폭력이 휘둘러지지 않았다는 것에서 침해의 현재성을 부정했습니다만, 이처럼 폭력이 일상이 돼 있었을 경우 피고인과 아이들은 늘 공포 속에 살고 있었을 겁니다."

"재판장님." 미사키는 즉각 손을 들었다. "변호인은 유추를 단정으로 바꿔치기하려고 합니다."

"유추가 아닙니다. 모든 폭력은 심신에 큰 상처를 남깁니다. 완전히 지워지지 않는 한 그 기억은 공포가 됩니다."

"변호인, 계속하세요."

"항상 공포 속에 살고 있었다면, 직전에 폭력이 없었어도 피고인이 자신과 아이의 몸을 지키기 위해 피해자에게 저항한 것은 침해의 현재성이 발생했다고 말할 수 있습니다. 물론 피고인이 커터라는 흉기를 손에 든 건 맞습니다. 하지만 그때까지 당한 폭력과 마찬가지로, 피고인이 주먹을 들어 피해자와 맞섰을 경우 상대방의 힘에 당할 수 있었을지는 심히 의문입니다. 힘없는 여성이기에 날붙이를 들 수밖에 없었던 겁니다."

"재판장님."

"검찰관, 말씀하세요."

"변호인의 발언은 오인을 유도하고 있습니다."

미사키는 진료 기록부 사본을 들고 반증에 나섰다.

"이 진료 기록부는 가장 나중 것이 1월 12일입니다. 그리고 사건이 발생한 건 5월 5일. 다시 말해 피고인이 마지막으로 폭력을 당한 날로부터 4개월이나 경과했다는 뜻입니다. 변호인은 피고인이 항상 공포에 노출돼 있었다고 합니다만, 공백이 넉 달이나 있다면 도저히 그게 지속됐다고 하긴 어렵습니다. 따라서 피고인의 범행이 침해의 현재성에 대한 방위라는 주장은 견강부회란 비난을 면할 수 없습니다."

미코시바의 안색을 살폈지만, 아니나 다를까 모기에게 물린 만큼도 따갑지 않은 듯했다. 반격을 견디는 중인지, 아니면 그 정도 반론은 예상했다는 건지도 분명하지 않았다.

넉 달 동안 폭력이 없었는데 위협이 됐느냐 아니냐. 간단히 선을 그을 수 있는 일은 아니며, 아키코의 행위가 침해의 현재성에 대한 것이냐 아니냐 하는 판단은 객관적으로 어떻게 보이느냐 하는 문제일 뿐이다. 하지만 미사키의 자기 채점으로는 적어도 미코시바의 주장을 상쇄하는 데는 성공했을 터였다.

"변호인, 다른 의견이 있습니까?"

"없습니다."

여기서 강변을 계속했다가 마이너스가 될 수도 있다. 미코시바의 대응은 얄미울 정도로 군더더기가 없었다. 비록 적이지만 훌륭하다.

완급을 자유자재로 구사하는 공격은 높이 평가해 주자. 그럼 수비는 어떻지?

미사키는 손을 들었다.

"재판장님, 검찰 측 증인을 신청하겠습니다."

"그러시죠."

증인 신청은 사전에 해 두었으니 변호 측도 알고 있다. 이쪽은 어디까지나 정공법으로 공격하면 그만이다.

이윽고 법정 경위를 따라 한 남자가 입정했다.

다소 구부정한 자세는 버릇일 것이다. 표정을 보기로 긴장한 것 같지는 않다. 30대 후반의 지극히 평범한 직장인이라는 인상인데, 그렇다 보니 태연한 분위기가 더 어색하게 느껴졌다.

관할서인 세타가야 서에 쓰다 신고의 채무 관계 조사를 지시한 결과, 이 남자의 회사가 부상했다.

미사키는 남자를 향해 돌아섰다.

"증인, 이름과 직업을 말씀해 주세요."

"아오야기 도시히코, 도쿄 모기지란 금융업에 종사합니다."

"금융업이라는 게 어떤 종류의 금융이죠?"

"부동산이나 증권의 담보 융자입니다."

"담보 융자면 고객 한 명당 융자 액수도 크겠군요."

"네. 한 계좌당 평균 약 3천만 엔쯤 됩니다."

"현재 심리 중인 사건의 피해자와 증인은 어떤 관계가 있었습니까?"

"쓰다 신고 씨는 제가 담당했던 고객이었습니다."

"다시 말해 증인의 회사가 피해자에게 융자를 해 줬군요. 액수는 얼마나 됐죠?"

"융자 액수는 6천만 엔이군요."

아오야기가 억양이 없는 목소리로 대답하자 법정의 분위기가 약간 긴장됐다. 미코시바의 눈썹도 보일 듯 말 듯 움직인 것 같았다.

피해자가 지고 있던 6천만 엔에 달하는 빚. 이건 검찰 측에게 큰 공격 무기다.

"6천만 엔이라. 피해자는 3년 전 퇴직해서 직업이 없었을 텐데, 그런 사람에게 몇 천만 엔씩 빌려줍니까?"

"그건 아닙니다. 본인이 무직이 아니라 데이트레이더라

고 신고해서요. 게다가 증권 투자 대출 상품이었습니다. 담보가 될 물건만 있으면 심사할 때 수입이 많고 적고는 2차적인 요인에 불과합니다."

아오야기는 미사키가 검찰관인 줄 알면서 아무렇지도 않게 말을 이었다.

신용 대출은 사람을 보고 담보 대출은 물건을 본다. 옛날부터 있는 말인데, 아오야기의 말을 듣다 보면 그것도 의심스러워진다. 어떤 종류의 대출이든 갚을 수 있는 액수를 빌려주는 게 올바른 금융의 모습일 텐데, 은행을 비롯한 금융기관은 아직까지도 상환 능력을 과대평가하는 경향이 있다. 대출업법의 개정으로 융자가 가능한 고객이 실질적으로 줄어들어 얄궂게도 그런 경향이 더욱 현저해졌다. 담보 대출이 총량 규제에서 제외되는 영향도 크지만, 요는 작은 파이를 두고 경쟁하는 것이다.

"증권 투자 대출에 관해 자세히 설명해 주시겠습니까?"

물론 미사키는 알고 있지만, 쓰다 일가의 숨은 부분을 법정에서 밝히기 위해 일부러 물었다.

"먼저 고객에게 담보로 할 증권의 제출을 부탁드립니다. 가령 담보 가치가 1천만 엔이면 80퍼센트로 평가해서 8백만 엔으로 사정査定하고 그 다섯 배인 4천만 엔까지 융자합니다. 대출금은 전부 증권 투자에 쓰고, 매입한 증권도 담보로 저희가 보관합니다. 주가가 매입가보다 높아진 시점에서 매각하면 인상분이 고객의 이익이 되는 방식입니다."

"다시 말해 매입한 주식이 담보가 되니까 보전도 가능하고, 또 고객 입장에선 실제 자금의 다섯 배를 운용할 수 있으니까 차익금도 다섯 배 기대할 수 있다…… 그런 논리입니까?"

"네, 맞습니다."

"하지만 피해자의 주식 투자는 파탄 난 상태였다고 들었는데요. 투자한 주식 대부분이 그냥 묻혀 있었다고 하니까 말이죠. 그런 상대에게서 6천만 엔을 회수하는 건 어떻게 봐도 어렵지 않겠습니까?"

"그건 그렇지 않습니다. 저희가 맡아 갖고 있던 담보 증권이 값이 오를 가능성도 아직 있었으니까요."

평범한 근로 소득자라면 상환이 절대로 불가능할 액수를 데이트레이더라는, 신원도 수입도 불확실한 인물에게 빌려 줘 놓고 아오야기는 부끄러워하기는커녕 어디까지나 태연했다. 그런 두꺼운 낯짝이 미사키의 윤리관에 일일이 거슬렸다.

"하지만 평가액이 융자액을 밑돈 시점에서 전액 회수는

불가능할 텐데요."

"아닙니다. 쓰다 씨는 부동산을 소유하고 있었으니까요."

"자세히 설명해 주시죠."

"쓰다 씨가 저희와 계약한 게 2008년 5월이었습니다만, 그해 9월에 리먼 사태가 발생했습니다. 쓰다 씨의 보유 주식도 일제히 평가액이 급락해서 추증이 필요해졌습니다."

"추증이 뭡니까?"

"단적으로 말씀드리면 융자 잔액에 걸맞게 담보 가치를 높이는 겁니다. 다시 말해서 추가 담보를 해서 보증을 늘리거나 반대로 융자 잔액을 줄이거나 해서 균형을 맞추는 거죠."

"피해자의 경우는 어땠습니까?"

"쓰다 씨는 주식 거래 외에 수입이 없었습니다. 하지만 다행히 자기 명의로 된 부동산을 소유하셨죠. 당시 융자 잔액 6천만 엔에 대해 쓰다 씨의 담보 가치는 실세로 1477만 엔. 4523만 엔이 부족했던 셈입니다만, 이건 자기 명의 부동산에 담보권을 설정하는 걸로 어느 정도는 보전할 수 있었죠."

"어느 정도란 건 무슨 뜻입니까?"

"자택 부동산엔 주택 담보 대출이 1순위로 있었기 때문에 저희는 2순위가 됐습니다. 하지만 당시 부동산 실세 가격에서 1순위 저당의 잔액을 빼면 1500만 엔만 남거든요. 다시 말해 쓰다 씨는 증권과 부동산을 모두 처분해도 3천만 엔 좀 넘는 빚이 남습니다. 그리고 그건 무담보 대출인 거죠."

"무담보로 3천만 엔. 상당히 큰 액수인데, 증인은 그걸 어떻게 회수할 생각이었습니까?"

"본인이 조금씩 상환해 주셔야죠. 증권은 묶여 있는 상태라 쉽게 처분도 할 수 없고, 부동산도 실세 가격으로 바로 매각할 수 있단 보장은 없으니까요."

"증인은 담당자로서 상환을 독촉했습니까?"

"물론입니다. 우편, 전화, 메일 등으로 몇 번이나 본인과 연락을 취하려고 했죠."

"취하려고 했죠? 실제론 못 만났습니까?"

"못 만났습니다. 우편이나 메일은 답신이 없고 전화도 안 받더군요. 참다 못해서 집으로 찾아갔는데, 본인은 방에 틀어박혀서 한 발짝도 안 나오는 겁니다. 얼마나 난감하던지."

"본인을 못 만나면 어떻게 합니까?"

"부인한테 메시지를 부탁하고 그냥 나오는 수밖에 없었습니다. 보증인도 아닌 분께 청구할 순 없으니까요."

"보증인이 아니니까 청구하지 않는다. 하지만 피고인에게 대출에 대해 알리긴 했군요?"

"네. 저희 회사에 고액 대출을 받았다는 건 본인한테서 들었다고 하서서요."

"그 말을 했을 때 피고인은 어땠던가요?"

"다른 부인분들하고 마찬가지예요. 성가신 것 같고, 미안한 것도 같고."

"재판장님."

미코시바는 아오야기의 말을 가로막았다.

"검찰 측은 증인의 인상을 사실과 혼동시키려고 합니다."

"인상이 아닙니다. 남편의 빚을 피고인이 어떻게 보고 있었는지 단적으로 보여 주는 것이고, 제삼자인 증인이라면 선입견이 없는 관찰이 가능했을 겁니다."

"인정합니다. 계속하세요."

"증인. 그때 피고인은 상환을 독촉하러 간 증인에게 무슨 이야기를 하던가요?"

"그것도 다른 부인분들하고 같았습니다. 남편이 능력이 없어서 미안하다, 자기가 갚을 수 있으면 그러고 싶지만 자기도 파트타임으로 일하는 입장이라 그럴 수도 없다. 주택 담보 대출도 남아 있어서 생활도 어렵다. 남편한테 꼭 전할 테니까 상환은 조금만 기다려 달라…… 대충 이런 이야기였군요."

"고맙습니다. 이제 됐습니다."

미사키는 그런 말로 아오야기에 대한 질문을 마쳤다.

"재판장님, 다음으로 피고인 질문으로 넘어가고 싶습니다."

곁눈으로 미코시바를 얼핏 봤다. 여전히 가면 같은 얼굴이었지만, 시선만으로 자신을 경계하는 것을 알 수 있었다. 미사키의 의도를 순식간에 파악했다는 뜻이다.

한껏 안절부절못하라지. 미사키는 조소했다.

지난번 구두 변론으로 미코시바의 변호 방침을 파악했다. 피해자인 신고의 행상을 나쁘게 폭로해 아키코의 살의를 상대화시키려는 전술이다. 그러나 피해자를 악당으로 내세운다면 그걸 역이용하는 수가 있다.

"그러시죠."

피고인석에 앉은 아키코를 정면에서 쳐다봤다. 아키코는 고개를 숙인 채 자신을 보려 하지 않았지만 상관없다.

"피고인에게 묻겠습니다. 방금 증인이 한 말은 전부 사실입니까?"

"……사실입니다."

"남편이 거액의 빚을 졌고, 집이 이중으로 저당잡혔고, 그리고 업자가 매일 빚 독촉을 합니다. 피고인은 어떻게 생각했죠? 남편에 대해, 현재 생활에 대해."

아키코는 고개를 숙인 채 대답하지 않았다.

"능력이 없고 가족들과 어울리지 않는 것뿐이라면 그나마 낫습니다. 그런데 가족이 사는 집까지 저당을 잡혀서 일상생활에 혼란을 준다면 그건 이미 발목을 잡는 존재일 뿐입니다. 아니, 지난번 공판에서 변호인이 한 말을 빌리자면, 어머니로서는 책임을 다하고도 남았던 피고인에게는 자식의 장래를 망치는 해악이나 다름없었습니다. 안 그렇습니까, 피고인? 대답해 주세요."

미사키는 증언하라고 들이댔지만 사실 그냥 입을 다물고 있어도 전혀 상관없었다. 요는 피고인이 피해자를 거추장스럽게 생각할 요인이 그 밖에도 있었다는 것을 증명하면 충분하다.

그러나 아니나 다를까 미코시바가 끼어들었다.

"재판장님, 방금 질문은 완전한 유도 신문입니다. 검찰 측은 피고인에게 흑이냐 백이냐 하는 이분법을 강요하고 있습니다."

"인정합니다. 검찰관은 질문 방법을 바꿔 주세요."

질문을 마치겠습니다. 미사키가 그렇게 말하려고 했을 때였다.

"……다고 생각했어요."

기어들 듯한 목소리에 돌아보자 아키코가 얼굴을 약간

들고 있었다.

"성가시다고 생각했어요. 밉다는 생각까진 안 했지만, 날마다 거액의 빚 생각이 나면 그때마다 어디론가 도망치고 싶어졌어요. 하지만 빚 독촉을 하러 와도 남편은 방에서 나오질 않고 상대는 늘 제가 해야 했습니다. 방에서 저랑 그 사람 목소리가 분명히 들릴 텐데도 절대 나오지 않았어요."

미사키는 덩실덩실 춤을 추고 싶어졌다.

이 여자가 제 무덤을 팠다.

"호오, 그럼 노여움 같은 감정은 있었단 말이군요?"

"다른 부인들도 다들 그렇게 느낄 거예요."

미코시바에게 눈길을 주니 가면이 일그러져 있었다. 불발탄이라고 안심한 순간 폭발한 꼴이다. 가면 뒤에서 꽤나 허둥대고 있을 것이다.

"질문을 마칩니다."

법정의 분위기로 알 수 있었다. 현 시점에서도 검찰 측이 압도적으로 유리하다. 이쪽에서 고생하지 않아도 피고인이 알아서 자멸해 준다. 구형하는 입장에서 이보다 더 고마운 일은 없다.

그러자 미코시바가 천천히 손을 들었다.

"재판장님, 증인에게 반대 신문을 하겠습니다."

"하시죠."

자리에서 일어난 미코시바의 얼굴에서는 이미 동요를 찾아볼 수 없었다. 하여간 호락호락하지 않은 사내라고 생각했다.

"증인, 증인은 그 일을 한 지 몇 년 됐습니까?"

"한 10년 넘었나요."

"그럼 과거에 다양한 고객을 담당했겠군요."

"그럼요. 고객분마다 개성이 다 다르니까요. 대응 방법도 천차만별입니다."

"방금 피고인이 이야기한 내용, 다시 말해 증인이 채권 회수를 목적으로 쓰다 씨 댁에 갈 때마다 피고인이 상대했다는 건 맞습니까?"

"네, 맞습니다. 담보 부족이 되고부터 뻔질나게 드나들었는데, 매번 본인은 못 만났습니다."

"방문 시간은 늘 일정했습니까?"

"아뇨, 다른 곳에 방문하기도 하니까 늘 같은 시간은 아닙니다. 뭣보다 본인이 항상 댁에 계신다는 흔치 않은 경우였기 때문에 아침 아홉 시부터 밤 아홉 시까지 시간은 그때그때 달랐군요."

"하지만 피고인은 파트타임으로 일하는데요. 낮엔 집에

없습니다. 그런데도 늘 피고인이 상대했습니까?"

"아, 아뇨……."

그때까지 막힘없이 대답하던 아오야기가 갑자기 머뭇거렸다.

"왜 그러시죠? 상대는 매번 피고인이었습니까?"

미코시바는 뭔가 확신이 있는지 공격적으로 아오야기를 다그쳤다.

"매번은 아닙니다. 저녁 전이라 부인이 아직 안 왔을 때가 있었습니다."

"그때는 누가 나왔죠?"

"……큰따님입니다."

부자연스럽게 억누른 어조였다. 법정에 서서도 태연했던 얼굴에 곤혹이 어려 있었다.

미사키는 갑자기 불안이 치밀었다. 단순히 업무 명령으로 쓰다 가에 드나들던 회수 기계가 대체 뭘 주저한단 말인가.

"큰따님이 나와서 아버지는 안 계세요, 라고 했습니다. 하지만 본인 방에 불빛이 보이거든요. 저한테 그게 보인다는 걸 알면서 따님은 머리를 숙이면서 말하는 겁니다. 죄송해요, 오, 오늘은 그냥 가 주세요."

말끝이 떨렸다. 회수 기계의 가면이 벗겨진 순간이었다.

"증인에게 뭔가 생각되는 바가 있었습니까?"

"화가 났습니다. 원래 고객분에 대해 할 말은 아니지만 인간으로서 용서할 수 없었습니다."

"뭘 용서할 수 없었던 건가요?"

"빚 독촉에 대한 방패로 아이를 내세웠다는 점입니다. 저, 저도 자식을 둔 부모라 더 비열하게 느껴졌습니다."

"비열하다고요?"

"손님, 아니 고객분 중에 가끔 계시거든요. 부부가 다 집에 있으면서 일부러 아이를 현관으로 내보내거나 전화를 받게 하는 사람이. 회수하는 쪽도 인간입니다. 아이가 집에 없다고 우기는 부모를 내놓으라고 하진 못해요. 하물며 돈 이야기는 더 그렇죠. 상대방은 그걸 알고 아이를 방패로 삼는 겁니다. 그, 그게 부모가 할 짓입니까?"

법정이 조용해졌다.

"쓰다 신고란 사람은 그런 사람이었습니다. 말을 주고받은 적도 없었기 때문에 더 몹쓸 사람이란 생각이 들었습니다."

"반대 신문을 마칩니다."

당했다.

미사키는 후회했다.

대단한 사내다. 오늘 이 법정에서 처음 만났건만 아오야기의 사람됨을 순식간에 판단해 직전에 미사키가 덧칠해 놓은 아키코의 인상을 희석시켰다. 피고인과 반대 입장에 있는 채권자의 증언이니 내용도 한층 진실미가 있다. 십중팔구 채권 회수가 직업인 사람 중에 아는 이라도 있어서 아이를 방패로 삼는 채무자 이야기를 들었겠지만, 그래도 너무 재빠른 반격이다. 천성일까, 아니면 사법 연수생 시절에 누구에게 배웠을까.

역시 이 사내를 만만히 보면 안 된다.

미사키는 급히 손을 들었다.

"재판장님!"

"말씀하세요, 검찰관."

단상 위의 산조를 향해 돌아서면서 시야 끄트머리로 미코시바를 살폈다. 그 옆얼굴에서는 여전히 감정이 읽히지 않았다.

"방금 증인의 발언은 피해자의 인격을 언급하는 것이었습니다만, 본 심리에선 반증이 되는지조차 의문입니다. 본 항소심에서 변호인이 주장한 동기의 부재를 증명하는 게 아니라 반대로 동기를 방증하기도 합니다."

산조가 희미하게 고개를 끄덕였다. 됐다, 이건 긍정의 표시다.

"증언에 의해 드러난 피해자의 얼굴은 확실히 남편으로서, 아버지로서 자랑할 수 있는 건 아니지만, 피고인이 피해자를 살해할 동기를 보완합니다. 그리고 말하나 마나 생활 무능력자 또는 애정을 보이지 않는 아버지란 이유로 살해해도 된다는 법은 없습니다."

미사키의 목소리가 법정에 낭랑하게 울려 퍼졌다.

"피고인이 처한 상황엔 동정할 여지도 있었습니다만, 가정 폭력과 관련해 전국 경찰서 및 각 지자체에 상담 창구가 마련돼 있습니다. 설령 폭력이 있었다 해도 창구를 찾았다면 해결됐을 겁니다. 도망치는 것도, 쫓아내는 것도 가능했습니다. 가정 폭력이 정당방위의 이유로 인정된다면, 세상에 만연하는 폭력 남편은 전부 숙청돼도 상관없다는 이야기가 됩니다. 살인 동기에 대해 변호인은 다양한 논증을 시도하고 있습니다만, 어쨌거나 피고인의 성급하고 안일한 범행을 긍정하는 것은 불가능합니다. 법정에서 심판을 받아야 할 것은 동기가 아니라 행위입니다."

논리가 복잡해질 것 같을 때는 원리 원칙으로 돌아가는 게 기본이다.

오랜 세월 재판관석에 앉아 온 산조에게는 굳이 할 필요도 없는 이야기지만, 미코시바의 기습을 막기 위해서는 예방선을 쳐 두는 편이 나을 것이다.

이심전심, 미사키의 진의를 이해한 듯한 산조가 단상에서 미코시바를 내려다봤다.

"변호인, 다른 새로운 증거를 제출하겠습니까?"

말 잘했다.

산조의 주문은 카드 게임의 콜이었다.

손에 든 카드를 모조리 내보여라. 안 되면 게임 오버다.

그러나 미코시바는 산조의 권고에 동요한 기색도 없이 슥 일어섰다.

"다음번에 제출하겠습니다."

순간 산조의 얼굴이 굳은 것처럼 보였다. 아니, 분명 미사키도 같은 표정이었을 것이다.

또 뭔가 감추고 있는 게 있나, 아니면 단순히 허세인가. 어느 쪽이든 깨끗이 포기할 줄 모르는 태도에 한숨이 나오려 했다.

하지만 미사키는 금세 마음을 다잡았다. 이번 공판도 검찰 측에 유리하게 진행되고 있다. 반격은 훌륭하지만, 미코시바 쪽은 방어로 일관하는 데다 군데군데 허점이 눈에 띈다. 대세는 이미 정해졌다고 봐도 될 것이다.

"그럼 다음 공판은 2주 뒤에 하겠습니다. 폐정합니다."

법정에서 나왔을 때 이미 정오가 가까웠으므로 미사키는 지하 식당으로 내려갔다.

도쿄 고등법원 지하에는 제1식당과 국숫집, 그리고 '달링턴 홀', 이렇게 세 곳이 있는데, 특히 제1식당은 어느 메뉴나 값이 저렴한 터라 재판 관계자뿐 아니라 다른 청사 직원까지 일부러 먹으러 온다.

오늘은 웬일로 한산한지 식권 판매기 앞에 아무도 없었다. 미사키는 E 정식 식권을 사서 안으로 들어갔다가 후회했다. 식권 판매기 앞에 사람이 없었던 것은 식당에 이미 자리가 없기 때문이었다.

그래도 둘러보자 창가 테이블에 빈자리가 하나 있었다. 미사키는 빠른 걸음으로 다가갔다가 또 한 번 후회했다.

빈자리 맞은편에 미코시바가 앉아 있었기 때문이다.

동일 사건을 담당하는 검찰관과 변호사가 한 테이블에 앉으면 안 된다는 법은 없지만, 아무래도 주춤하게 된다.

그런데 서둘러 돌아서려다가 갑자기 미코시바와 눈이 마주치고 말았다.

눈이 마주친 이상 여기서 등을 보이면 도망쳤다고 여겨질 것이다. 불쾌하지만 빈자리에 앉는 수밖에 없었다.

"괜찮겠나?"

어쨌거나 나중에 온 사람의 예의로 말을 걸자 미코시바
는 가볍게 고개만 끄덕였다.

정면에 앉고 보니 미코시바는 생선회 정식을 먹고 있었
다. 그것을 보고 마음이 바뀌었다.

서먹한 분위기에서 묵묵히 식사를 하느니 이 기회에 미
코시바 레이지라는 남자를 철저하게 관찰하자.

"제1식당 생선회 정식인가. 벌이가 쏠쏠하다고 들었는데,
식생활은 의외로 검소하군."

미코시바는 미사키에게 흘깃 시선을 던졌다.

"이 뒤에 지법에서 다른 안건이 있어서."

청사 밖으로 나가기에는 시간이 아깝다는 뜻인가.

"그래, 잘나간다니 좋은 일이군."

"그건 피차 마찬가지일 텐데."

"흥, 변호사하곤 달리 우리는 개별 보수가 없어."

"할 일이 없어서 심심하다고 푸념하는 것보다야 훨씬 낫지."

"공무원이 심심하면 좋을 게 없다는 의미인가?"

"상상에 맡기지."

미코시바는 중얼거리듯 말하고 식사를 재개했다. 맛을 음
미한다기보다 음식을 그저 씹고 있는 듯한 얼굴이었다.

"참 맛없게 먹는군. 여기 생선회 정식은 평이 괜찮은 편일

텐데."

"맛이 있든 없든 상관없어. 어차피 똥이 돼서 나가는 건 똑같으니까."

"무슨 말을 그렇게 막 하나."

저도 모르게 주위를 살폈다. 적어도 식사 중에 할 소리는 아니다.

블랙조크인가 했는데 미코시바는 지극히 태연했다. 농담으로 한 말이 아닌 모양이다.

"그런 식으로 식사 중에도 내내 찌무룩한 얼굴인가. 자네 생활엔 즐거움이란 게 없나?"

"즐거움?"

"가까운 사람하고 한 테이블에 앉아서 그날 있었던 일을 보고하면서 밥을 먹는 게 본래 식사고 생활의 즐거움 아닌가?"

"가족하고 얼굴을 맞대고 있다고 생활에 즐거움을 더해준다는 법은 없지. 쓰다 일가가 그런 것처럼."

"그건⋯⋯."

미사키는 말끝을 흐렸다. 진술 조서를 읽기로 아닌 게 아니라 지난 몇 년간 쓰다 일가에게는 화목한 시간이란 게 없었던 것 같다.

"댁이 말하는 즐거움이 없어도 밥은 목을 넘어가네. 애도 자라고."

"쓰다의 딸 말인가?"

"아버지는 살해되고 어머니는 아버지를 죽인 범인으로 구류 중. 집엔 두 자매뿐. 그래도 생활은 잘 이어 가고 있어. 부모가 없어도 아이는 자란다는 말이 딱 맞는군."

"그 집 자매를 만났나?"

"그래."

"대체 무슨 이야기를 했지?"

"아시다시피 변호사한테는 비밀 유지 의무가 있어서 말이네."

자매와 이야기한 내용에 새로운 증거가 있나 의심해 봤지만, 그렇다고 이 남자가 말해 줄 것 같지는 않다.

새삼 관할서의 부실했던 초동 수사에 이를 갈고 싶어졌다. 목격자인 시아버지의 증언을 받아 내는 것은 당연한 일이지만, 두 딸에게서는 유익한 정보고 뭐고 아무것도 묻지 않았다. 사건 발생 시 두 아이 다 자고 있었다니까 어차피 별 증언은 못 얻었겠지만, 그래도 너무 허술하다.

"꼭 자기도 즐거움이 없는 식탁에서 자란 것 같은 말투군."

미코시바의 과거에 관심이 생겨 물어봤다.

대답은 없었다. 이건 긍정을 의미하는 침묵인가 생각하는데 미코시바가 문득 고개를 들었다.

"그런 댁은 어떻지?"

"뭐?"

"꽤 오래전에 부인을 잃었다고 들었는데. 유일한 자식인 아들하곤 몇 년째 오가질 않는다고도 하고. 정부라도 하나 없으면 댁의 생활이라고 그렇게 즐거울 것 같진 않군."

순간 피가 거꾸로 솟구쳤으나 허둥지둥 스스로를 진정시켰다.

하여간 방심할 수 없는 사내다. 이런 때까지 심리전을 벌이려고 한다. 이것 또한 훌륭한 반격이었다. 자신의 사생활이 침해받을 것 같자 즉시 카운터를 날렸다. 대체 어디서 그런 정보를 얻었을까.

여기서 격노하면 상대방의 의도대로 되는 것이다.

미사키는 속으로 천천히 숫자를 세기 시작했다.

1, 2, 3, 4, 5, 6. 원시적인 방법이지만 이렇게 하면 꽤 냉정함을 되찾을 수 있다. 그럼 이쪽도 반격에 나서 볼까 하고 입을 열려 했을 때, 미코시바의 표정에 변화가 나타났다.

"미안하군."

솔직한 어조에 저도 모르게 귀를 의심했다.

"지금 상황에서 댁한테 할 말이 아니었어. 가능하면 잊어 줘."

"……의외로 기특한 면이 있군."

"장외 난투는 되도록 피하고 싶어서 말이야. 시간과 기력 낭비니까."

"장외 난투?"

"지금도 적은 많네만, 그렇다고 이 이상 늘리고 싶은 건 아니네."

중얼거리듯 이은 말은 묘하게 변명처럼 들렸다.

"어쨌거나 난 적인데."

"법정 안에서만 그래 줘."

미코시바가 입원했던 이유가 생각났다. 전에 다룬 안건의 상대편에게 칼로 찔렸다고 했는데, 그 일로 학을 떼서 하는 말인가. 아니면 공사를 혼동하지 말라고 암암리에 못을 박는 건가.

"칼에 찔린 상처가 아직 아프다는 뜻인가?"

"꽤 상처가 깊었어. 뭐하면 조사해 보라고. 그게 장기 아닌가?"

어조에서 뜻밖에 어렴풋이 취약함이 감지됐다.

이런 남자도 싫어하는 것, 두려워하는 게 있나.

그러자 갑자기 관심이 동했다. 절반은 직업의식으로 적을 알고 싶다는 마음, 나머지 절반은 개인적인 관심이었다.

"그나저나 매번 항변이 참 훌륭하더군. 자네한테 고액의 보수를 주는 고객의 마음도 알겠어. 그 주먹싸움 같은 심리전은 대체 어디서 배웠지?"

"……지금 신문하는 건가?"

"잡담이네. 검사와 변호사가 잡담을 나눠서 안 된다는 법률은 없잖나."

"해야 한다는 법률도 없지."

"그래! 바로 그거 말이네. 그렇게 받아치는 기술. 그걸 어디서 습득했는지 꼭 알고 싶군."

"알아서 어쩌려고?"

"사법 연수생하고 판사보를 보내야지."

미코시바가 갑자기 얼굴을 숙였다. 무슨 일인가 했더니 얼굴을 숙인 채 슬그머니 웃고 있었다.

"뭐가 우습지?"

"무리야."

너무 웃어서 말이 토막토막 끊겼다.

"미안하네만 댁들한테는 절대로 무리야."

"어떻게 그걸 단언할 수 있는 건가?"

"댁들은 악당이란 인종을 몰라."

"모르긴 왜 몰라. 날이면 날마다 상대하는데."

"달라. 그건 상대하는 게 아니네. 그냥 보는 것뿐이지. 초등학생이 진창에서 헤엄치는 생물을 내려다보는 것처럼 말이야. 진짜로 녀석들 생태를 알고 싶으면 진창 속에 뛰어들어야 하네. 녀석들과 나란히 헤엄치고, 진흙을 먹고, 어둡고 미끌미끌한 점액 속에서 호흡하지 않으면 의미가 없어."

미코시바는 여전히 웃고 있었다.

이 남자의 고객 중에는 폭력단원을 비롯해 돈다발로 타인의 뺨을 후려갈기는 범죄자가 수두룩하다. 그런 인간들과 서로 속을 터놓을 만큼 유착하지 않으면 정말로 이해한 게 아니라는 뜻인가. 미사키는 혼자 납득하고 거기서 그 이야기를 끝냈다.

"자네는 가족이 있나?"

"변호사한테 필요한 게 아닌데. 왜 그런 걸 묻지?"

"아니, 그 일가한테, 아니면 가족이란 것에 특별한 감정이라도 있나 해서 말이야."

"그냥 의뢰인이네."

"하지만 항간에 소문이 난 것처럼 자네 의뢰인은 대개 자산가가 아니던가?"

미코시바는 입꼬리를 올린 채 미사키를 바라봤다.

"내가 뭐 또 우스운 말이라도 했나?"

"댁이 네 번째던가. 이 사건 관계자들도 같은 걸 묻더군."

"자네 변호 활동을 보고 들은 사람이라면 당연하겠지. 이런 말하면 뭐하네만 변호 측에 유리한 재료는 하나도 없어. 자네가 둘도 없이 뛰어난 변론 기술을 발휘해 봤자 기껏 감형이나 얻어 내는 정도겠지. 피고인이 유명인이라면 또 몰라도 평범한 사람이라면 광고 효과도 크지 않네. 아무리 봐도 고생만 하고 얻는 건 별로 없는 일 같네만."

"미사키 검사, 주식과 관련된 사건을 다룬 적은 있나?"

"한두 번이 아니야. 경기 거품이 터진 뒤로 한동안 그런 사안뿐이었군."

"그럼 관계자한테서 이런 격언을 한 번은 들어 봤을 텐데. '꽃 핀 산, 길은 남이 다니지 않는 곳에'."

타인과 다른 길을 걷는 게 성공의 비결이라는 의미로 기억한다.

"이 사건이 어디가 꽃 핀 산인가?"

"그걸 말한 순간 뒷길은 남의 산이 된다네."

그 말만 하고 미코시바는 입을 다물어 버렸다. 이 이상 캐고 들어도 본심을 드러낼 수 있을 것 같지 않았다.

상관없다. 방법은 또 있다.

"그나저나 시마네 변호사회 이야기는 들어 본 적 있나?"

"시마네?"

"지금은 어떤지 모르네만 예전엔 변호사가 극단적으로 적어서 말이야. 오키의 사이고 정町에 한 명도 없었던 때가 있었네만, 동시에 마쓰에 지법 사이고 지부엔 재판관도 없었단 말이지. 그래서 재판이 있으면 변호사도 검사도 재판관도 지법이 있는 사이고로 가야 했어. 교통수단이라곤 시치루이 어항漁港에서 출발하는 페리 딱 한 편뿐이라, 좁은 선내에서 세 사람이 얼굴을 맞대게 돼. 그런데 재판이 오래 끌면 끌수록 체류도 길어진단 말이지. 그래서 선내에서 약식 재판을 시작했네. 일행이 지법에 도착할 즈음엔 이미 결론이 나와 있다 하는 거지."

"다시 말해서 법조의 담합인가."

"그건 말이 너무 과하군. 가장 우수한 변호사는 소송을 하지 않고 화해를 이끌어 내는 변호사란 명언도 있을 텐데."

"지금은 변호사 공급 과잉 시대야. 게다가 여기는 도쿄고, 안건은 형사 사건. 일부러 그런 옛날이야기를 꺼내는 이유가 뭐지?"

"가급적 헛된 수고를 덜었으면 하네. 정말로 쓰다 아키코의 감형을 따낼 재료가 있다면 상관없어. 하지만 단순한 허세라면 이쪽도 피해를 보니 말이지. 자네하고 마찬가지로 검찰도 처리해야 할 사건이 산더미야."

물론 이건 거짓말이었다.

인간은 이상한 동물이라, 방금 전까지 서로 죽고 죽이던 사이라도 이야기를 하다 보면 조금씩 흉금을 터놓게 된다. 검사를 배명한 이래로 미사키가 독학으로 습득한 인심을 사로잡는 기술인데, 피의자나 변호사를 상대로 유효할 때가 많았다. 검찰관이라는 직함과 미사키의 외모에서 딱딱하다는 인상을 받는지, 한번 허심탄회하게 이야기해 주면 바로 감추고 있던 진심을 털어놓기 시작한다.

그런 수법이 미코시바에게도 통할 것 같지는 않지만, 맞히면 좋고 빗맞아도 미사키는 손해 볼 게 전혀 없다.

그런데 미코시바는 의외의 반응을 보였다.

"그런 거라면 들어 볼 가치는 있겠군. 이쪽도 시간이 아까우니 말이야. 내 시급은 공무원보다 높거든."

역시 결국은 돈과 연관된 변호였나. 그렇다면 납득할 수 있다.

"그럼 물어볼까. 자네가 감추고 있는 재료는 뭐지? 아니, 애초에 그런 게 존재하긴 하나?"

그렇게 묻자 미코시바는 마지막 한 조각 남은 회를 씹으

며 엷게 웃었다. 놀랍게도 미사키와 대화를 이어가면서 젓
가락만은 기계적으로 놀리고 있었던 것이다.

"검사, 이쪽에서 카드를 내보이기 전에 그쪽이 먼저 보여
주는 게 규칙 아닌가?"

"이쪽이 보여 줄 카드? 그게 뭐지?"

"다른 사람도 아니고 댁이니까 관할서에서 작성한 수사
자료를 하나하나 검토했을 게 틀림없어. 그야말로 관할서의
조잡한 초동 수사를 하나하나 파헤치듯이."

사실이었지만 잠자코 있었다.

"그래서 묻겠네만, 압수한 증거품은 아직 보관 중인가?"

"그래. 재판이 종결될 때까지 관할서 창고에 있네."

"흉기가 된 커터, 비닐 시트. 그게 다가 아니야. 살해 현장
인 욕실, 거실, 부엌, 가족들 방, 바닥, 벽, 복도, 쓰레기통에
들어 있던 쓰레기, 책꽂이에 꽂혀 있던 책, 화분의 흙, 그런
걸 전부 조사했나?"

미사키는 바로 수사 자료 내용을 떠올려 봤다. 눈에 불을
켜고 검토한 자료라 세부까지 기억하고 있었다. 물론 중요
하다고 여겨지는 증거는 모두 감식으로 보냈지만, 집 안 전
부, 비품 전부는 아니었다.

"관할서에서 도착했을 때 시체와 범인과 목격자가 모두

있었어. 감식계가 가긴 했겠네만 그 정도로 상황이 갖춰져 있으면 감식은 확인 작업에 불과하게 돼. 십중팔구 거기까지 손을 대진 않았을 테지. 우수한 수사원에게 어려움과 열의는 대체로 비례하게 마련이야."

"대체 어디에 주목한 거지?"

"그것까지 밝힐 순 없겠는걸. 지금도 거의 다 내보인 거나 다름없어."

미코시바는 깨끗하게 빈 식기를 들고 일어섰다.

"미리 말해 두네만 지금 말한 건 허세가 아니야. 댁한테는 공자 앞에서 문자 쓰는 격이겠네만, 필요한 물건은 모두 현장에 떨어져 있네. 파기하거나 파괴하지 않는 한 증거는 스포트라이트를 받기를 가만히 기다리고 있어. 좌우지간 잘 보관해 두라고."

그 말만 하고 미코시바는 인사도 없이 가 버렸다. 뒤에는 아직 손도 대지 않은 정식을 앞에 둔 미사키가 남아 있을 뿐이었다.

4

도쿄 고법에서 나온 미코시바가 쓰다 신고의 집으로 다

시 찾아가자 요조가 나왔다.

"아, 선생님, 재판 끝나고 오시는 겁니까? 고생 많으셨습니다."

"공판일을 알고 계셨습니까."

"물론입니다. 방청석에 자리만 있었으면 꼭 갔을 텐데……."

그러고 보니 오늘 공판도 방청석이 만원이었다. 하지만 이건 아키코의 사건이 일반 사람의 이목을 모으고 있기 때문이 아니다. 최근에는 재판을 방청하는 게 유행인 듯, 대다수의 형사 사건이 방청석이 꽉 찬다고 했다. 개중에는 열심히 메모나 스케치를 하는 사람까지 있는데, 미코시바가 보기에는 그저 웃길 뿐이다. 유행이니 지적 호기심 같은 이름으로 포장해 봤자 결국은 비대한 구경꾼 근성을 발휘하며 기뻐하는 것에 불과하다.

"재판은 어땠습니까?"

요조는 미코시바의 안색을 살피듯 물었지만, 노인에게 기쁨을 줄 만한 보고는 아무것도 없었다.

"쉽게 이기게 해 주지 않는군요. 검찰 측에서 신고 씨의 채무 상황을 범행 동기를 보강하는 재료로 제출했습니다. 형세가 한층 불리해졌습니다."

"하여간 그 변변치 못한 놈은! 죽고 나서까지 이렇게 사람을 힘들게 하니!"

"그렇지만 방법이 더 없는 건 아닙니다."

"정말입니까?"

"오늘은 그 때문에 추가 조사차 왔습니다만."

말을 채 맺기도 전에 위층에서 목소리가 들려왔다.

"언니, 언니."

린코 목소리였다.

미코시바가 의아한 표정으로 돌아보자 요조는 고개를 가로저었다.

"미유키의 상태가 더 나빠져서…… 세 끼 모두 반밖에 안 먹는 데다 오늘 아침엔 많이 토했다는군요. 린코 전화를 받고 저도 방금 막 왔거든요."

"언니!"

린코가 부르는 소리가 계속 이어졌다.

"실례합니다."

미코시바가 그렇게 말하고 안으로 들어가자 요조가 따라왔다.

2층에서는 린코가 미유키 방 앞에 우두커니 서 있었다.

"아, 선생님이다!"

"무슨 일이야."

"아프면 병원 가자고 하는데 언니가 들어주질 않아요."

"미유키 양, 미코시바 변호사입니다. 지금 잠깐 이야기할 수 있을까요?"

대답이 없었다. 시험 삼아 문손잡이를 돌려보니 안에서 문을 잠가 열리지 않았다.

그 뒤 몇 번 더 불러 봐도 반응이 없기에 세 사람은 1층으로 내려왔다.

"계속 저 상태입니까?"

"네. 제가 문 밖에서 말을 시켜 봐도 나오지 않는군요. 몸이 음식을 안 받아 주는 거겠죠."

요조의 이마에 팬 주름이 깊어졌다.

"하지만 뭐, 당연할지도 모릅니다. 친어머니가 아버지를 찔러 죽였다는 건 저맘때 여자애한테는 악몽일 뿐이죠. 거식은 십중팔구 정신적인 충격 때문일 겁니다."

"어쨌거나 왕진을 부탁하거나 하는 게 좋겠군요."

문득 린코를 보니 평소와는 달리 시든 꽃처럼 기운이 없었다. 이런 때 말을 걸어 봤자 좋을 게 없다는 것을 알면서도 무심코 말이 나왔다.

"병원 기록을 조사해 봤다. 너도 아버지한테 맞았구나."

린코는 말없이 고개를 끄덕였다.

"언니는? 병원에 갈 정도가 아니었던 거냐?"

"아빠가 언니만은 안 때렸거든요. 언니도 아빠가 불쌍하다고 했고."

"언니가 토했다고?"

"……네."

"치우는 건?"

"린코가 했어요. 청소는 린코 담당이니까."

그 말을 듣고 둘러보니 거실 바닥에도 부엌에도 먼지나 머리카락은 눈에 띄지 않았다.

"집 안 청소를 다 네가 했어?"

"네. 엄마 대신인걸요. 하지만 아빠 방은 그냥 뒀어요."

"왜?"

"엄마도 그 방엔 안 들어갔고……."

"아니, 잘했다."

"네?"

"그러니까 그 방은 사건이 발생한 날 이래로 손을 전혀 안 댔다는 뜻이군. 어쩌면 경찰이 와서 그 방에 있는 물건을 싹 가져갈 수도 있으니까 마침 잘된 거다."

"경찰이 또 옵니까? 감식 같은 건 벌써 끝난 게 아닌가요?"

요조는 불쾌함을 감추려 하지도 않았다.

"이 이상 집 안을 헤집었다간 미유키의 용태가 더 나빠질 텐데요."

"단기간이라도 좋으니까 입원시키시는 걸 권합니다. 미유키 양이 방에서 나오기 싫어하는 마음도 이해는 합니다만, 이 집 안에 있으면 역효과입니다."

"왜죠?"

"참극은 이 집 안에서 벌어졌습니다. 미유키 양한테는 끔찍한 기억이 스며든 장소일 테니까요."

요조는 배 속 깊은 곳에서 한숨을 내쉬었다.

"그게 나으려나요. 린코는 우리 집에 데리고 있겠습니다."

"아, 그럼 연락처를 가르쳐 주시겠습니까? 휴대전화 번호라도 됩니다."

미코시바는 요조에게 명함과 펜을 건넸다.

"선생님. 언니, 집에 있으면 안 돼요?"

"지금은 그래. 이 집엔 병을 일으키는 요소가 수두룩하니까. 너도 배웠지? 병에 걸렸을 땐 주사를 놓거나 병원체를 구축하지 않으면 낫지 않는 거다."

"의사 선생님이 고쳐 줘요?"

"의사도 노력해야겠지만 그것만으로는 부족할 거다. 이번 경우에 의사가 할 수 있는 일은 주사를 놓는 것밖에 없어."

그러자 린코는 잠자코 미코시바의 눈을 똑바로 쳐다봤다.

"그럼 선생님이 병을 물리쳐 줘요."

그건 내 일이 아니다. 그렇게 단칼에 베어 버리려고 했으나 린코의 눈을 보자 말이 목에 걸렸다.

얼룩 한 점 없이 맑은 두 눈이 미코시바를 꿰뚫었다. 마치 약속을 어긴 상대방을 비난하는 듯한 시선이었다. 미코시바는 약속한 기억이 조금도 없었지만, 어쩐지 가슴속에 가시가 따끔거렸다.

"미코시바 선생님, 저도 다시 한 번 부탁드립니다." 요조가 명함과 펜을 돌려주며 보다 못해 거들었다. "선생님이 말씀하시는 병원체는 아키코 씨 사건이겠죠. 아닌 게 아니라 판결이 내려지고 사건이 종결되지 않는 한, 미유키가 회복돼도 또 같은 일이 반복될 겁니다. 우리가 정말 바라는 해결은 힘들겠지만 그래도……."

"변호사의 일은 의뢰인의 이익을 지키는 것이지, 그 이상도 이하도 아닙니다."

미코시바는 요조의 얼굴을 보지도 않고 그렇게 말했다. 지킬 수 없는 약속은 하지 않는다. 과도한 기대를 갖게 하지 않는다. 그 두 가지를 엄수해 왔기에 지금까지 고객의 신뢰를 얻을 수 있었다. 이번에도 그것을 굽힐 생각은 없었다.

그나저나 계획이 어긋났다. 오늘 방문은 미유키를 만나 이야기를 듣는 게 목적이었는데, 본인이 문을 걸어 잠그고 나오지 않는 이상 방법이 없다.

이제 어떻게 하나 궁리하는데 가슴 주머니에 든 휴대전화가 울렸다. 발신자 표시를 보니 등록되지 않은 번호였다.

"여보세요."

"미코시바 씨인가? 나야, 다카미네."

후쿠오카의 전 반상회장 얼굴이 바로 떠올랐다.

"지난번에 아키코의 생사여탈을 내가 쥐고 있다고 말했지?"

"그랬죠."

"그런 협박이나 다름없는 말로 살날이 얼마 남지 않은 이 늙은이를 제 손발처럼 부릴 수 있을 거라고 생각했나?"

"물론입니다. 그런 성품이 아니면 직함뿐이고 얻는 게 얼마 없는 반상회장 같은 일을 하겠습니까?"

"남을 꿰뚫어 보는 듯한 소리를 하는군. 그럼 내가 전화를 건 이유도 알 테지."

"나쁜 소식이면 이렇게 질질 끌지 않겠죠."

"흥! 재미없긴. 좋아, 말해 주지. 좋은 소식이네. 댁이 찾고 있던 미조하타 선생님 소식을 알아냈네."

"정말입니까?"

"거짓말을 해서 무슨 득이 있겠나. 안심하라고. 미조하타 선생님은 지금도 정정하시네. 아키코도 똑똑히 기억하시더군."

4

죄인의 비밀

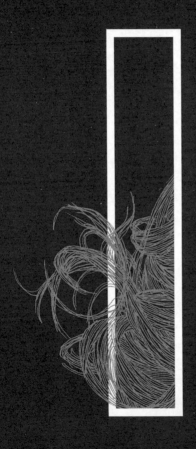

1

컴퓨터로 '미코시바 레이지'를 검색하자 일변련 홈페이지가 맨 위에 떴다.

그곳에 변호사 정보 검색 페이지가 있어서 미코시바의 이름이 키워드로 연결된 모양이다. 성별, 변호사 등록 번호, 소속 변호사회, 사무소 이름, 사무소 소재지와 연락처. 그 밖에는 아무것도 기재돼 있지 않았다.

혀를 찼다. 변호사회에서 처분을 받은 전력, 약력, 맡은 과거 사건과 전적, 인터넷상의 소문. 그런 필요한 정보는 없었다. 게다가 미코시바 법률사무소는 홈페이지가 따로 없고 미코시바 본인도 블로그나 트위터 같은 것을 하지 않는 모양이라, 그쪽으로도 정보를 얻을 수 없었다.

대체 그 변호사는 어떤 인물인가. 다시금 그런 생각이 들었다. 요새는 업무 확대로 경쟁이 치열한지 차내 광고에조차 변호사나 법무사의 광고가 수두룩하다. 신경 좀 쓴다 하는 사무소라면 대개 홈페이지를 개설한다. 그렇건만 미코시바는 그런 영업 마인드는 눈곱만큼도 없는 듯했다.

우수한 변호사는 입소문으로 고객이 모이는 데다 기업의 고문을 맡기 때문에 광고를 할 필요가 없다고 들은 적이 있다. 실적을 쌓아 신뢰할 수 있는 성실한 변호사라는 인상을 준다고 할까.

그러나 미코시바에게서 받는 인상은 그와 정반대였다. 경험은 쌓았겠지만 위험한 경험이다. 빈틈없어 보이는 눈은 경계심을 불러일으킬지언정 신뢰감을 주지는 않는다. 성실하다기보다 다른 사람의 의표를 찌르는 책략가라는 인상이 더 강하다.

어째서 그런 사람이 이 사건에 끼어들었을까. 왜 엉터리 전임 변호사로 그냥 갈 수 없었나. 덕분에 이쪽은 의심에 가득 차서 그 남자에게 한 말을 나중에 전전긍긍하며 확인해야 하는 신세다.

전부 재판이 계속되는 탓이다. 본인이 자백했으면 얼른

재판을 끝내면 되건만 어째서 이렇게 시간이 걸리는 건가. 덕분에 그날 이래로 성적 충동을 발산하지 못하고 있다.

그녀는 아직 자신의 성적 매력을 깨닫지 못했다. 매력을 이끌어 낼 사람이 필요하다. 그녀의 질은 아주 맛이 좋다. 지금까지 여러 여자를 상대했지만 그중에서도 1, 2위를 다툴 것이다. 처음 교합했을 때는 여기가 무릉도원인가 싶었을 정도다. 그 뒤 밀회가 몇 안 되는 즐거움 중 하나가 됐다.

처음에는 저항했지만 금세 고분고분해졌다. 당연하다. 자신에게는 오랜 세월 길러 온 테크닉이 있다. 그녀를 농락하는 것쯤은 식은 죽 먹기였다.

아아, 그렇건만 상대가 성벽 안에서 나오지 않는 한 자신은 손도 댈 수 없다.

모쪼록 귀찮은 일이 모두 해결되고 평온한 나날이 돌아와야 할 텐데. 일단은 미코시바의 수완을 지켜보자.

미코시바는 마치 예리한 칼 같다. 이쪽을 향하면 위험하기 그지없지만, 곁에서 구경하기에는 꽤 흥분되는 싸움을 보여 주니 좋다.

최종 변론 기일까지 이제 사흘.

그때까지 그녀의 점막이 주는 감촉을 되새기며 즐기자.

후쿠오카 시 사와라 구 이쿠라.

이 일대는 초등학교 넷, 중학교와 고등학교가 각각 하나, 그리고 4년제와 전문대 합해서 네 개의 대학이 다닥다닥 붙어 있는 학원 도시다. 그리고 초등학교가 많은 것을 반영하는지 신구 주택 단지가 남북으로 넓게 펼쳐져 있다.

지하철 나나쿠마 선 가나야마 역에서 내린 미코시바는 바로 택시를 잡아타고 다카미네 노인이 가르쳐 준 주소를 말했다. 운전사는 무선으로 본부와 연락을 주고받은 뒤 차를 출발시켰다. 보아하니 기본요금 거리인 듯했다.

실제로 약 5분 만에 목적지에 도착했다.

"찾으시는 주소는 이 댁이군요."

택시에서 내리자 눈앞에 2층 목조 주택이 있었다. 몇 번에 걸쳐 증개축을 반복했는지 곳에 따라 벽의 색조가 달랐다.

초인종을 누르고 이름을 대자 현관문이 열렸다. 정수리가 훤히 벗어진 노인이 나타났다. 마음씨 좋은 노인네 같은 인상이 흰 양복을 입혀 프라이드치킨 가게 앞에 세워 놓으면 어울릴 것 같지만, 자세히 관찰하면 노인 특유의 교활함도 엿보였다.

"미코시바 씨인가. 먼 길을 오느라 고생 많았네. 내가 미조하타 쇼노스케라네. 다카미네 씨한테서 이야기는 들었어. 자, 들어오지."

미조하타를 따라 집 안으로 들어갔다. 뒤를 따라가며 보니, 역시 나이 탓에 걸음이 불편했다. 좁은 보폭으로 한 발짝, 한 발짝 착지를 확인하듯 하며 나아갔다.

그러자 자신의 생각을 읽은 것처럼 미조하타가 돌아봤다.

"걸음이 느려서 미안하군. 의사가 제 건강은 돌보지 않는다던데, 어쨌거나 치매보다야 훨씬 낫지."

정말 그럴까. 사지의 쇠약과 관까지 남은 거리를 하루하루 실감하는 것과, 이미 자신이 누구인지조차 인식할 수 없는 것, 둘 중 어느 쪽이 행복하다고 할 수 있을까.

"아들 부부는 맞벌이라 둘 다 없어. 집에 나밖에 없으니까 편하게 이야기할 수 있을 테지."

"부인은 안 계십니까?"

"아내는 5년 전에 갔네."

"괜한 걸 여쭤서 죄송합니다."

"상관없어. 서류 수속이나 숫자에 자신 없는 사람이었으니까 내가 먼저 죽었으면 유산이니 장례니 고생깨나 했을 테지. 내가 나중 순서가 돼서 다행이야."

이윽고 들어간 방은 미조하타의 방인 듯했다. 벽 한 면에 짜 넣은 책꽂이 앞에 환자용 침대가 놓여 있었다.

방에 들어선 순간 파스와 부엽토가 뒤섞인 듯한 냄새가 코를 찔렀다.

"서재에 다소 안 어울리는 침구다 싶지? 하지만 다리가 불편한 사람한테는 이게 아주 편리하거든. 어차피 언젠가 거동을 못 할 걸 생각하면 지금부터 익숙해지는 게 좋지."

그렇게 말하며 미조하타는 응접세트 의자에 앉았다. 가죽 의자에 의젓하게 앉은 모습은 나이가 들어 초라한 느낌이 전혀 없이 정정해 보였다.

"그나저나 후쿠오카까지 잘 왔네. 변호사란 직업도 여간 힘든 게 아니로군. 의뢰인을 위해서라면 밤낮이고 거리고 가리지 않고 여기저기 뛰어다니다니. 그 점은 의사와 마찬가지인가."

"병원을 하셨을 때 그 지역에 의사가 미조하타 씨뿐이셨다죠?"

"그래. 우리 말고는 치과의사밖에 없었어. 덕분에 조그만 개인 병원인데도 소아과, 내과, 비뇨기과까지 진료 과목이 꼭 종합병원 같았지."

"병원이 꽤 번창하셨겠습니다."

"우후후후. 의사나 변호사가 번창하는 세상은 좀 어떤가 싶긴 하네만. 어쨌거나 당시엔 참 바빴군. 휴일은 수요일 하루였지만 그래도 급한 환자가 있으면 진찰해야 하니까 결국 월화수목금금금, 편하게 하루를 쉴 수 있었던 날이 글쎄, 1년에 과연 며칠이나 있었으려나."

그렇다면 환자도 상당히 많았을 게 틀림없다. 그런 상황에서 과연 한 환자에 관해 얼마만큼 기억하고 있을까.

"아, 바쁘긴 했어도 환자는 그 지역 사람뿐이었으니까, 전원까지는 아니라도 인상에 남는 환자는 대부분 기억하네."

미조하타가 생각을 읽은 것처럼 말했다.

"폐업하고 이미 꽤 지났지만, 의료에 몸담았던 삼십수 년은 내 재산이야. 지금은 은거하는 몸이지만, 당시 진찰했던 환자들을 하루 종일 회상하는 게 유일한 오락이지. 물론 상세한 병력이나 약제 투여량까지 말하기는 무리네만…… 그렇지만 그 애에 관해선 똑똑히 기억해."

아아, 저 피로에 찌든 주부도 미조하타에게는 지금도 '그애'구나, 하고 묘한 부분에서 납득했다.

"병원에 오래 다녔습니까?"

"처음 온 게 다섯 살인가 여섯 살 때였지. 유행성 감기가 도졌던가. 나이에 비해 참을성이 많은 애라 주사를 놔도 눈에 그렁그렁한 눈물을 꾹 참더군. 이유를 물었더니 자기는 언니니까 안 운다나. 그렇게 고집을 피우는 게 얼마나 귀엽던지."

"하지만 유행성 감기에 걸린 아이는 그 밖에도 많았을 텐데요."

"아키코의 인상이 강하게 남았던 건 그 뒤 몹시 비참한 사건이 그 애 가정을 덮쳤기 때문이네."

미조하타의 얼굴에 문득 그늘이 드리웠다.

"아홉 살이었으니까 그 애가 초등학교 3, 4학년 됐을 때로군. 어느 날 그 애 여동생이 죽었어. 아주 예뻐 했던 동생이라 그 애의 충격과 비탄은 이루 말할 수 없었지. 실제로 어린 정신력으로는 사실을 받아들일 수 없었는지, 사건 직후에 기억 장애가 나타났어."

"소위 외상 후 스트레스 장애PTSD입니까?"

"그래. 미코시바 씨, PTSD에 대해 잘 아시나?"

"아닙니다. 그냥 얻어들은 정도니까 문외한이라 생각하고 말씀해 주시죠."

"과도한 체벌이나 학대, 그 밖의 일로 본인이 마음에 씻을 수 없는 상처를 입으면 정신이 패닉을 일으키게 되네. 그럼 뇌는 작용의 일부를 마비시켜서 패닉을 회피하려고 하지.

그 애의 경우는 그게 사건 이전의 일 일체에 관한 기억 장애였어."

미조하타는 나쁜 생각을 떨치듯 머리를 흔들었다.

"패닉을 회피하는 것 자체는 나쁜 일이 아니야. 하지만 일부라 해도 정신 기능이 마비된 상태가 계속되면, 심신 양면으로 이상 신호가 발신되네. 그 결과, 복통이나 두통 같은 신체적 영향, 악몽, 플래시백 같은 정신적 영향을 일으키지. 물론 인격 형성에도 지장을 일으킬 수 있고. 심료내과 분야라 아는 대학 병원 의사한테도 지원을 부탁했네만, 의사 둘의 지혜를 합해도 근본적인 해결법은 찾을 수 없었어."

"치료법은 없었습니까?"

"본래 PTSD엔 약물 요법과 디브리핑이란 정신 요법이 있다네. 디브리핑이란 건 말하자면 계기가 된 사건을 재구성해서 감정을 발산시키는 치료법이지. 하지만 아직 어렸던 아키코에게 약물을 투여하면 부작용을 일으킬 우려가 있었어. 또 당시는 마침 디브리핑의 효과에 회의적인 논문이 잇따라 발표되던 때라, 우리는 그쪽 치료법에 대해서도 망설였네. 강제적인 상담 치료는 되레 심리적 고통을 환기시킨다는 보고 사례도 있었고 말이지. 결국 자연 치유에 맡기는 수밖에 없었어."

말 구석구석에서 원통함이 느껴졌다. 미조하타가 아키코를 기억하는 것은 그녀의 인상보다 완치하지 못했다는 회한 때문이라고도 볼 수 있었다.

"사건 전 기억 일체를 잃어버렸다는 건⋯⋯."

"아니, 정확히 말하자면 죽은 동생에 관한 기억 전부야. 부모님에 관한 기억은 멀쩡하게 있는데, 동생의 존재와 같이 있었다는 사실을 기억에서 말소한 거네."

"지금도 그런 기억상실 상태가 계속되고 있을까요?"

"그건 모르지. 일가가 고베로 이사했기 때문에 그 뒤로 어떻게 됐는지는 알 길이 전혀 없었네. 시간의 경과와 더불어 완화됐길 바랐네만⋯⋯."

"일가가 이사한 이유는 뭡니까?"

"악의야." 미조하타는 맛없는 것을 혀에 얹은 표정이었다. "세상 사람들은 때로 터무니없을 만큼 잔인하다네. 피해를 당한 사람, 약한 처지에 있는 사람에게 아무렇지도 않게 돌을 던지거든. 정신적으로 막다른 곳에 몰렸거나 욕망이 채워지지 않은 자는 종종 도당을 이루고 싶어 하게 마련이야. 동지를 만들어서 위로하고 위로받길 원하기 때문이지. 하지만 도당도 못 이루는 이는 자기보다 더 약한 사람을 찾아내서 괴롭히고 싶어 하거든. 자기가 제일 밑바닥에 있지 않다는 걸 확인하고 안심하고 싶은 거겠지. 그래도 비겁한 인간이란 사실엔 변함이 없네만. 그런 비겁한 인간들이 그 일가한테 한 행위는 도저히 용서받을 수 있는 게 아니었어. 그집 어머니에게서 이야기를 들었을 땐 나도 노여움에 이성을 잃을 뻔했지. 속이 메스꺼워지는 이야기인데 그래도 듣겠나?"

"그런 종류의 이야기엔 익숙합니다."

"칠일재가 끝나고 나서 집에 전화가 걸려 오기 시작했다더군. 전화를 받으면 아무 말도 안 하고 끊는가 하면, 부모한테도 딸을 방치한 책임이 있다느니, 그렇게 동정을 사서 기쁘냐느니, 그렇게 비방 중상을 퍼붓는 자도 있었어. 현관문에 컬러 스프레이로 '피해자 행세 좀 그만해라'라고 낙서한 자까지 있었고."

이야기를 들으며 미코시바는 적당히 맞장구를 치는 수밖에 없었다. 성선설을 믿는 사람은 눈살을 찌푸리겠지만 공교롭게도 세상은 악의와 비정함으로 가득 차 있다. 과거에 미코시바가 바로 그랬다. 미조하타가 목격한 악의 따위는 연못에 빠진 개에게 돌을 던지는 정도의 지극히 평범한 것에 불과하다.

"불행에 빠진 사람은 부정不淨하다고 생각하기라도 하는

건지. 악의는 아키코 개인도 덮쳤네. 학교 끝나고 오는 길에 동생이 죽은 건 네 탓이라고 놀린 바보가 있었던 모양이더군. 그 애가 PTSD를 발병한 것도 그런 외부 요인에서 유발됐을 가능성이 높아."

"혹시 그래서 이사한 겁니까?"

"그 집에 그냥 있었다면 아키코는 물론 부모님 정신 상태까지도 위험했을지 몰라. 아버지는 세상 사람들의 까닭 없는 악의에 진 것 같아서 분하다고 했지만, 의사 입장에선 전지요양이라는 의미로 반대할 이유가 없었네⋯⋯. 그런데 미코시바 씨. 당신은 아키코의 과거를 조사하는 모양이던데, 그럼 가족분들에 대해서도 알겠군. 부모님은 건재하신지?"

"어머니는 지금도 그때 이사한 고베에 살고 있습니다. 아버지는 한신 아와지 대지진으로 세상을 떠났고요."

미조하타는 아아, 하고 탄식하더니 말을 잇지 못했다.

한동안 천장을 올려다보다가 미코시바에게로 시선을 되돌렸다. 두 눈이 조금 젖어 있었다.

"불행은 특정한 사람에게만 따라다니는 건지⋯⋯. 아키코는 고베에서 행복했나?"

"본인에게선 들은 적이 없습니다. 저를 충분히 신뢰하지 않는지 속마음을 전부 이야기해 주지 않는군요."

"그건 십중팔구 방어 본능 때문일 거야. 고통스러운 일에 계속 시달리면 대다수 사람은 속에 틀어박히려고 하니까. 이사를 반대하진 않았지만, 주치의로서 고베에 있는 의사에게 소개장이라도 썼어야 했는지도 모르지."

계속 마음에는 두었지만 이사를 가고 나면 자신은 어쩔 수 없다. 은근히 변명처럼 들리기도 하는 발언이었는데, 그것도 다음 말에 파묻혀 버렸다.

"내가 마음에 걸렸던 건 또 다른 증상 쪽이었다네."

"또 다른 증상이라니요?"

"사건이 일어난 건 아키코가 2차 성징 때였던가. 어쨌거나 사건이 어린 소녀의 정신에 미친 영향은 PTSD만이 아니었어. 아니, 보기 나름으로는 기억 장애보다 그쪽이 더 고약하다고도 할 수 있지."

그리고 미조하타는 어떤 신경증의 명칭을 말했다.

"치료법은 있습니까?"

"항우울제를 쓰는 요법이 있네만, 증상이 완화되는 건 약효가 사라지기 전까지라서. 항우울제의 부작용도 무시할 수 없고. 결국 본인이 이겨 내는 게 제일이네만……."

"진찰 시에 판명된 증상을 상세하게 설명해 주실 수 있습니까?"

그렇게 묻자 미조하타는 장난스레 웃었다.

"실은 기록이 남아 있다네."

"네?"

"당신한테 자세하게 이야기할 수 있었던 것도 사전에 당시 진료 기록부를 다시 읽어 봤기 때문이야. 보존 기간인 5년을 지난 것부터 차례대로 대부분의 진료 기록부를 소각했네만, 기억에 남거나 생각하는 바가 있는 병례에 관한 건 남겨 놨거든. 뭐, 현역 시절의 기념이란 의미였는데, 설마 이런 형태로 쓸모가 있을 줄이야."

됐다.

미코시바는 속으로 회심의 미소를 지었다.

"미조하타 선생님, 부탁드릴 게 있습니다."

"뭔가?"

"이번엔 선생님께서 도쿄로 와 주실 수 없겠습니까?"

"……이런 늙은 몸뚱이를 끌고 말인가?"

"의뢰인을 구할 수 있는 건 선생님뿐입니다."

그러자 미조하타는 입꼬리를 쓱 올렸다.

"하여간 교활한 변호사 선생이로군. 늙은이를 움직이는 방법을 얄미울 정도로 잘 아는데. 전에 그런 말 들은 적 없나?"

"그런 뜻으로 드린 말씀은……."

"뭐, 됐네. 충동질에 넘어가 보는 것도 재미지. 하지만 그게 다가 아니야. 아키코를 구하는 데 이 늙은이가 기여할 수 있다면 시베리아 법원이라도 마다 않겠네."

후쿠오카에서 비행기를 타고 돌아온 미코시바는 사무실에 들르지 않고 바로 가야바 정으로 직행했다.

주오 구 니혼바시 가야바 정. 증권사들로 붐비는 거리도 후장後場이 지나자 썰물 빠지듯 조용해졌다. 미코시바가 가려는 곳은 도쿄 모기지가 있는 건물이었다.

2가 신오하시 거리에서 하나 뒷길로 들어서니 찾던 건물이 보였다. 이 일대에는 증권사는 물론 증권 담보 융자 상품을 취급하는 금융 회사들이 늘어서 있다. 거품 경제 시기에는 그야말로 우후죽순처럼 생겼는데 지금은 통폐합을 거쳐 많이 줄었다.

안내 데스크에 신원을 밝히자 여자 사원이 순간 불쾌한 듯 눈을 가늘게 떴다. 금융 회사 직원에게서는 드문 반응이 아니다. 빌린 돈을 갚을 수 없게 된 고객은 대개 변호사에게 도움을 구하는지라 자연히 변호사는 업자의 천적이 된다. 하지만 미코시바는 그런 거부 반응에 일일이 성을 낼 만큼 신경이 섬세하지는 않았다.

응접실로 이어지는 복도는 세련된 인테리어로 꾸며져 있었지만, 벽에는 불순물로만 보이는 포스터가 붙어 있었다.

'당신을 하이 스테이지로 초대합니다'

'상급 클래스의 자산 운용'

'자산이 다섯 배로! / 신용과 실적 / 도쿄 모기지의 증권 투자 대출'

담보 대출이면 아오야기의 증언대로 계좌당 평균 대출 금액은 수천만 엔 단위다. 당연히 고객은 고소득자가 높은 비율을 차지한다. 품위 있는 인테리어는 그 점을 적잖이 의식했을 것이다.

하지만 다루는 액수가 크고 또 고객층이 고급이라고 해서 업무 실태가 고급이라는 법은 없다.

전에 미코시바가 변호를 맡았던 거물 투자가에게서 흥미로운 이야기를 들은 적이 있다. 현재 많은 투자가가 하는 주식 매매는 본래 의미에서의 투자가 아니라는 것이다.

원래 투자는 회사의 장래성에 주목해 자신의 자본으로 회사의 성장을 촉진하는 것이다. 그렇기에 주식의 매각익은 그 과정에서 얻는 심부름값 같은 것에 불과하다. 그런데 현재의 개인 투자가 중 다수는 단기로 주식을 사들여 차익을 거두려고 한다. 요는 단순한 주사위 놀음이며, 그런 것은 투자가 아니라 투기다.

확실히 도박으로 본다면 이런 증권 담보 금융업자가 존재하는 이유도 수긍이 간다. 자산 운용이라고 하면 말은 그럴싸하지만, 결국은 자금이 부족한 고객에게 돈을 융통해 주는 노름판 주인과 마찬가지다. 그것을 허식으로 덮으려고 들다 보니 공연히 더 수상쩍어 보인다.

응접실에서 5분을 기다리자 아오야기가 나타났다. 의아한 표정은 역시 방문 이유를 짐작할 수 없기 때문일 것이다. 뜻밖에 증언대에서 봤을 때보다 인상이 소박했다.

"아, 쓰다 씨 부인의 변호를 맡았던 선생님이시죠? ……대체 무슨 일로 오셨는지?"

"피해자 쓰다 신고 씨의 차입 상황에 관해 한 번 더 확인하고 싶은 게 있습니다."

"그때 대부 잔액과 구입 증권의 담보 가치, 또 부동산 담보 가치를 증언했는데요. 쓰다 씨의 차입 상황에 관해서라면 그걸로 충분하지 않습니까?"

"법정에서 증언했던 액수들이 있죠. 그건 언제를 확정일로 잡은 숫자였습니까?"

그렇게 묻자 아오야기는 의외라는 표정을 지었다.

"자산가의 유산 싸움 같은 사건도 다뤄서 말입니다. 주식의 실세 가격을 어느 종가로 확정하느냐 하는 정도의 지식은 있습니다. 당신이 법정에서 증언한 건 십중팔구 쓰다 씨 댁을 마지막으로 찾아가기 전날의 종가였겠죠?"

"……맞습니다."

"실은 사건 발생 당시의 주가 차트를 입수해 봤습니다."

미코시바는 가방에서 소책자를 꺼냈다. 띠지를 붙인 페이지를 펴자 닛케이 평균 주가의 동향을 월별로 표시한 차트가 나타났다.

"여기엔 신고 씨가 살해된 날까지 대략 반년간의 시세 변동이 기재돼 있습니다. 이 시기엔 일본의 무역 적자가 과거 기록을 경신한 데다 일은의 단기 관측이 그다지 좋지 못한 탓도 있어서, 닛케이 평균 지수는 다소 오르내리긴 했지만 하락 일로를 걸었습니다. 불안한 전망에 가진 주식을 전부 처분한 투자가도 많아서 그게 주가 하락에 박차를 가했습니다. 신고 씨의 보유 주식이 전부 지정 종목이지야 않았겠지만, 장기에 걸친 큰 폭의 하락 기조 속에서 신고 씨의 주식만 안정적이었다고 생각하긴 어렵죠. 아니, 데이트레이더를 자처했지만 실제로는 아마추어나 다름없었던 신고 씨라면 하락률은 평균 주가보다 더 컸을 가능성이 높습니다. 다시 말해 지난 반년 사이에 신고 씨가 보유한 증권의 담보 가치가 상상 이상으로 하락했다면, 당신의 증언에 맞지 않는 부분이 생긴다는 뜻입니다."

"맞지 않는 부분이라니요?"

"당신 증언에 따르면, 2008년 9월의 리먼 사태 이래로 신고 씨의 보유 주식은 줄줄이 하락해서 부동산을 담보로 잡고도 추증이 필요해졌다. 그래서 담당자인 당신은 매일처럼 본인과 접촉하려고 시도했지만 한 번도 만나지 못했다……. 그렇죠?"

"네? 아, 네. 거기 어디에 맞지 않는 부분이 있다는 겁니까?"

"부동산도 다소 가격 변동이 있습니다만, 실세 가격이 크게 움직이는 건 공시 지가가 현저하게 변화했을 경우나 근처 물건이 종래와 차이가 크게 나는 가격으로 계약됐을 때 정도입니다. 명색이 세타가야인데 지가가 반년이나 1년 사이에 크게 하락했을 것 같지는 않죠. 하지만 주식은 다릅니다. 나흘 연속으로 하한가를 치면 반토막이 나는 주식도 있단 말이죠."

"당신은 대체 무슨……."

"이 차트를 보면 사건이 발생하기 몇 달 전 주가가 내내 하락하고 있습니다. 담보를 늘리거나 융자 잔액을 줄이지 않는 한 채권 보전은 위기 상황을 맞이했을 겁니다. 당신은 법정에서 증권이 묶여 있던 상태라 쉽게 매각할 수 없었다고 증언했지만, 그건 채권 관리 수법으로는 이상하단 말이죠. 정말로 위기 상황에 처했을 경우, 고객에게 추증을 재촉하는 의미도 포함해서 먼저 하락률이 가장 낮은 종목을 매각하는 게 업자의 상투 수단이기 때문입니다."

"고객분한테 무단으로 말입니까? 아니, 그런 일은……."

"본래 고객 명의 주권을 제삼자가 처분하는 건 불가능합니다만, 고객의 서명, 날인이 든 서류만 있으면 어느 정도 융통성이 있는 증권사에 미리 이야기를 해 놓을 경우 매각이 가능합니다. 보유 주식이 묶여 있는 고객은 반쯤은 자포자기한 사람이 많기 때문에 한 종목 파는 정도로는 꼼짝도 하지 않지만, 부동산이 담보로 잡혀 있다면 이야기는 별개입니다. 다음엔 부동산 매각에 착수하지 않을까 하고 공황 상태에 빠져서 친척 친지 다 동원해서 돈을 마련하려고 하거든요. 생활 거점을 빼앗기는 건 자존심이 센 고객한테 엄청난 공포니까요."

미코시바는 대답할 틈을 주지 않고 말을 이었다. 마치 증인을 몰아붙이는 것 같은 입심에 아오야기는 눈도 깜박이지 못했다.

"……이 업계에 빠삭하시군요."

"하지만 그런데도 당신은 신고 씨의 주식을 매각하지 않았다고 말했습니다. 그럼 담보율이 하락했던 시기에 신고 씨가 어떤 조처를 취했다고 생각하는 게 당연하죠."

"저한테 원하시는 게 뭡니까?"

"사건 발생 시부터 거슬러 올라가서 1년간의 거래 내역을 보고 싶습니다."

"미코시바 선생님, 그건 안 됩니다. 경찰에선 정식 절차를 밟아서 거래 내역을 조회했지만, 선생님은 부인의 대리인이긴 해도 쓰다 씨 대리인이 아니잖습니까. 채무 상환을 전제로 한 것도 아니고요. 말하자면 완전한 제삼자 입장입니다. 게다가 경찰도 아니니까 수사권도 없죠. 그런 분한테 거래 내용을 보여드릴 수 없다는 것쯤은 선생님도 아실 텐데요."

"물론 알고 드리는 말씀입니다. 다만 신고 씨는 이미 사망했으니 적어도 개인 정보 보호법의 대상에선 제외되죠."

"이것도 공자 앞에서 문자 쓰는 격이겠습니다만, 담보 융자는 사람보다 물건에 적용됩니다. 쓰다 씨가 돌아가셨어도 아직 융자가 남아 있고 담보 물건이 남아 있는 채권에 관한 건 저희 회사 기밀 정보란 말입니다. 그걸 왜 제삼자한테……."

아오야기가 그렇게 항변하자 미코시바는 갑자기 입매를

누그러뜨리며 공략 방법을 바꾸었다.

"타고난 악인은 없습니다. 누구나 자비도 정의감도 가진 착한 사람들이죠. 당신처럼."

"……네?"

"하지만 조직 속에 있으면 인간은 여러 가지에 불감증이 생깁니다. 회사의 이익, 상사의 지시가 절대적으로 우선되고, 개인의 신조나 정의는 억압됩니다. 그래도 일부 사람은 자기만의 정의를 가슴에 지니고 있습니다."

"선생님, 갑자기 어떻게 된 겁니까? 엄청 열정적인 말씀을 하시는군요."

"아오야기 씨, 출정에 익숙하신 것 같더군요."

"네, 뭐, 소송도 담당하니까요."

"회사를 대표해서 법정에 서는 거니까 사적인 감정을 드러낼 순 없습니다. 그래도 정이 얽히면 인간성이 엿보이죠. 지난번 법정에서 당신이 그랬던 것처럼."

"그, 그건 선생님이 유도 신문처럼 묻는 바람에……."

"유도된 건 아오야기 씨가 원래부터 그런 감정을 갖고 있었기 때문입니다. 무능한 남자 때문에 주눅 들어 살아야 하는 가족. 특히 빚 독촉에 대한 방패로 이용된 딸은 정말 가엾었죠. 그리고 지금 그 자매는 아버지뿐 아니라 어머니까지 빼앗길지 모릅니다."

"······그렇습니까."

"그렇지만 내 변호가 성공하면 기간을 꽤 많이 단축할 수 있습니다. 하지만 그러려면 당신의 협조가 필요합니다. 도쿄 모기지의 사원이 아니라 아오야기 도시히코란 한 개인의 협조가 말이죠."

미코시바는 말을 멈추고 상대방의 반응을 살폈다. 근본이 착한 사람인지 아오야기는 공과 사 사이에서 갈등하는 듯 보였다.

"쓰다 씨의 거래 내역을 보여 드리는 게 그렇게 유효합니까?"

"당신이 상상하는 이상으로 그렇습니다. 그리고 이건 당신한테만 부탁할 수 있는 일인 겁니다."

"선생님은 인사치레로 하는 말도 잘하시는군요."

"당신 같은 사람한테 인사치레가 통할 거라고 생각할 만큼 세상물정을 모르진 않습니다. 그리고 전 부탁할 만한 사람한테만 부탁하죠."

아오야기는 뭔가를 견디듯 입 속으로 욱 하고 짧게 신음했다.

"잠깐 기다리세요."

그렇게 말하더니 느닷없이 일어나 방에서 나갔다.

틀렸나. 불안감이 들기 시작했을 때 아오야기가 돌아왔다. 클리어파일을 들고 있었다. 방에 들어오자 이번에는 안에서 문을 잠갔다.

"선생님, 비밀 유지 의무는 지킬 수 있으십니까?"

"변호사의 최소 조건입니다."

"이게 절 통해 새어 나갔다는 게 알려지면 징계 대상입니다."

클리어파일에서 꺼낸 것은 A4 크기의 종이 몇 장.

"실은 지난번 공판이 끝난 뒤로 미코시바 선생님에 관해 좀 조사해 봤습니다."

"저를요?"

"깨끗한 고객보다 그렇지 않은 고객이 더 많습니다. 지나친 변호 비용과 규격을 벗어난 법정 투쟁으로 변호사회에서 이단시되고 있죠. 그런 분을 어떻게 신뢰하란 겁니까?"

"깨끗하지 않은 의뢰인이 더 많은 건 사실입니다. 그런 의뢰인에 대해 비밀 유지 의무를 준수하지 않았다면 전 이미 오래전에 어느 바다에서 고기밥이 됐을 겁니다."

그 말을 듣자 아오야기는 체념한 듯 종이를 내밀었다.

"복사는 못 하니까 이 자리에서 확인해 주세요."

갑자기 목소리를 낮춘 아오야기에게 미코시바는 목례로 답했다.

오른쪽 구석에 일련번호와 쓰다 신고의 이름이 있었다. 세로축에 날짜, 가로축에는 입금액, 담보 총액, 추가 담보액, 융자 잔액, 그리고 보전율이 나열돼 있었다. 다시 말해 현금의 흐름뿐 아니라 추증의 유무, 그리고 담보 평가액이 융자 잔액보다 얼마만큼 낮아졌는지 한눈에 파악할 수 있게 정리돼 있었다.

손가락으로 훑으면서 보니 시장의 악화와 더불어 담보 총액과 보전율이 하락한 것을 알 수 있었다.

"융자 잔액이 늘지 않았는데 보전율이 한 달 사이에 10퍼센트 이상 하락했군요."

"매달 한 번 하는 입금이 이자만인 데다 쓰다 씨가 보유한 주식이 투기주가 많았기 때문입니다."

투기주에 관해서는 미코시바도 알고 있었다. 자금을 가진 그룹이 의도적으로 주가를 조작해서 상한가를 치면 바로 팔고 빠져나오는 게 투기주다. 원래는 싼 주식이다 보니 투기주 그룹이 빠지면 하락률도 높아진다.

"무작정 큰손들만 따라 사고팔았군요."

"네. 거래 총액 차트에서 길고 하얀 양초를 찍습니다. 둘째 날도 셋째 날도 양초가 긴 주식을 인터넷에 도는 출처가 수상한 소문만 믿고 사들입니다. 산 뒤로도 주가가 자꾸자

꾸 오르니까 자기는 주식의 천재가 아닐까 생각하죠. 그런데 일단 하락하기 시작하면 어느 지점에서 팔아야 할지 알수 없어요. 가격 지정을 해 놨어도 하락 속도를 따라잡지 못합니다. 눈 깜짝할 새에 샀을 때 가치 밑으로 떨어지지만 손절매를 할 용기는 없거든요. 이윽고 완전히 매도 시기를 놓쳐서, 불쌍한 투기주는 묶이게 되는 식이죠."

"왜 주의를 주지 않은 겁니까? 업계 분이면 그런 정보는 잘 아실 텐데요."

"종목에 관해서 지시하는 건 사내 규정으로 금지되거든요. 그렇게 해서 고객이 돈을 벌면 이익 공여가 되고, 손해를 보면 허위 정보를 줬다고 소송을 걸 위험이 있으니까요."

맞는 말이기에 미코시바도 그 이상 추궁하지 않았다. 투기주에 손을 대서 상승할 때는 자신의 재능 덕이라고 큰소리치다가 하락하기 시작한 순간 어쩔 줄 몰라 하는 모습은, 요조에게서 들은 신고의 인물상과 완벽하게 부합했다.

점차 입금액 난에 공백이 눈에 띄기 시작했다. 슬슬 매달 이자를 내는 것도 힘들어지기 시작한 것이다.

뒤로 더 가서 미코시바는 비로소 상상했던 것과 일치하는 기재를 발견했다. 사건이 일어나기 두 달 전부터 한 달에 두 번꼴로 담보 가치로 8만 엔 정도 추증이 있었다.

"현금 환산으로 합해서 40만 엔의 추증이 있었군요. 그런데 보전율은 거의 달라지지 않았습니다."

"담보 가치가 추증보다 더 빠른 속도로 낮아졌으니까요. 실제로 이런 소액 추증이 제일 성가십니다."

"성가시다니요?"

"보전율이 단번에 개선될 만한 거액 입금이나 추증이 아닙니다. 그렇다고 완전히 나 몰라라 하는 건 아니고 일정 정도의 보전은 있단 말이죠. 상환 의사가 있는 것처럼 보이니까 이쪽도 일방적으로 구입주를 매각하는 걸 주저하게 됩니다…… 뭐, 그렇게 반복하는 사이에 점점 불량 채권이 되지만요. 무의미한 자비심을 발휘하는 저희도 일부 책임은 있죠."

"하지만 증권은 80퍼센트 정도밖에 쳐 주지 않을 텐데요. 그럼 증권을 내놓느니 현금을 입금하는 편이 보전율이 개선되지 않겠습니까?"

"그게 또 가난해지면 둔해진다는 말 있잖습니까. 현금이면 액면만큼의 가치밖에 없지만, 주식으로 넣으면 공세에 나설 기회가 찾아왔을 때 상승효과를 기대할 수 있다고 생각하는 겁니다. 궁지에 몰리면 정상적인 판단을 못 하게 되는 거죠."

언 발에 오줌 누기 같은 추증과 채권자의 무의미한 동정. 그게 불량 채권을 낳는다면 그저 아이러니할 뿐이다. 시대를 불문하고 어중간한 선의만큼 난감한 게 없다.

"협조에 감사드립니다."

"네? 벌써 된 겁니까?"

"덕분에 변호의 가닥이 잡혔습니다."

이튿날 미코시바는 요조의 집으로 찾아갔다.

"아, 미코시바 선생님이다!"

니쁜 예감일수록 대개 들어맞는다. 아니나 다를까 린코가 나왔다. 미코시바가 현관으로 다가가자 강아지처럼 발치를 맴돌았다.

"선생님, 선생님, 규슈에 갔었다면서요? 엄마가 태어난 집, 아직 있어요?"

"집은 이제 없더라."

그러자 린코는 김샌다는 듯 입술을 삐죽 내밀었다.

"쳇, 아직 있으면 가 보려고 했는데."

가지 마라. 목에서 나오려는 말을 가까스로 삼켰다.

"재판이 끝나고…… 엄마가 돌아오면 데려가 달라고 해. 집은 없어도 엄마를 아는 사람은 남아 있으니까."

"네."

어떤 판결이 내려질지는 알 수 없다. 아키코가 언제 출소
할 수 있을지도 모른다. 하지만 설사 어머니가 돌아오지 않
더라도 린코는 언젠가 그곳에 갈 게 틀림없다. 지난 며칠 사
이에 린코의 성격은 파악했다. 언젠가 자신의 가족을 덮친
불행의 근원을 이해하기 위해 혼자서라도 후쿠오카로 갈
것이다. 그리고 새로운 슬픔과 새로운 노여움을 느끼게 될
것이다.

미코시바가 그것을 막을 권리는 없다.

"선생님, 늘 수고 많으십니다."

현관으로 나온 요조는 좀 더 심각해 보였다.

"후쿠오카 출장은 잘 끝나셨습니까?"

"아니, 오늘은 그걸 보고드리러 온 게 아닙니다. 마지막으
로 한 번 더 확인하고 싶은 게 있어서 말이죠."

미코시바의 어조에서 뭔가를 감지했는지 요조는 린코에
게 다른 방에 가 있으라고 일렀다.

"들으나 마나 린코 앞에선 말씀하시기 거북한 일일 테죠."

"고맙습니다."

거실로 들어가 요조와 마주 보고 앉았다. 어쩐지 요조의
얼굴에서 초조함이 엿보이는 듯했다. 미코시바의 출장 중에

도 이 남자 나름대로 걱정했을 게 틀림없다.

"먼 데까지 출장을 가신 소득은 있었습니까?"

"완전히 헛걸음은 아니었습니다. 후쿠오카에서 아키코 씨의 어린 시절을 아는 인물을 만날 수 있어서 다행이었죠."

"아키코 씨의 어린 시절……. 그런 게 변호에 도움이 됩니까?"

"어렸을 때부터 현재에 이르기까지 어떤 식으로 인격이 형성됐는가. 그게 정상참작의 재료가 될 때가 많습니다."

"아키코 씨를 며느리로 들인 지 꽤 됐지만 어렸을 때 이야기는 못 들어 봤군요."

"그건 쓰다 씨 댁만 그런 게 아닙니다. 모두가 어린 시절에 순탄하게 자란 게 아니죠. 개중엔 감추고 싶은 과거를 가진 사람도 있을 겁니다."

"하지만 결과적으로 변호에 유익하다는 말씀이죠?"

"유익하도록 해야죠. 다만 역시 신고 씨의 인상을 악화시키는 결과가 될지도 모릅니다."

"그건 처음에도 말씀드렸다시피 이미 어쩔 수 없는 일입니다."

"실례되는 말씀이지만 아키코 씨와 신고 씨는 부부이면서 무척 대조적인 사람이란 생각이 듭니다."

"무슨 뜻이신지?"

"아키코 씨는 고베에서 상고를 졸업하고 바로 도쿄에 있는 회계 사무소에 취직했습니다. 듣자 하니 동기 중에서 도쿄로 간 사람은 아키코 씨 하나뿐이라더군요."

"아아, 그때부터 자립심이 있었군요."

"아니, 꼭 자립심이란 법은 없습니다. 새로운 유대를 원했다고 볼 수도 있죠."

"새로운 유대?"

"부모 밑에서는 보호를 받는 입장일 수밖에 없습니다. 하지만 집을 나와 신천지에서 생활하면 언젠가 자신이 지켜줘야 할 사람이 나타날지도 모르거든요. 그리고 아키코 씨는 신고 씨를 만나 지켜야 할 가정을 손에 넣었습니다."

"아닌 게 아니라 아키코 씨한테 두 딸은 지켜야 할 대상입니다. 하지만 그건 다소 회의적인 관점이 아니신지?"

"아니, 법정에서 보인 태도, 접견할 때 주고받은 말을 생각하면 꼭 틀린 말은 아닐 겁니다. 게다가 신고 씨와의 관계도 있습니다."

"아키코 씨하고 대조적인 인간이라고 하셨죠."

"신고 씨는 회사원 시절부터 어렴풋이 야심을 갖고 있었습니다. 그게 회사에서 명예퇴직을 선고받으면서 안 좋은 방향으로 나타났습니다. 자신이 대표이사가 되는 사업 계획을 세워 보지만 기획서 단계에서 좌절하더니, 회사의 꿈은 미련 없이 버리고 데이트레이딩으로 일확천금을 노렸습니다. 원래 사업을 시작하건 데이트레이딩을 하건 간에 준비 기간이든 연수 기간을 가져야 하는데, 그것도 하지 않고 그저 자기 재능만을 믿었던 구석이 있습니다."

"……타인한테서 대놓고 지적을 받으니 거부감이 느껴지긴 합니다만 맞는 말입니다."

"그런데 데이트레이딩으로 얻는 이익이 신통치 않자 증권 투자 대출에 손을 대서 상처를 악화시켰습니다. 그런데도 투자가 실패한 걸 전부 시장 상황 탓으로 돌리고 자기는 아무런 조치도 취하지 않았습니다. 급기야 집으로 빚 독촉이 오는 상황이 되니까 자기는 모른 척하고 딸을 내보냈습니다. 일일이 예를 들면 끝이 없습니다만, 요는 타인에게 의존하는 경향이 현저하다는 겁니다."

요조는 반박하지 않고 입을 다물었다. 미코시바의 말이 모조리 사실이다 보니 반론의 여지가 없었다.

"'공의존'이란 말을 아십니까?"

"아뇨."

"가령 간병을 받는 사람과 하는 사람이 있으면, 간병을 받는 쪽은 당연히 해 주는 사람에게 의존하지만 하는 쪽도 간

병에서 자기 가치를 발견해서 서로가 서로에게 의존하는 관계를 말합니다. 신고 씨와 아키코 씨의 관계에서 다소 그런 게 느껴지는군요."

"자기 껍데기에 들어앉아서 가정을 돌보지 않았던 신고와 가족을 지키는 데서 의의를 찾아냈던 아키코 씨란 말입니까. 뭐, 아키코 씨는 그렇다 치고 신고가 가족이나 타인한테 의존했다는 건 실제로 그랬으니 참 찔리는 이야기입니다. 선생님 말씀을 빌려서 그런 인격으로 성장하게 만든 게 내 부덕의 소치라고 하신다면 뭐라 드릴 말씀도 없군요."

"그건 꼭 어린 시절에만 그랬다는 법은 없죠."

"……무슨 말씀이신지?"

"실은 어제 신고 씨가 주식을 구입했던 증권 투자 대출의 거래 내역을 확인했습니다."

"거래 내역? 하지만 채무 상황은 지난번 법정에서 아오야기란 사원이 증언한 게 아니었습니까?"

"그 증언으로는 단순히 신고 씨의 무책임한 면이 드러났을 뿐입니다만, 거래 내역을 상세히 살펴보다 보면 신고 씨의 무책임한 면에 박차를 가한 요인이 있었다는 걸 알 수 있습니다."

미코시바는 사건 발생 두 달 전부터 현금 환산으로 10만

엔 정도의 추증이 네 차례 있었다는 것을 설명했다.

"당시 신고 씨는 은행 예금의 대부분을 이자를 갚는 데 써 버린 데다 수입도 없었습니다. 그럼 이 40만 엔은 어디서 났나. 신고 씨에게 은행 예금 외에 별다른 재산이 있었을 것 같진 않죠. 생활비를 마련하느라 애쓰던 아키코 씨도 그런 여유는 전혀 없습니다. 그럼 맨 먼저 생각할 수 있는 가능성은 제삼자에 의한 자금 제공입니다. 요조 씨, 혹시 요조 씨 아니었습니까?"

미코시바가 말을 멈추자, 요조는 살짝 고개를 떨구며 나지막이 신음했다.

"맞습니다, 선생님. 내가 그 변변치 않은 녀석한테 돈을 줬습니다."

"왜 말씀 안 하셨습니까."

"망신스러웠기 때문입니다. 신고도, 그리고 나 자신도."

어딘지 모르게 자조 어린 말투였다.

"마흔 살이 넘었어도 아들은 아들입니다. 일흔 살이 넘었어도 부모는 부모고 말이죠. 바보에 신통치 않은 데다 생활 능력도 없지만 그래도 벼랑 끝에 섰으면 어떻게든 해 주고 싶어지는 법입니다. 이것도 아까 선생님이 말씀하신 공의존이란 걸까요?"

"그렇게는 말 않겠습니다만, 어중간한 동정은 해결을 늦출 뿐입니다."

"어중간한 동정이라. 얼마 없는 연금을 턴 거라 출혈이 꽤 컸습니다만."

"실례했습니다. 하지만 신고 씨의 부채 총액으로 보면 언 발에 오줌 누기죠."

"여전히 참 기탄없이 말씀하시는군요."

"또 실례했습니다. 하지만 만약 요조 씨가 그때 신고 씨를 도와주지 않았으면 도쿄 모기지도 더는 못 기다리겠다고 담보 증권을 처분했을 겁니다. 그러나 부동산은 그렇게 바로 매각할 수 있는 게 아니니까 일가도 당장 집에서 쫓겨나진 않았을 테죠. 결과적으로 막대한 빚이 아직 남아 있지만, 본인한테 자금 능력이 없는 한 채권자도 달리 방법이 없거든요. 상황에 따라선 신고 씨가 개인 회생을 신청할 수도 있었습니다. 개인 회생이면 적어도 부동산만은 처분하지 않아도 되죠."

"그건 나도 생각했습니다."

"민생위원은 빚 문제로 상담을 받는 일도 많다고 하니까 당연하겠죠. 그럼 왜 그걸 신고 씨한테 권하지 않으신 겁니까?"

"그 애가…… 신고가 파산이니 개인 회생은 패배자의 낙인이라면서 들으려고 하지 않았습니다."

다시 말해 어리석은 아들의 허영심에 부모가 맞춰 주었다는 뜻이다. 분명 아키코도 요조와 같은 제안을 하고, 같은 말로 거부당했을 것이다. 결국 아키코도, 요조도 신고가 하겠다는 대로 따라 사태를 악화시켰을 뿐이 아닌가.

"작은놈 다카히로가 멀쩡한 만큼 신고가 그렇게 모자라 보일 수 없었습니다. 하지만 그런 자식일수록 매정하게 뿌리치기가 쉽지 않아요. 선생님은 이런 기분, 이해하지 못하실 겁니다."

"네, 전혀 모르겠습니다."

비아냥거리는 것도 질책하는 것도 아니다.

그런 말을 하는 부모는 많다. 하지만 사실은 뿌리치는 게 어려운 게 아니라 뿌리침으로써 자식과 거리가 생길까 봐 두려운 것뿐이다.

요조는 허파 깊숙한 곳에서 쥐어짜듯 한숨을 쉬었다.

"선생님이 지금 무슨 생각을 하시는지 잘 압니다. 어리석은 부모란 소리를 들어도, 약해 빠졌다고 욕을 먹어도 상관없어요. 하지만 난 최소한 아키코 씨와 손녀들한테 평온한 생활을 되찾아주고 싶습니다. 그것만은 믿어 주십시오."

깊이 수그린 머리를 미코시바는 그저 잠자코 내려다봤다.

"사실은…… 선생님께 한 가지 더 털어놔야 할 게 있습니다."

"뭡니까?"

"내일 최종 변론, 이번엔 검찰 측 증인으로 출정해 달라는 요청을 받았습니다."

"증언 내용은요?

"신고에 대한 금전적 원조에 관해서라고 하더군요."

미코시바는 흥 하고 콧바람을 불었다. 자신이 알아차렸으면 미사키도 바로 알아차렸을 게 틀림없다. 십중팔구 신고의 무능력함을 보완하는 재료로 이용해 아키코의 살의를 강조하려는 의도일 것이다.

"선생님, 검사가 물으면 난 뭐라고 대답해야 합니까?"

"솔직하게 대답하세요. 미사키 검사를 상대로 묘한 거짓말을 했다간 되레 긁어 부스럼이 될 겁니다. 그럼 전 이만."

자리에서 일어난 미코시바에게 요조가 매달리는 듯한 시선을 던졌다.

"승산은…… 있습니까?"

"승산이 많고 적고로 일을 하진 않습니다."

요조를 거실에 남겨 두고 현관으로 나오자 린코가 기다리고 있었다.

"또 뭐 할 말이 있냐?"

그렇게 묻자 린코는 여느 때답지 않게 눈을 돌렸다.

"내일이죠……."

"너도 오려고? 미안하지만 네가 와 봤자 성가실 뿐이다만."

"린코는 밖에서 기다릴 거예요. 내일은 할머니도 올 거고."

"할머니?"

"엄마의 엄마요."

친척 일동이 모두 모이는 건가. 하지만 이번 사안은 피해
자도 가해자도 가족이기 때문에 어떤 결과로 끝나든 누구
하나 쾌재를 부를 사람은 없을 것이다.

그래, 미코시바를 제외하면 아무도.

2

항소심 최종 공판.

개정 5분 전, 미코시바는 엘리베이터에서 내려 822호 법
정으로 향했다. 도중에 대합실에 흘깃 시선을 던지자 린코
가 보였지만, 일부러 빠른 걸음으로 지나쳤다. 린코는 미코
시바를 알아차리지 못한 듯했다.

법정에는 미사키 검사와 방청인이 이미 착석해 있었다.
오늘 미사키는 먼젓번 두 번에 비해 표정이 다소 온화했다.

미코시바를 잠깐 봤지만 바로 시선을 돌렸다. 불안을 감추는 게 아니다. 최종 변론도 검찰 측에 유리한 상황으로 끝날 것이라 생각하기 때문일 것이다. 지하 식당에서 마지막으로 해 준 경고를 별로 귀담아 듣지 않은 모양이다.

뭐, 상관없다. 적은 미사키가 아니다.

방청석 뒤쪽 구석에 법정에 어울리지 않는 사람이 있었다. 흰머리를 단정하게 가다듬은 갸름한 얼굴의 노부인. 개정을 기다리듯 고개를 숙이고 조용히 앉아 있다. 아마 그녀가 아키코의 어머니일 것이다.

교도관을 따라 아키코가 들어왔다. 이전과 마찬가지로 힘없는 걸음걸이였다. 감형을 바라면서도 가능성은 낮다고 단정하는 것 같다.

생각해 보면 이 생기 없는 얼굴 뒤에 감춰진 과거를 알기 위해 멀리 걸음을 한 것이었다. 우연히 찾아낸 일루의 희망을 잡을 생각이었는데, 결과적으로 이 여자가 뭘 잃었고 뭘 지키려고 했는지 확인하는 작업이 됐다.

문득 생각했다.

잃은 것 대신 다른 뭔가를 지키려고 하는 것은 자신도 마찬가지다. 자신이 아키코를 변호하는 의식 밑에서는 그런 마음이 작용하는지도 모른다.

여느 때처럼 법정은 엄숙한 고요에 휩싸여 있었다. 방청석에서는 이따금 낮게 소곤거리는 목소리도 들려왔지만 금세 정적에 파묻혔다.

이윽고 세 재판관이 출정했다. 법정에 있는 모든 이가 기립했다.

라스트 파이트.

미코시바는 마음속에서 공이 울리는 소리를 들었다.

재판장석에 앉은 산조는 변함없이 온화한 얼굴이었다. 그 얼굴 그대로 폐정을 선언할 것인가, 아니면 언짢은 표정으로 바뀔 것인가. 모든 것은 미코시바의 변론에 달렸다.

"그럼 개정하겠습니다. 지난번에 변호인 측에서 새로운 증거를 제출하겠다고 했는데…… 변호인, 이번에도 사전 제출은 없었던 것 같군요."

"죄송합니다. 작성하는 데 시간이 걸려서 그만. 법정에서 제시할 생각이었습니다."

"그럼 이번에 검찰 측에서 사전에 새로운 증인을 신청했습니다만, 그쪽을 먼저 해도 되겠습니까?"

"네."

"그럼 검찰 측 증인을."

법정 경위의 안내로 증언대에 선 것은 예상대로 요조였

다. 미사키가 기침을 한 번 하고 나서 일어섰다.

"증인, 이름과 직업을 말씀해 주세요."

"쓰다 요조. 지역 민생위원입니다."

"지난번 변론에서도 증언대에 섰던 피해자 쓰다 신고 씨의 아버지시죠?"

"그렇습니다."

"먼저 앞에 있는 을 23호 증, 도쿄 모기지에서 제출한 피해자 명의의 채권 관리표를 보십시오. 주목할 점은 사건 발생 2개월 전, 3월 8일부터 이어지는 기재입니다."

미사키가 지정한 을 23호 증이란 지난번 아오야기가 보여 준 자료와 동일했다.

"3월 8일과 18일, 4월 11일과 28일, 각각 세키와 세라믹스 주식이 1천 주씩 추증으로 들어왔습니다. 세키와 세라믹스는 저가주로, 당시 저가는 100엔 전후. 즉 수수료를 포함해 시가로 1회당 10만 엔 정도의 추증이었다는 뜻입니다."

미코시바는 종목의 개요를 이미 파악하고 있었다.

세키와 세라믹스는 잇따른 불상사로 가격은 하락했지만 도쿄 증시 1부 상장회사다. 업적 회복을 비롯해 다른 호재료가 있으면 급등할 가능성도 있기 때문에 사행심이 강한 신고가 택할 법한 종목이었다.

"증인에게 묻겠습니다. 당시 피해자는 수입이 없었으니 새로운 주식을 자비로 구입할 수 있었다 보기는 어렵습니다. 이 네 번에 걸친 추증에 관해 자금을 제공한 사람은 증인입니까?"

"지적하신 날짜를 전후해서 본인에게 현금을 준 적은 있습니다만."

"재판장님." 미코시바는 즉각 이의를 제기했다. "검찰은 오도를 유도하고 있습니다. 증인이 마련해 준 금전이 어떤 용도로 쓰였는지는 사망한 피해자만 알 수 있는 일입니다."

미사키는 이의를 제기할 것은 미리 계산에 들어 있었다는 식으로 말을 이었다.

"방 안에만 틀어박혀 있던 피해자에게 10만 엔 단위 돈의 사용처는 한정됩니다. 또 사용처에 관해 별도의 증언도 준비했습니다."

"계속하세요."

"그럼 다시 증인에게 묻겠습니다. 증인은 피해자에게 네 번에 걸쳐 자금을 제공했다고 했는데, 그건 증인이 자발적으로 한 일입니까?"

"아뇨, 그건……." 요조는 갑자기 어물거렸다. "모자란 자식입니다만 거기까지 자세히 밝히는 건 봐주실 수 없겠습니까."

미코시바는 요조다운 말이라고 생각했다. 하지만 결국은 미사키의 말을 인정한 것이나 다름없다. 미사키도 만족스레 고개를 끄덕였다.

"그럼 다른 질문을 하죠. 현금을 직접 줬습니까?"

"아뇨. 신고 명의의 계좌로 입금했습니다."

"왜 일부러 그런 번거로운 일을 한 겁니까? 가까이 살면 직접 주는 편이 간편할 텐데요."

"증권사와의 거래는 은행 계좌를 통하기 때문에 아예 입금해 주는 편이 수고를 덜 수 있다고 했습니다."

"증권사. 다시 말해 피해자는 증인이 마련해 준 돈을 주식 구입에 쓰겠다고 그 시점에 고백한 셈이군요."

"그렇습니다."

"증인은 어째서 그 말을 듣고도 돈을 준 겁니까? 도둑에게 돈 주는 일이라고까진 않겠습니다만, 그야말로 그냥 길바닥에 버리는 것 같은 일 아닙니까."

"신고가 그 돈이 없으면 집을 잃게 된다고 했습니다. 저도 신고가 미웠던 건 아니지만 그보다 며느리와 손녀들이 가엾어서 견딜 수 없었던 겁니다."

그래, 잘 한다. 미코시바는 상황을 지켜보며 생각했다. 미사키의 의도와는 달리 요조의 증언은 피해자의 심증을 악화시키는 방향으로 작용하고 있었다.

그러나 미사키는 민첩하게 대처했다.

"그 애들 사는 곳이 남의 손에 넘어가게 됐다는 말을 들으면 부모로서……."

"아, 증인, 그만 됐습니다. 사정은 잘 알았습니다. 질문은 이상입니다."

미사키는 아직 할 말이 더 있는 듯한 요조의 말을 끊고 산조를 돌아봤다.

"방금 질문과 관련해서 피고인의 증언을 신청합니다."

"하시죠."

"피고인에게 묻겠습니다. 방금 증언에 나온, 피해자에 대한 자금 제공을 피고인은 알고 있었습니까?"

아키코는 머리를 수그린 채 대답하지 않았다. 흡사 혼이 빠져나가고 남은 빈껍데기처럼 보였다.

"피고인?"

"……알고 있었습니다."

몹시 쉰 목소리였다.

"어떻게 알았죠?"

"통장을 봤더니 시아버지 명의로 입금된 게 있어서…….

공과금이 인출됐는지 확인하려고 정기적으로 모든 통장을 정리했거든요."

"그렇군요. 그럼 입금된 돈이 어디로 갔는지도 통장에 기재돼 있었습니까?"

"네. 입금된 다음 날 증권사로 거의 전액이 입금됐어요. 남편 명의 계좌라서 그것도 남편이 한 일이란 걸 알 수 있었습니다."

아까 미사키가 말한 다른 증언이 바로 이것이었다. 주부라면 은행 계좌의 흐름을 파악하고 있어도 이상할 것 없다고 말할 수 있다. 그리고 아키코가 돈의 흐름을 파악하고 있었다면 그다음 전개는 상상하기 어렵지 않았다.

"피고인은 요조 씨의 송금에 관해 요조 씨 본인 또는 피해자에게 물었습니까?"

"시아버지께 여쭤봤어요. 남편이 꼭 필요하다고 해서 보냈다고 하셨어요."

"그 말을 듣고 피고인은 피해자에 대해 어떻게 생각했습니까?"

그만두라고 소리칠 뻔했지만 어쨌거나 이미 늦었다.

"남편이 미웠습니다."

결정적인 한마디였다.

조금은 생각해서 증언해 달라고. 미코시바는 자신의 적을 착각할 것 같았다. 지금까지 벌써 여러 번, 신고에 대한 살의를 암시하는 듯한 증언은 하지 말라고 주의를 줬건만 저 모양이다.

아니, 여기서는 아키코의 약한 자제심을 책하기보다 미사키의 교활함을 칭송해야 할 것이다. 처음에 자금 제공에 관해 요조에게 증언을 시킨 탓에 아키코는 죄책감과 수치심을 느꼈을 게 틀림없다. 미사키는 그것을 이용해서 자제심을 흔들어 놓은 것이다.

그리고 미코시바라면 반드시 뒤에 이어서 했을 말을 미사키도 했다.

"왜 미웠죠?"

"살림이 어려웠다는 건 남편도 알고 있었을 거예요. 살림을 돕기 위해서 시아버지에게 손을 벌렸다면 부끄럽고 죄송하지만 하는 수 없다고 생각할 수 있었어요. 그런데 그 돈을 자기 도락에 쓰다니……."

빚을 갚는다고 하지 않고 도락이라고 표현한 데서 아키코의 심정이 드러났다. 그것도 미사키가 유도한 결과다.

인간이 감추고 있는 어둠과 추악함을 잘 알지 못하면 떠올리기 힘든 수법이다. 지금까지 미사키가 피의자를 상대로 어떤 심리전을 펼쳐 왔는지 훤히 보이는 것 같았다.

"다시 말해서 그런 상황이 됐는데도 가정을 돌보지 않는 피해자에게 극심한 미움을 느꼈다, 그런 의미죠?"

미사키는 굳히기에 들어갔다.

"재판장님, 방금 질문은 유도입니다. 증언 중에 피고인은 단 한 번도 감정의 정도를 진술하지 않았습니다."

"인정합니다. 검사는 피고인의 증언을 인용할 때 정확하게 해 주세요."

미사키는 산조를 향해 고개를 숙였지만 형식적인 것임은 명백했다. 산조도 미코시바가 항의할 것을 알면서 미사키의 발언을 제지하려 하지 않았다. 모든 게 검찰 측의 전면 승소 방향으로 가고 있었다.

"그럼 질문을 바꾸겠습니다. 지난번 증언에서 증인은 금융업자의 거듭되는 독촉을 받고 결과적으로 노여움을 느꼈다고 했습니다. 그리고 지금 또 시아버지가 기껏 마련해 준 돈을 자신의 도락에 쓴 피해자가 미웠다고 했죠. 노여움과 미움. 그런 감정이 평소에 이미 만성화돼 있었던 게 아닙니까? 특히 사건이 발생한 직전이라든지."

"……잘 모르겠어요."

"모르겠다? 자기가 느낀 감정인데요."

"말다툼을 한 날까지 일주일은 둘이 말도 거의 안 했고, 남편 일보다 딸들의 생활을 꾸리는 것만 해도 벅차서……. 그때그때는 몰라도 딸들의 장래를 걱정하는 마음이 더 컸어요."

"질문을 마치겠습니다."

잘했다.

미사키의 언짢은 얼굴을 본 순간, 미코시바는 아키코를 조금 칭찬해 주고 싶어졌다. 산조의 눈에 어떻게 비쳤는지와는 별개로 최악의 인상을 주는 사태만은 면했다. 게다가 공세에 나설 실마리까지 준비해 줬다.

"재판장님, 반대 신문을 허락해 주십시오."

"하시죠."

미코시바는 천천히 일어섰다. 이게 공세를 알리는 봉화다.

"먼저 미리 재판장님께 양해를 구해야 할 일이 있습니다."

갑작스런 말에 산조는 의아스레 눈을 가늘게 떴다.

"구두 변론의 준비 단계에서 피고인과 변호인은 변호 방침 등을 조정하는 것과 더불어 증언 내용을 확인할 때가 있습니다. 그런데 그때 피고인이 잘못된 인식을 갖고 있다면 변호인에게도 잘못된 인식이 전달될 수 있습니다. 동의하십니까?"

"생각할 수 없는 사례는 아니겠죠."

"그 경우, 다시 말해 잘못된 인식에 입각한 것이라면, 앞서 기록된 증언 내용도 기억 착오로 취급해 주셨으면 합니다."

"기억 착오라는 게 명백하다면 인정하죠."

"감사합니다."

미코시바는 다시 아키코를 향해 돌아섰다. 아키코는 방금 오간 말을 이해하지 못해 망설이는 듯했다.

"그럼 피고인. 아까 검찰 측 질문에 '말다툼을 한 날까지 일주일은 둘이 말도 거의 안 했다'고 증언했는데, 그 점은 틀림없습니까?"

"틀림없어요."

"정말입니까?"

"네."

"말도 안 했다면 당연히 그동안 성관계도 없었겠군요."

법정 내 분위기가 순간 경직됐다. 산조와 미사키는 의표를 찔린 것처럼 눈을 깜박였고, 아키코는 우두커니 서 있었다.

"피고인, 대답해 주세요. 그 일주일 동안 성관계는 없었죠?"

"저, 그게 무슨 관계가 있는 거죠?"

"피고인은 질문에 대답만 해 주세요. 자, 있었습니까, 아니면 없었습니까?"

"어, 없었어요."

다그치듯 묻자 아키코가 얼떨결에 대답했다. 미코시바는 다시 산조를 향해 돌아섰다.

"들으신 대로입니다, 재판장님."

"뭐가 말입니까?"

"기억을 떠올려 주십시오. 제1회 공판에서 변호인이 피고인에게 처음 한 질문은, 사건이 발생한 시기에 피해자와의 사이에 부부관계를 계속했느냐 하는 것이었습니다."

"그······그랬죠."

"피해자와 피고인은 합의에 의해 부부관계를 계속했으며 그건 부부 간에 관계 회복을 시도하는 분위기가 있었기 때문이라고 저는 주장했습니다. 하지만 그렇게 되면 방금 들으신 증언과의 사이에 불일치가 발생합니다. 변호인도 피고인과 협의하는 가운데 그 사항에 관해 기억 착오가 있었습니다. 이 자리에서 수정하겠습니다. 사건 발생 일주일 전부터 피해자와 피고인 간에 성관계는 존재하지 않았습니다. 따라서 전전회에 피고인이 발언한 내용은 기억 착오였다고 생각할 수 있습니다."

법정에 더더욱 곤혹스러운 분위기가 퍼졌다.

"변호인, 난 변호인이 주장하는 바의 진의를 모르겠군요."

"갑 7호 증의 셋째 장을 봐 주십시오. 제1회 구두 변론에서도 말씀드렸지만 부엌 쓰레기통에 버려져 있던 것들 중에 피임도구 포장이 있었죠. 하지만 이 쓰레기들은 모두 사건 발생 사흘 전부터 버려진 것입니다. 그렇다면 피고인의 증언에 다시금 비춰 볼 때, 피고인이 이 피임도구를 사용했다고는 생각할 수 없습니다."

미코시바는 피고인석을 돌아봤다.

아키코는 동요한 기색이 역력했다. 아니, 동요한 사람은 아키코만이 아니었다. 산조도 미사키도 별안간 따귀를 맞은 것 같은 얼굴로 미코시바를 응시하고 있었다.

"갑 7호 증에는 또 한 가지 납득하기 힘든 게 있습니다. 그건 포장만 남아 있고 정작 사용한 피임도구는 어디에도 존재하지 않는다는 점입니다. 사건 발생 직후 달려온 세타가야 경찰서의 감식계가 피해자의 방뿐 아니라 온 집 안의 잔류물을 채취했는데도, 문서에 피임도구에 대한 기재가 일절 없습니다. 기재가 없다는 건 실제로 존재하지 않았음을 의미합니다. 나아가 유의해야 할 점은, 제1회 공판에서 포장의 존재가 언급됐을 때 피고인이 그에 대해 이의를 제기하지 않았다는 사실입니다. 기록을 살펴보니 하급심에서도 그랬습니다. 피고인은 일관되게 피임도구 포장의 존재를 알면서 내용물에 대해선 한마디도 하지 않은 겁니다. 그리고 덧붙이자면 포장이 부엌 쓰레기통에 버려져 있었다는 것 자체가 부자연스럽기 그지없습니다."

미사키가 못 참겠다는 듯 입을 열었다.

"그건 무슨 의미입니까?"

"두 번의 공판에서 나온 증언을 떠올려 주십시오. 심리되고 있는 죄상은 그렇다 치고, 피고인은 어머니로서 가정교육을 소홀히 하지 않았습니다. 가정교육을 확실하게 시키는 어머니가 딸들이 빈번하게 드나드는 부엌에 피임도구 포장을 버릴까요? 아니죠, 있을 수 없는 일입니다. 보통 그런 물건은 침실에서 사용하고 침실에서 처분할 겁니다. 또 침실에서 처분한 걸 일부러 부엌으로 들고 나올 이유도 생각나지 않죠. 이건 피고인이 피임도구를 사용한 게 아니라는 걸 뜻합니다. 바꿔 말하면……."

미코시바는 또다시 말을 끊었다. 분위기가 읽혔다. 아직 아무도 미코시바가 지적하려는 바를 알아차리지 못했다.

"피고인은 가정 내에서 자기가 아닌 다른 사람이 성관계를 가진 사실을 알면서 그걸 줄곧 은폐했던 겁니다."

아키코는 창백한 얼굴로 어깨를 바들바들 떨고 있었다.

얼마 동안 침묵이 흐른 뒤 미사키가 문득 생각난 것처럼 입을 열었다.

"변호인, 설마 그게 진짜 범행 동기란 말입니까?"

"진짜 범행 동기?"

"가족 중에서 남자는 남편인 피해자뿐입니다. 피고인은 남편의 부정을 의심해서⋯⋯."

"검사, 그에 관해서는 조금 더 기다려 주시죠. 이 뒤에 있을 증언과 관계되는 일이라서 말입니다. 재판장님, 변호인의 반대 신문을 마칩니다."

미코시바가 돌아서자 등 뒤에서 아키코가 말했다.

"저, 저기."

"제 반대 신문은 끝났습니다, 피고인."

미코시바는 떼치듯 말했다. 여기서 아키코의 서툰 변명을 듣고 나서 깨부수는 방법도 있지만 흐름을 정체시키고 싶지 않았다. 발언이 막힌 아키코는 증언대에 우두커니 서 있었다.

"재판장님, 약속드렸던 새 증거 말씀입니다만 먼저 증인을 부르고 싶습니다."

"좋습니다."

"증인, 부탁드립니다."

미코시바의 신호에 법정 경위가 그 인물을 법정에 들여

놓았다. 모습을 드러낸 사람은 미조하타 노인이었다.

미조하타는 선서를 한 직후에 앉아 산조를 올려다봤다.

"재판장."

"네."

'님' 자를 붙이지 않았지만 미조하타는 산조보다 훨씬 고령이거니와, 어딘지 모르게 표연한 분위기가 상대방의 경계심을 없애 주었다.

"법정에서 진실을 말한다면 물론 기립해야겠네만, 보시다시피 하체가 약해서 말이네. 미안하지만 앉아서 해도 되겠나?"

"상관없습니다. 편한 자세로 계시죠."

어쩐지 산조도 다소 위축된 듯 보였다. 이것도 심리적으로는 유리한 요인이라 할 수 있을 것이다. 미코시바는 미조하타가 자리를 잡기를 기다려 목례를 주고받았다.

"그럼 증인, 이름과 직업을 말씀해 주세요."

"미조하타 쇼노스케, 현재는 은거하는 몸입니다."

"이전의 직업은 뭡니까?"

"후쿠오카 시내에서 동네 병원을 했습니다."

"진료를 보신 기간은 어느 정도 됩니까?"

"황태자가 탄생하신 쇼와 35년(1960년)부터 헤이세이 3년

(1991년)까지였으니까 대략 30년 정도 됩니까."

"30년. 상당히 오랜 기간이군요. 꽤나 지역과 밀착된 진료
체제셨겠습니다."

"맞습니다. 당시는 의사의 절대 수가 아직 많지 않을 때
라, 개업하면 지역 주민 전원의 주치의가 된 것이나 다름없
었죠."

"환자 한 사람, 한 사람에게 깊이 관여한다는 말씀이군
요?"

"그보다 관여하지 않을 수 없었습니다. 지역이 같으니까
심야나 휴일에도 급한 환자가 생기면 반드시 받았습니다.
거동을 못 하는 환자에게는 왕진을 갔고요. 진료 기록부는
작성하지만 그러다 보면 환자의 증상이 자연히 머리에 들
어오죠."

"그렇군요. 그럼 환자 얼굴도 많이 기억하시겠습니다."

"최근 지기보다 과거에 진찰한 환자가 더 잘 기억납니다."

"그럼 이 법정 안에 이전 환자가 있습니까?"

"있습니다."

"그 인물을 가리켜 주시죠."

미조하타는 상체를 왼쪽으로 비틀어 아키코를 가리켰다.

아키코는 몸을 움츠리고 꼼짝도 못 했다. 무척 뜻밖인 듯

한 표정인 것을 보면 미조하타의 얼굴을 깨끗이 잊어버렸던 모양이다.

산조와 미사키는 마술을 구경하는 관람객처럼 그저 상황을 지켜보는 수밖에 없었다.

"그런데 증인, 증인의 전문 분야는 뭐였습니까?"

"분야가 따로 없는 동네 의사였으니까 치과와 산부인과를 제외하고 뭐든 다 봤습니다만, 전문은 심료내과였습니다."

"심료내과를 간단히 설명해 주시겠습니까."

"대략적으로 말하자면 심신증이 주된 대상인 의료 분야입니다."

"심신증요?"

"일본 심신 의학회의 정의로는, 신체 질환 중에서 증상의 발현과 경과에 심리사회적 인자가 밀접하게 관여하며 기질적 내지 기능적 장애가 보이는 병태를 말합니다."

"그중에 신경증도 포함됩니까?"

"신경증이나 울증은 엄밀히 말하면 심신증에 포함되지 않습니다만, 저 개인은 과거에 신경증 환자를 진찰한 적이 여러 번 있습니다."

"그럼 증인이 진찰한 신경증 환자가 이 법정 안에 있습니까? 있으면 그 인물을 가리켜 주시죠."

"저 사람입니다."

미조하타는 또다시 아키코를 가리켰다.

"말도 안 돼."

아키코가 떨리는 목소리로 말했다.

"당신이 내 의사 선생님이셨다니."

미조하타는 옛날을 그리워하듯 웃음을 지었다.

"벌써 26년 전 일이니 말이다. 게다가 당시 넌 기억 장애
가 있었으니까 치료 시의 기억에 혼란이 있었어도 이상할
것 없지."

"잠깐만요."

미사키가 허둥지둥 손을 들었다.

"증인, 증인이 그때 피고인의 주치의였다는 증거는 있습
니까?"

"대단히 흥미로운 증상이었기 때문에 폐업할 때도 아키
코 씨의 진료 기록부는 폐기하지 않고 남겼습니다. 사전에
변호인에게 넘겼는데요."

"피고인의 진료 기록부는 제가 갖고 있습니다."

미코시바는 서류를 든 손을 높이 쳐들었다.

"설명이 늦어졌습니다, 재판장님. 피고인의 과거 진료 기
록부를 변 18호 증으로 제출합니다."

미코시바의 말과 더불어 법정 경위가 산조와 미사키에게 변 18호 증을 나눠 주었다. 거의 상습화된 사전 제출을 변론 직전까지 늦춘 데에는 미코시바 나름의 의도가 있었다.

"증인, 진료 기록부를 작성한 장본인으로서 내용을 설명해 주시겠습니까?"

"환자는 PTSD를 앓고 있었습니다."

나이는 들었지만 미조하타의 목소리는 굵어 법정 내에 낭랑하게 울려 퍼졌다.

"아홉 살 되던 해 여름에 환자의 여동생이 죽었습니다. 아주 예뻐했던 동생인 데다 아홉 살이란 어린 정신력으로는 그 사실을 도저히 받아들일 수 없었겠죠. PTSD는 말하자면 자기를 방어하는 본능입니다. 정신이 패닉을 일으킬 것 같을 때 뇌는 기능의 일부를 차단해서 그걸 막으려고 하죠. 환자의 경우는 동생이 존재했던 기억 자체의 말소였습니다."

미조하타는 미코시바에게 이야기한 내용을 다시 한 번 되풀이했다.

가장 놀란 표정으로 듣고 있는 사람은 당사자인 아키코였다.

"환자의 연령을 고려하면 약물요법을 쓰기도 망설여졌습니다. 강제적으로 기억을 끌어내는 일은 위험하기 때문에 부모님에게도 죽은 동생에 관해선 입을 다무는 게 좋겠다고 제안했습니다. 그 뒤는 자연 치유에 맡기는 수밖에 없었는데…… 치료 도중에 일가가 고베로 이사하는 바람에 그 뒤 경과를 모른 채로 현재에 이릅니다."

"치료를 도중에 중단해야 해서 꽤나 아쉬우셨겠습니다."

"네. 전 시간이 걸려도 좋으니까 본인이 자발적으로 자기 자신을 직시할 수 있도록 유도할 생각이었습니다. 그리고 환자는 성가신 증상이 또 하나 나타나 있었기 때문에, 그쪽 치료도 우려되는 사항이었습니다."

"어린 시절의 피고인에게 또 다른 증상이 있었다고요. 그건 어떤 종류의 병이었습니까?"

"강박 신경증의 일종인데 원인은 명백했습니다. 동생의 죽음이란 강렬한 충격이 환자에게 심적 외상을 입힌 겁니다."

"그 강박 신경증은 자연 치유가 가능한 종류입니까?"

"증상이 심했기 때문에 그 상태로 방치했다면 자연 치유의 가능성은 극히 낮습니다. 원래는 항우울제로 대처하는 증상입니다만, 결국엔 약효가 지속되는 기간 내만 보증할 수 있습니다."

"재판장님, 여기서 변호인은 피고인의 증상이 현재 어느 정도인지를 분명히 하기 위해 증인에게 어떤 것을 보여 주려고 합니다."

"잠깐만 기다려 주십시오, 재판장님."

미사키가 황급히 끼어들었다.

"변호인에게 묻겠습니다. 피고인이 어린 시절에 정신 장애가 있었다는 건 알았습니다. 하지만 그것과 현재 계쟁 중인 본 안건이 어떤 관련이 있다는 겁니까? 변론을 오래 끄는 게 목적이라면 비겁한 수단이라고 단정하지 않을 수 없습니다."

"변호인, 나도 동감입니다. 대체 변호인은 뭘 증명하려는 겁니까?"

잇따라 나오는 새로운 증언에 혼란스러운 듯, 냉철하다는 산조도 곤혹 어린 표정을 감추지 않았다.

"제1회 공판에서 진술한 대로 동기의 부재를 증명할 생각입니다."

그러자 미사키가 날카롭게 대꾸했다.

"설마 형법 39조의 적용을 주장할 작정입니까?"

"당치도 않습니다. 정신 감정을 할 것까지도 없이, 피고인에게는 확고한 책임 능력이 있습니다. 그건 피고인을 조사한 경찰관이나 검찰관이 제일 잘 아실 텐데요."

"그럼……."

"검사야말로 좀 기다려 주시죠. 내가 증명하려는 건 어디까지나 동기의 부재입니다. 당분간 변호 측의 진술을 들어 주시면 좋겠군요. 자, 그럼 재판장님, 증인에 대한 질문을 계속해도 되겠습니까?"

"······그러시죠."

"증인에게 피해자의 집 내부 사진을 보여 드리겠습니다."

미코시바의 지시로 정면에 대형 모니터가 설치됐다.

"여기 비춰지는 피해자 집 내부 사진은 모두 검찰 측에서 제출한 갑 14호 중, 즉 사건 직후 세타가야 서 감식계가 촬영, 기록한 것을 그대로 사용한 겁니다. 따라서 변호 측에서는 편집이나 수정을 전혀 하지 않았음을 덧붙여 밝힙니다."

맨 먼저 모니터에 나타난 것은 거실 내부였다. 미코시바가 처음에 생활감 넘친다고 느꼈던 일여덟 평 크기의 방. 테이블과 의자, 기타 가구의 모서리가 둥글게 가공됐고, 가위 등의 문구류는 어디 넣어 놨는지 보이지 않는다. 냉장고에 자석으로 붙인 메모와 벽에 붙은 스케줄표를 통해 아키코와 아이들의 일상이 보인다. 빈번한 학교 행사와 앙케트, 그에 연동하는 형태로 도시락 반찬과 장 볼 물건이 정해진다. 음성은 나오지 않는데도 메모들 하나하나를 보다 보면 어머니와 두 딸의 대화를 상상할 수 있다.

카메라가 부엌으로 들어갔다. 조리 도구들이 잘 정리돼 있고 전자레인지 옆에는 수동 슬라이서 한 대만 달랑 있어 말끔하다. 젓가락이나 포크가 그냥 방치돼 있지도 않다. 싱크대 아래 수납공간은 문이 열려 있는데, 식칼은 고사하고 식용 가위 하나도 보이지 않는다. 저녁 식사 때 썼는지 싱크대 안에만 그릇과 숟가락이 아무렇게나 포개져 있다.

다음으로 살인 현장인 욕실이 비춰지자 분위기가 갑자기 달라졌다.

벽에 붉은 얼룩이 남아 있다. 아키코가 피를 씻는 도중에 요조가 들어왔기 때문에 작업이 중단된 것이다. 욕실의 물건도 대체로 모서리가 둥근데 핏자국 때문에 몹시 사위스러운 공간으로 보였다. 방청석에서도 어렴풋이 신음 소리가 흘러나왔다. 뭘 새삼 그러나 싶다. 관계자도 아니면서 방청석에 자리를 차지하고 앉은 것은 이런 피 냄새가 풍기는 듯한 사진을 보고 증언을 듣고 싶어서면서.

세 번째는 아키코의 방이었다.

원래는 부부 침실이었는데 신고가 자기 방에 틀어박히면서 아키코 혼자 쓰게 된 것 같다. 더블베드에 베개는 하나뿐이었다. 넓이는 세 평 정도라 침대가 방에 거의 꽉 찼다. 붙박이 선반에 가족사진이 늘어 놓여 있었다. 사진틀도 하나

같이 둥글둥글하다 보니 방의 인상도 매우 순해 보였다.

카메라가 미유키와 린코의 방으로 들어갔다.

각각 열세 살과 여섯 살 된 여자애 방인데, 미유키의 방에 책상이 있는 것 외에는 분위기가 대체로 비슷했다. 한쪽은 팝 가수, 한쪽은 애니메이션 캐릭터의 포스터가 벽에 붙어 있고, 침대 주위를 인형들이 둘러싸고 있다. 정리 정돈을 좋아하는 어머니의 영향도 아이들 방까지 미치지는 못해서 미유키의 책상 위에는 공책들 틈에 섞여 컴퍼스와 가위, 샤프펜슬, 지우개가 어지럽게 흩어져 있고, 린코의 방도 바닥이 도화지와 색연필로 뒤덮여 발 디딜 틈이 없었다. 가만히 바라보고 있으면 화면 밖에서 어머니가 야단치는 소리가 들릴 것 같았다.

마지막은 신고의 방이었다.

이 방에는 가정의 느낌이 전혀 없었다. 무기질적인 모니터와 프린터 주위에 빨강과 검정 볼펜 몇 개가 굴러다니고, 아직 새것인 계간지에는 페이퍼나이프가 끼워져 있었다. 책상 밑은 혼돈 그 자체로, 주식 투자 자료와 과자 봉지, 빈 커피 캔, 각종 컴퓨터 부속품과 코드, 그리고 아무렇게나 벗어 놓은 옷가지가 바닥을 가득 메웠다.

크게 비춰진 사진을 유심히 살펴보고 있던 미조하타는

이윽고 짤막하게 신음했다. 당혹감과 실의가 뒤섞인 그 소리를 들은 사람은 아마 가까이에 있던 미코시바 정도였을 것이다.

미코시바의 예상이 맞았다.

역시 미조하타는 이 사진 속에서 발견한 것이다.

"증인, 이제 됐습니까?"

"……네, 충분합니다. 잘 알았습니다. 이 집 안을 보니 일목요연하군요."

"사진을 보고 뭘 알아내셨는지요?"

"저 애는…… 환자는 아직 그 신경증에 사로잡혀 있습니다. 26년이란 세월도 환자를 치유해 주지 못한 겁니다. 예전 주치의로서 이렇게 유감스럽고 안타까운 일은 없군요."

"증인, 환자는 신경증을 앓고 있다고 하셨는데 병명을 말씀해 주시겠습니까?"

"첨단 공포증입니다."

"안 돼!"

지금까지 입을 다물고 있던 아키코가 침묵을 깼다. 피고인석에서 몸을 내밀고 미조하타에게 덤벼들 것처럼 손을 뻗었다.

"다, 당신이 무슨 권리로……."

"피고인은 정숙을 지키도록."

발버둥치는 아키코를 대기 중이던 교도관이 붙들었다. 미조하타는 그 모습을 보고 당황한 듯했지만 미코시바는 조종을 잊지 않았다.

"증인, 증언을 계속해 주시죠."

"아, 네."

"첨단 공포증이란 대체 어떤 증상을 가리키는지요?"

"바늘이라든지 아이스픽, 칼처럼 끝이 예리한 물건을 의식하면 심장이 빨리 뛴다든지 공포심에 사로잡히는 증상입니다."

"공포심이라고요?"

"그 끝으로 타인 또는 자신을 다치게 하는 게 아닌가 하는 공포죠. 가령 고소공포증은 비교적 사람들에게 널리 알려져 있을 것 같습니다만, 그 경우는 자신이 높은 데서 떨어지는 게 아닐까 하는 공포로 몸이 말을 안 듣게 되고 발이 얼어붙습니다. 첨단 고포증도 비슷한데, 좌우지간 뾰족한 물건을 보거나 상상하면 몸이 말을 안 듣게 됩니다. 개인차는 있습니다만, 증상이 심한 사람은 심지어 그 자리에 웅크리고 앉기도 합니다."

"피고인이 아직도 첨단 공포증에서 해방되지 못했다고

추측하는 이유는 뭡니까?"

"추측이 아니라 간파입니다. 거실과 부엌, 그리고 본인의 침실을 보면 알 수 있죠."

"구체적으로 말씀해 주시겠습니까?"

"거실의 가재도구를 보면 하나같이 모서리가 둥글게 가공돼 있습니다. 그리고 이런 방엔 보통 연필꽂이에 가위나 커터가 꽂혀 있게 마련인데, 그런 끝이 뾰족한 물건은 눈에 띄지 않는 곳에 넣어 둔 것 같군요. 침실도 마찬가지죠. 날카로운 물건이 전혀 안 보입니다."

미사키가 무서운 속도로 페이지를 넘기며 수사 자료를 훑어봤다. 현장 사진이 모두 미조하타의 지적과 일치한다는 것을 확인하고 반쯤은 넋이 나간 듯했다. 그래도 진실을 규명하고자 조심스레 손을 들었다.

"하지만 증인, 모서리가 둥근 가재도구는 일반적이고, 문구류를 정해진 장소에 수납하는 건 정리 정돈을 좋아하는 주부가 있는 가정에선 매우 흔하게 찾아볼 수 있는 일입니다. 그것만으로 첨단 공포증이라고 단정하는 건 너무 성급한 게 아닙니까?"

"하지만 환자가 평소 발을 들여놓을 수 없는 장소, 다시 말해 다른 가족의 방에는 끝이 뾰족한 물건이나 칼이 아무렇게나 방치돼 있습니다. 환자의 눈이 미치는 방과 그렇지 않은 방의 차이가 극단적이란 생각 안 드십니까? 자신의 공포증을 봉해 두기 위한 조치인 겁니다. 게다가 부엌에 그런 경향이 보다 현저하게 나타나 있죠."

미코시바가 적절한 타이밍으로 모니터에 부엌 사진을 띄우자, 미조하타가 손가락으로 한 지점을 가리켰다.

"여기 이 수납공간을 보십시오. 식칼이 한 자루도 없습니다. 부엌에 식칼 한 자루도, 식용 가위도 없다니 난 이런 기묘한 광경은 처음 봅니다."

전자레인지 옆에 놓인 슬라이서의 의미가 이제 명확해졌다. 어린 딸들도 요리를 할 수 있도록 장만한 게 아니었다. 칼끝을 뭣보다도 겁내는 아키코가 대용품으로 구입할 수밖에 없었던 것이다.

미코시바는 어떤 대답이 나올지 잘 알면서 미조하타에게 질문했다.

"첨단 공포증이 있는 피고인은 식칼을 들 수 없었다, 그런 말씀이죠?"

"들기는 고사하고 건드릴 수 있었는지도 의문이군요. 이 정도로 철저하게 대책을 세웠다는 건 뒤집어서 말하면 그만큼 무서워했다는 증거입니다."

지금이다.

미코시바는 즉각 말을 이었다.

"그럼 피고인이 날붙이, 가령 커터를 들고 다른 사람을 찌르는 일이 가능할까요? 구체적으로는 무방비한 경부를 노려 같은 위치를 세 차례 찌르는 일이."

"눈을 감으면 자루를 잡는 정도는 가능할지도 모르지만, 그걸 끝이 날카로운 흉기로 인식한 시점에서 몸이 말을 안 듣게 될 겁니다. 그런 행동은 불가능에 가깝다고 해야겠군요."

"거짓말하지 마!"

아키코가 교도관의 제지를 뿌리치고 피고인석에서 뛰쳐나왔다.

미조하타를 향해 팔을 뻗은 순간, 미코시바가 두 사람 사이에 끼어들어 품에서 꺼낸 물건을 정면에서 아키코에게 들이댔다.

들이댄 물건은 평범한 책갈피였다.

단 금속제에 끝이 뾰족했다.

효과는 즉각적이었다. 아키코는 책갈피 끝을 보자마자 짤막하게 비명을 지르더니 얼굴을 돌리며 그 자리에 웅크렸다.

법정이 침묵에 휩싸인 가운데, 신경증 환자는 몸을 웅크린 채 말라리아 환자처럼 몸을 떨었다.

산조와 미사키는 입을 반쯤 벌린 채 아키코를 보고 있었다. 이미 극악한 살인자를 보는 눈이 아니었다.

미코시바는 만족해서 책갈피를 도로 품에 넣었다. 미조하타의 설명만으로는 소구력이 부족할 경우를 대비해 준비했는데 예상 이상으로 쓸모가 있었다.

"재판장님, 방금 보신 바와 같습니다. 지금도 신경증을 앓고 있는 피고인은 흉기인 커터를 잡기는커녕 가까이 갈 수도 없습니다. 따라서 피고인이 범행을 하는 것은 불가능합니다."

"하, 하지만……."

미사키가 급박하게 입을 열었다. 산조에게 일일이 발언을 허가받을 여유는 이미 없었다.

"흉기에 피고인의 지문이 분명히 있었는데요."

"흉기로 사용되고 난 뒤에 눈을 감고 잡은 겁니다. 십중팔구 실제로 사용한 사람의 지문을 닦아 낼 때 피고인의 지문이 묻었겠죠. 피고인은 그 인물을 감싸려고 한 것뿐입니다. 흉기에서 지문을 닦아 내고, 남편의 시체를 탈의실로 옮겨 놓고, 욕실 벽을 청소하던 중에 요조 씨가 왔습니다. 피고인은 진범을 밝힐 수 없었고, 요조 씨는 현장 상황을 보고 피고인의 범행이라고 믿은 겁니다."

"대체 누굴 감싼다는 겁니까?"

"그건 저도 모릅니다. 다만 유추할 수 있는 수단은 있습니다."

"무슨 뜻이죠?"

"조금 전 저는 피고인이 아닌 다른 가족이 성관계의 흔적을 남겼고 그걸 피고인이 알고 있었을 가능성을 시사했습니다. 그 상황에서 신고 씨가 살해됐을 경우, 피고인은 당연히 범인도 범행 동기도 알고 있었을 겁니다."

"안 돼!"

아키코의 절규가 법정에 울려 퍼졌다.

"제발 부탁이에요, 이제 그만해 주세요!"

교도관 두 명이 양쪽에서 팔을 붙드는데도 아키코는 몸을 비틀며 저항을 계속했다. 지금까지 보였던 얌전한 태도와는 전혀 딴판이었다.

"피고인은 정숙을 지키도록. 아니면 퇴정시키겠습니다."

재차 주의를 주는 산조도 수습이 되지 않는 상황에 신경이 날카로워진 듯 보였다.

이제 됐다. 미사키도 산조도 이미 아키코가 범인이라고 생각하지 않을 것이다. 나머지는 미조하타가 과거에 작성한 첨단 공포증 진료 기록부에 관해 설명을 약간 곁들이고, 전문의에게 아키코를 보일 수 있으면 그것으로 완벽하다.

미코시바는 무의식중에 어깨에서 힘을 뺐다.

승리의 여운이 가슴에 차올랐다.

그러나 그때 미사키가 방해하고 나섰다.

"변호인, 질문 끝났습니까?"

"네."

"그럼 재판장님, 반대 신문을 해도 되겠습니까?"

반대 신문이라고?

참 포기할 줄 모르는 검찰관이다.

그래, 좋다. 그럼 마지막 하나까지 완벽하게 깨부숴 주마.

"하시죠."

"증인에게 묻겠습니다. 조금 전 우리는 피고인이 첨단 공포증이라는 것, 또 그게 현재에 이르도록 치유되지 않았다는 것을 확인했습니다. 하지만 인간이 칼 하나도 못 들 만큼 공포에 사로잡힌다는 건 역시 바로 믿기는 어렵단 말이죠. 증인은 동생의 죽음이 원인이라고 증언했는데, 예뻐했던 사람이 죽었다고 그 정도로 트라우마가 생길까요? 증인의 이야기는 다소 과장됐다는 생각이 듭니다만."

"일리는 있군요. 하지만 환자의 경우는 트라우마가 생긴 것도 무리가 아니었습니다. 뭣보다도 차마 눈 뜨고 볼 수 없을 만큼 잔인무도한 사건이었으니까요."

"사건이라고요?"

"당시 다섯 살이었던 여동생은 살해됐던 겁니다. 신문과 텔레비전에서도 대대적으로 보도했으니까 기억하시는 분도 계실 겁니다."

거기까지 말하고 미조하타는 불쾌한 듯 머리를 내저었다.

"좌우지간 예사 사건이 아니었습니다. 무고한 생명을 빼앗는 것만 해도 용서하기 힘들건만, 환자의 동생은 목을 졸려 살해된 뒤 머리와 사지가 절단됐습니다. 전 환자를 문진하고 바로 알아차렸습니다. 환자가 끝이 뾰족한 물건, 특히 날붙이에 트라우마를 갖게 된 건 그게 직접적인 원인이었습니다. 본래는 중대 사건으로 취급돼서 시신에 대해 상세하게 보도되는 일이 없었을 텐데, 범인은 동생의 시신을 우체통 위, 유치원 현관 앞, 신사의 새전함 위에 버려서 구경거리로 만들었습니다. 게다가, 게다가 말입니다, 짐승만도 못한 극악무도한 일을 저질러 '시체 배달부'란 이름을 얻은 범인은 글쎄, 겨우 열네 살 먹은 소년이었습니다."

미사키가 신문을 계속하려 했을 때였다.

"저 남자를, 저 변호사를 체포해 주세요!"

갑자기 방청석에서 날카로운 목소리가 터져 나왔다.

"저 남자가 우리 딸을, 미도리를 죽인 소노베 신이치로예요."

목소리의 임자는 아키코의 어머니, 사하라 나루미였다. 품위 있는 노부인의 얼굴을 벗어 버리고 반광란 상태로 절규하고 있었다.

이제야 깨달았나.

미코시바는 나루미를 바라봤다. 미코시바는 첫눈에 미도리의 어머니라고 추측했지만, 나루미는 이름이 바뀐 탓도 있어서 소노베 신이치로와 미코시바 레이지를 쉽게 연결시키지 못했을 것이다.

나루미의 말을 신호로 방청석에서는 벌집을 쑤신 것처럼 소동이 벌어졌다. 언론 관계자로 보이는 몇 명은 특종거리를 챙겨 법정에서 뛰쳐나갔다.

"시체 배달부 사건은 나도 기억하는데."

"변호사가 그 소년이라고?"

"살인범이 어떻게 변호사가 될 수 있는 건데!"

"처음부터 변호사 실격이잖아."

"법정에서 나가, 이 짐승!"

산조와 미사키는 이번에야말로 입을 딱 벌리고 있었다. 특히 미사키는 미코시바에게 시선을 고정한 채 아연히 서 있었다. 법조계에서 '시체 배달부' 사건을 모르는 사람은 없다. 지금까지 대치했던 변호인이 '시체 배달부'라는 말을 들은 미사키의 심정을 생각하면 당연한 반응이라 할 수 있다.

요조와 미조하타의 반응은 비슷했다. 신봉했던 신이 실은 죽음의 신이었다는 사실을 알게 된 신자의 얼굴이었다.

822호 법정은 이제 고함과 야유의 도가니 속에서 미코시바를 지탄하는 자리로 바뀌어 있었다. 그런 가운데 가장 냉정한 반응을 보인 사람은 뜻밖에도 아키코였다.

"미코시바 선생님, 당신을 지금 바로 해임하겠습니다."

의연한 목소리에 법정이 조용해졌다.

어쩔 줄 몰라 하는 목소리도, 나약한 목소리도 아니었다.

미코시바는 고개를 끄덕인 다음 책상 위의 서류를 모아 옆구리에 끼고 출구로 향했다. 좌우에서 증오와 경멸에 찬 시선이 날아들었지만, 미코시바는 태연한 얼굴로 걸어갔다.

자칫하면 이제 두 번 다시 변호사라는 입장에서 법정에 발을 들여놓을 일이 없을지도 모른다.

그래도 미코시바는 묘하게 개운한 기분이었다.

법정 문을 열었을 때 뒤에서 산조의 목소리가 들려왔다.

"판결은 2주 뒤에 하겠습니다. 폐정."

정면 현관에서는 자신의 과거를 안 언론 관계자들이 기다리고 있을 것이다. 미코시바는 이목을 피해 변호사 회관으로 향했다. 변호사 회관에서 동쪽으로 가면 히비야 공원 쪽으로 나갈 수 있다.

그런데 뒤에서 누가 불렀다.

"잠깐만요, 미코시바 선생님."

돌아보자 요조가 자신을 쫓아오고 있었다. 그 뒤로 미사키도 보였다.

"선생님께, 감사하다는, 말씀을, 드려야죠."

미코시바 앞에 선 요조는 숨을 몰아쉬며 말했다.

"전 아키코 씨의 원수입니다. 아까 들으셨을 텐데요."

"그래도 선생님 변호 덕분에 아키코 씨의 결백이 증명됐습니다. 정말 훌륭했습니다. 아키코 씨를 범인 취급할 사람은 이제 아무도 없을 겁니다."

미사키가 그 말을 이어 받았다.

"이런 말을 하긴 창피하네만 나도 동의하지 않을 수 없군. 설마 피고…… 아니, 실례, 그 여자가 그런 신경증을 앓고 있을 줄은 몰랐네. 대체 언제 알아챘지?"

미코시바는 대답하기 전에 먼저 주위를 둘러봤다.

"요조 씨, 그 시끄러운 여섯 살 꼬맹이는 같이 안 왔습니까?"

"린코는 공원에서 기다리라고 시켰습니다."

잘됐다. 지금부터 할 이야기는 아무리 그게 진상이라 해도 어린애가 들을 내용이 아니다.

"알아차린 건 맨 처음 아키코 씨 집에 찾아갔을 때라네, 검사."

"사실인가?"

"이젠 변호인에서 해임됐으니까 괜한 술책을 쓸 생각은 없어."

"그럼 관할서인 세타가야 서를 포함해 우리가 단체로 멍청이였다는 뜻이군."

"신경 쓸 필요 없어. 그저 내가 댁들보다 유리한 입장에 있었던 것뿐이니까."

"유리한 입장?"

"쓰다 아키코, 아니 사하라 아키코가 피해자의 유족이란 사실을 알고 있었어. 그리고 피해자 유족 중 다수가 크든 작든 마음에 상처를 입는다는 것도 알고 있었고."

가해자의 입장에서, 라는 말은 굳이 할 필요도 없었다.

"그리고 그런 식으로 방마다 다르다는 게 마음에 걸렸네. 바로 아키코의 정신 상태를 의심했어. 그 뒤는 아키코의 과거로 거슬러 올라가서 심료내과 진료 기록을 찾아내면 그만이었어. 뭐, 도박이긴 했네만."

미코시바는 아키코를 똑똑히 기억하고 있었다.

언제나 미도리의 보호자 행세를 하며 예뻐했다. 그런 소중한 존재를 더없이 잔인하고 가혹한 형태로 잃으면 아키코는 심리적으로 어떤 영향을 받을까. 그런 것은 상상력을 조금만 동원하면 짐작할 수 있다.

"기왕 망신을 당한 김에 하나 더 묻지. 그 여자가 죄를 스스로 뒤집어쓰면서까지 지키려고 한 진범은 대체 누군가? 아까처럼 모른다고 할 생각은 말라고. 자네는 분명히 그게 누군지 알고 있어."

"나도 똑같은 말을 댁한테 하겠네. 검사, 댁이라면 벌써 눈치챘을 텐데. 아니면 날 정답 맞추기에 이용할 생각인가?"

그러나 미사키는 도발에 응할 생각이 없는 듯했다. 꼼짝도 하지 않고 미코시바의 눈을 똑바로 바라봤다.

"정답 맞추기라. 그럼 내가 먼저 말하는 게 격식에 맞겠군. 뭣보다도 자네가 큰 힌트를 줬으니 말이지."

"힌트?"

"피해자가 아키코가 아닌 다른 사람과 성관계를 가졌다는 사실 말이네. 그리고 아키코가 자기를 희생하면서까지 지키려고 할 사람은 딸들밖에 없어."

미사키 뒤에 서 있던 요조가 큰 숨을 뱉었다.

"피해자를 찌른 건 큰딸인 미유키…… 맞지?"

미코시바는 구태여 대답을 하지도, 고개를 흔들지도 않았다.

침묵이 긍정을 의미한다는 것은 미사키도 알 것이다.

"작은딸 린코는 아직 여섯 살이야. 상대방의 경부에 칼로 치명상을 입힐 만한 힘은 없어. 그럼 소거법으로 용의자는 미유키만 남게 돼."

"타당한 추리로군."

"피해자는 자기 딸한테 성적 학대를 일삼고 있었어……. 범행은 미유키의 보복 내지 과잉방위. 그렇게 된 일이었군."

사건 이래로 미유키는 방에 틀어박혀 밖으로 나오려 하지 않았다. 가족이 일으킨 사건이라서 충격을 받은 게 아니다. 자신이 일으킨 사건이고, 그 밖에도 틀어박혀 있어야 할 이유가 있었기 때문이다.

"미유키가 성적 학대를 순순히 받아들였을 리 없어. 아키코는 피임도구 포장을 발견하고 그 사실을 깨달았네."

미코시바는 입을 열지 않았다. 여기까지는 자신의 추리와 일치했다.

"그리고 그날 밤 미유키의 정신적 균형이 무너졌어. 아키코와 말다툼을 한 피해자가 욕실로 가자 미유키는 헛방 공구 상자에서 커터를 꺼내서 목욕 중이라 무방비한 상태였던 피해자를 뒤에서 찔렀어. 그때 아키코가 달려와. 두 사람의 성관계에 대해 알고 있으니까 현장을 보고 바로 사정을 짐작했어. 좌우지간 시체부터 처리하자고 미유키를 욕실에서 쫓아내고 시체를 탈의실로 옮겼어. 그리고 욕실 벽을 씻는데 요조가 나타났어. 설마 미유키가 한 일이라고 밝힐 순 없으니까 자신이 죽였다고 고백하는 수밖에 없었어. 미유키를 경찰로부터 보호하기 위해서, 그리고 가족의 명예를 지키기 위해서……. 그렇게 된 일인가."

"대충 그렇지 않겠나."

그것만은 본인에게 물어봐야 알 수 있는 일이지만, 십중팔구 아키코는 미유키를 감싸기 위해 끝까지 부정할 것이다.

어린 시절 아키코는 자신이 지켜야 할 사람을 잃었다. 성장해서 가족을 손에 넣었을 때, 아키코가 본래의 모성 본능 이상으로 딸들을 비호하려 했을 것은 상상하기 어렵지 않다. 말하자면 대상 행동이나 다름없다.

"자네가 법정에서 미유키의 범행이라고 밝히지 않은 건 아키코의 심정을 생각해서 그런 건가?"

"심정?"

"진실을 모조리 폭로하면 경찰에선 당연히 미유키를 조사할 거야. 열세 살이니 소년법 적용 대상이긴 하지만, 성적 학대가 입증되더라도 과잉방위의 가능성이 농후하니까 가정법원으로 보내질 확률이 높지. 자네는 거기까지 미유키를 몰아넣는 걸 망설였어."

"흥, 그런 걸 배려해야 할 필요가 뭐가 있다고. 난 어디까지나 아키코의 무죄 판결을 따내면 그걸로 충분했네."

"미유키가 소년원에 가게 되면 누구보다도 아키코가 절망할 테니까."

"시시한 소리."

미코시바는 단칼에 잘랐지만 요조는 머리를 깊이 숙였다.

"자네는 이미 변호사에서 해임됐으니까 말해도 상관없겠지. 그런 흐름이면 이쪽도 주장을 바꾸지 않을 수 없어. 무죄까지는 안 되더라도 범인 은닉이 타당하니까 죄상을 변경해서 다시 입건하게 될 거야. 재판장도 그거라면 납득할테고."

"아키코한테 진실을 말하게 하긴 쉽지 않을걸."

"이제 더는 안 속네. 아키코한테는 잔인한 일이네만 미유키한테서도 진술을 받을 거야. 이번에야말로 올바르게 수사해서 올바른 재판을 받게 할 거네. 자네 후임으로 어떤 변호사를 선임하건 이제 대세에 영향을 주진 못해."

"글쎄…… 과연 그럴까."

미코시바는 감정이 담기지 않은 목소리로 말했다.

"자네가 변호를 맡으면 무죄 판결을 얻어 낼 수 있단 뜻인가? 하지만 그 여자는 이제 자네를 두 번 다시 선임하지 않을걸. 누구보다도 그 여자 어머니가 절대 허락하지 않을 테지."

"그런 뜻이 아니야. 아키코한테 진실을 말하게 하는 게 쉽지 않은 건 그 여자가 고집이 세다는 것 외에 또 한 가지, 그 여자가 사실을 정확하게 파악하지 못하고 있기 때문이네."

"뭐라고?"

"신고를 살해한 사람은 아닌 게 아니라 미유키겠지. 하지만 살해 동기는 성적 학대에 대한 보복도 아니고 과잉방위도 아니야. 아키코는 그걸 몰라."

미사키와 요조가 눈을 부릅떴다.

"아까 법정에서 진술했지. 사건 발생 직후 세타가야 서 감식계가 온 집안을 수색했을 때, 피임도구 포장은 있는데 사용한 내용물은 어디에도 없었네. 만약 신고가 일상적으로 성적 학대를 일삼고 있었다면 당연히 사용한 피임도구도 남아 있었어야 해. 방에만 틀어박혀서 집 밖엔 잘 나가지도 않았으니까. 자기 딸을 근처 러브호텔로 데려갈 만큼 부지런하지도 않아. 그럼 나오는 답은 하나. 미유키를 능욕했던 사람은 신고가 아니야."

말문이 막힌 듯한 미사키를 무시하고 미코시바는 또 한

남자에게 차가운 시선을 던졌다.

"당신이지, 요조 씨."

"무슨 그런 말도 안 되는 소리를!"

요조가 성을 냈다.

"은혜를 입은 선생님이라도 해도 되는 말이 있고 안 되는 말이 있는 겁니다."

"육친이라도 해도 되는 일이 있고 안 되는 일이 있어. 낮 동안 아키코는 출근해서 집에 없어. 신고는 1층 자기 방에서 나오질 않고. 당신은 그걸 이용해서 2층에서 미유키를 능욕했어. 피임도구가 포장만 쓰레기통에 있었던 건 당신이 내용물을 가져갔기 때문이야. 아무리 후안무치해도 자기 정액을 현장에 남겨 두기는 부끄러웠겠지. 내가 두 번째로 그 집에 갔을 때 미유키는 문을 닫고 한 발짝도 밖으로 나오지 않았어. 그건 사건으로 인한 충격이 오래 꼬리를 끌고 있기 때문이 아니었어. 당신을 방에 들여놓는 게, 당신하고 얼굴을 마주하는 게 공포였기 때문이야. 또 있어. 제1회 공판에서 증언대에 섰을 때, 당신은 미유키도 신고한테 맞아서 입술이 터졌다고 했지. 하지만 미유키의 진료 기록은 존재하지 않고, 린코도 신고가 미유키는 때리지 않았다고 말했어. 그런데도 당신이 미유키의 외상을 언급한 건 미유키한테 폭행을 가한 게 당신이기 때문이야."

"너, 너무 무례한 거 아닙니까."

"그런가? 당신은 손녀를 범할 때 콘돔을 쓰지 않았나?"

"추잡한 소리. 난 그런 일 몰라. 그런 적 없어!"

"그럼 검사하고 상의해 보지."

그러고는 미사키를 돌아봤다.

"검사, 방금 요조 씨가 한 말을 가슴에 새겨 두고 내가 지금부터 하는 이야기를 들어 주면 좋겠군. 고법 지하 식당에서 내가 한 말 아직 기억하나? 압수한 증거품을 잘 보관해 달라고 했지."

"그래. 하나도 안 빼놓고 그대로 뒀네."

"이건," 미코시바는 종이쪽 한 장이 든 비닐 봉투를 꺼냈다.

"연락처를 확인할 목적으로 요조 씨한테 줬던 명함이야. 물론 겉에 요조 씨 지문이 잔뜩 묻어 있지. 피임도구 포장을 조사해 보라고. 동일 지문이 검출될 테니까. 그 전에 미유키한테서 증언을 받아 내면 결과는 어차피 마찬가지겠네만."

지문이라는 말을 들은 순간 요조의 태도가 돌변했다.

갑자기 불안한 표정으로 옆에 있는 미사키의 안색을 살피기 시작했다. 미사키는 요조에게 잠깐 시선을 던졌을 뿐이었지만 한 손은 요조의 팔을 꽉 붙들고 놓지 않았다.

"그리고 또 한 가지. 당신은 초등학교 교사 출신이라지? 미안하지만 변호사회를 통해서 교육 위원회에 조회를 넣어 봤어. 정년을 얼마 앞두고 퇴직했는데 이유는 일신상의 사유였어. 하지만 사실 당신은 학생을 추행했다는 의혹을 받고 있었어. 당시 열한 살이던 여자애가 당신한테 추행을 당했다고 부모한테 폭로했어. 소아 취미는 옛날부터 있었군. 물증은 전혀 없이 여자애의 증언뿐이었기 때문에, 학교 측과 교육 위원회는 끝까지 모른 척해서 결국 여자애와 그 가족은 눈물을 머금고 포기하는 수밖에 없었어. 하지만 교육 위원회도 일말의 양심은 있었는지 권고사직이란 형태로 학교를 그만두게 했어. 권고사직이니까 이력서상으로는 일신상의 사유로 퇴직한 게 돼서 당신은 무사히 민생위원이 될 수 있었어."

폭로를 이어 가자 요조는 드디어 얼굴이 창백해졌다. 도망치려고 몸부림을 쳤지만 미사키에게 팔을 붙들려 꼼짝도 못 했다.

"잠깐, 그럼 이야기가 안 통하는데. 미유키는 피해자한테서 학대를 받고 살의를 품은 게 아닌가? 자네 이야기가 진실이면 살해되는 사람은 요조 씨여야 하는데."

"아니, 그래도 신고는 충분히 살해될 만한 이유가 있었어.

그자는 배신했어. 딸을 자기 아버지한테 판 거야."

"파, 팔았다고?"

"검사도 주목했던 네 차례에 걸친 송금. 그건 곤경에 처한 신고를 보다 못해 마련해 준 돈이 아니었어. 자기 방에 있었던 신고는 위층에서 벌어진 폭력을 눈치채고 있었어. 하지만 신고는 아버지를 단죄하기는커녕 협박해서 비밀을 지키는 대가를 요구한 거야. 아니, 어쩌면 아버지 쪽에서 거래를 제안했을지도 모르지. 네 딸을 1회당 10만 엔에 팔라고. 아니면 얼마 안 되는 연금을 길바닥에 버리는 것 같은 짓을 할 리 없지. 어느 쪽이든 부자지간의 훈훈한 이야기에 참 눈물이 날 것 같군. 하지만 제물이 된 딸이 그 사실을 알면 살의가 싹터도 이상할 것 없단 말이지. 그리고 그 경우 분노는 자기를 더럽힌 할아버지보다 팔아넘긴 아버지를 향해."

설명을 들은 미사키는 요조를 사납게 노려보고 나서 말했다.

"상대방은 열세 살 된 소녀지만 살인 사건의 중요 참고인이기도 하니까 투명한 상황에서 조사를 벌여 세부까지 철저하게 파헤칠 거야. 만약 미코시바 선생의 말이 진실이면 당신이 한 행위는 엄연한 강간, 아동 매춘이야. 게다가 이번엔 교육 위원회도 비호해 주지 않아. 세타가야 서와 검찰도

체면을 구긴 데 대한 앙갚음을 포함해서 꽤나 열심히 수사하겠지. 어디, 이 자리에서 결백을 주장해 보겠나?"

"……누구나 숨기고 싶은 추악이 있어."

요조에게서 성실한 노인의 가면이 떨어져 나갔다.

"댁한테도, 그리고 거기 변호사 선생한테도 말이지. 너무 잘난 척하지 말라고."

"다시 말해 자기 추악을 인정하는군?"

"강간이라고? 터무니없는 소리. 미유키는 고분고분했어. 게다가 그 애 매력을 아는 사람은 나뿐이야."

옆에서 두 사람의 말을 듣고 있던 미코시바는 갑자기 관심을 잃은 것처럼 발길을 돌렸다.

"그럼 뒷일은 잘 부탁하지, 미사키 검사."

"잠깐만."

"또 뭐 할 말이 있나?"

"마지막으로 가르쳐 줘. 아키코는 자네가 살해한 소녀의 언니야. 오늘 법정엔 자매의 어머니도 나와 있었네. 아키코의 무죄를 증명하기 위해선 미조하타 의사의 증언이 필요했다 해도, 아키코의 과거를 폭로하면 자네 과거가 백일하에 드러나는 건 필연이었어. 법정에서 한 발언은 기록에 남는 데다 그 자리엔 언론 관계자도 있었어. 중인환시 속에서 과거가 폭로된 이상 자네의 변호사 생명은 물론 사회적 생명조차도 끝난 거나 다름없네. 지금까지 쌓아 온 신용은 물거품이 되고 모두가 자네한테 돌을 던질 거야. 친구는 한 명도 안 남고 떠나가겠지. 자네도 그쯤은 충분히 알고 있었을 텐데. 그런데 왜 그런 어리석은 행동을 일부러 한 거지? 아니, 애초에 쓰다 아키코의 정체를 안 시점에서 그 여자가 자기 손으로 죽인 소녀의 언니라는 걸 알았을 텐데. 그런데 왜 전임자를 위협까지 하면서 변호를 맡은 건가? 26년 전에 지은 죄를 속죄하려고?"

"……사람을 너무 과대평가하는군."

미코시바는 뒤도 돌아보지 않고 걸음을 뗐다.

뒤에는 단죄하는 쪽과 단죄되는 쪽으로 나뉜 두 사람만이 남았다.

가스미 문으로 히비야 공원에 들어서서 두루미 분수 방향으로 걸어가다가 린코에게 발견됐다.

"선생님!"

아직 여섯 살인데도 발은 무시무시하게 빠르다. 도망칠 겨를도 없이 미코시바는 바지 자락을 잡혔다.

"재판 어떻게 됐어요? 이겼어요?"

"그래…… 이겼다."

"그럼 엄마 이제 집에 오는 거죠?"

"내일 당장은 아니겠다만."

"만세!"

린코가 미코시바의 발치에서 기쁨을 폭발시켰다.

미코시바는 자기혐오에 빠졌다.

아닌 게 아니라 아키코는 구할 수 있었다. 하지만 그 대가로 린코의 언니와 할아버지를 사법에 갖다 바친 결과가 됐다. 그 사실을 알면 린코는 자신을 원망할까.

아키코가 남편을 살해했다는 죄로 기소된 것을 알았을 때, 무죄라면 혐의를 벗겨 주고 그게 아니면 가능한 한 감형시키자고 생각했다. 그게 자신의 사명이라고 생각했다.

체포 후 이송된 간토 의료 소년원에서 소노베 신이치로는 미코시바 레이지로 다시 태어났다. 같은 원생에게서 인간으로서의 감정을, 자신을 담당한 이나미 교관에게서는 속죄의 의미를 배웠다.

가퇴소를 2주 앞두고 가진 면담 자리에서 원장과 다른 사람들 앞에서 한 맹세는 그 뒤 미코시바를 속박하고 그리고 다스리는 나침반이 됐다.

자신은 나락에서 손을 뻗는 자들을 구하는 데 평생을 바치겠다.

용서를 구한 게 아니었다.

보답을 바란 것도 아니다.

그것만이 짐승에서 인간으로 돌아올 수 있는 유일한 길이라고 믿었기 때문이다.

아키코는 정당한 죄로 다시 재판을 받을 것이다. 그리고 미유키와 요조 또한 자기 죄를 직면하게 될 것이다. 십중팔구 그건 아키코가 원했던 결과가 아니다. 린코가 원한 결과도 아닐 것이다.

하지만 진실은 언제나 한 줄기 빛이다. 때로는 냉담하고 때로는 잔혹하지만, 어둠 속에서 길을 잃고 헤매는 이에게 등대가 되어 준다. 나락으로 떨어진 이에게 이정표가 되어 준다.

미코시바는 몸을 굽혀 린코와 눈높이를 맞추었다.

"나하고 너희 엄마의 계약은 끝났다. 이제 두 번 다시 널 만날 일이 없겠지."

어린 얼굴이 쓸쓸하게 일그러졌다.

"그러니까 마지막으로 말해 두마. 엄마가 사람을 죽였다는 혐의는 벗었지만, 누구나 살다 보면 죄를 짓는다. 엄마도, 언니도, 할아버지도, 다들 그래."

"……린코도요?"

"그래, 린코도. 그리고 나도 그렇고. 그래도 다들 살고 있어. 사는 걸 허락받고 있어. 그건 우리 모두한테 속죄할 기회가 주어져 있기 때문이다."

"……무슨 말인지 잘 모르겠어요."

"지금은 몰라도 돼. 하지만 잊지 마라. 사람은 속죄를 통해 살아갈 수 있다는 걸."

미코시바는 천천히 일어나 린코의 머리를 거칠게 쓰다듬었다.

"그럼 난 간다."

그때 한 줄기 바람이 정면에서 불어왔다.

계절이 바뀔 무렵 부는 돌풍이었다.

눈을 깜박였지만 그다지 불쾌한 느낌은 아니었다.

이러면 된 거죠, 이나미 교관님?

맞바람에 재킷을 펄럭이며 미코시바는 걸음을 뗐다. 마지막 목소리가 그의 등을 향해 날아왔다.

"또 봐요, 선생님!"

추억의 야상곡

1판 1쇄 발행 2018년 4월 16일
1판 2쇄 발행 2023년 2월 28일

지은이   나카야마 시치리
옮긴이   권영주
책임편집   송혜진
표지디자인   디자인비따
제작   송승욱

발행인   송호준

발행처   블루홀식스
출판등록   2016년 4월 5일(제 2016-000100호)
주소   경기도 파주시 회동길 483-1
전화   031-955-9777
팩스   031-955-9779
이메일   bluehole six@naver.com

ISBN 979-11-961234-4-4 03830